국어과 선생님이 뽑은

현진건
단편선

국어과 선생님이 뽑은

지은이 현진건 | 엮은이 dskimp2000

현진건
단편선

운수 좋은 날 외·15편

book&book

| 머리글 |

 한국 근대 문학의 선구자이며 사실주의 작가로 평가받는 현진건은 1900년 8월 9일 경상북도 대구군 서상면 계산리(지금의 대구시 중구 계산동)에서 구한말 개화파 집안이며 개화사상을 지닌 아버지 현경운과 어머니 이정효 사이의 오 형제 중 넷째로 태어났다. 그의 본관은 연주 현씨(延州 玄氏)이며 호는 빙허(憑虛)이다.
 그는 1906년 여섯 살 때 마을에서 한학(漢學)을 배우고 1908년 여덟 살 때 당숙이며 양아버지인 현보운이 세운 대구노동학교에서 신학문을 배운 후 1915년 열다섯 살 때 경주 향리의 부호 이길우의 딸 순득과 혼인하여 지금의 대구시 중구 인교동 처가에서 신혼살림을 차렸다. 그해 11월 보성고등보통학교에 입학하고 1916년 이학년 재학 중 자퇴한 후 일본으로 건너가 도쿄 세이소쿠 예비 학교에 입학했다.
 이듬해 1917년 일시 귀국해 대구에서 백기만, 이상화 등과 습작 동인지 〈거화(炬火)〉 발간에 참여하고 다시 일본으로 가서 오 년제 도쿄 세이조 중학교〔成城中學校〕 삼학년에 편입한 후

1918년 사학년을 다니던 중 귀국해서 대구에 머물다 가족 몰래 한인청년회를 조직하고 독립운동을 하던 셋째 형 정건이 있던 중국 상하이(上海)로 가서 호강대학(扈江大學) 독일어 전문부에 입학했다.

  그러다 1919년 고국에서 일어난 3.1 운동의 여파로 상하이에서도 만세운동이 벌어지고 대한민국 임시정부가 수립되자 다시 귀국하여 육군 영관을 지낸 당숙 현보운의 양자로 입적한 후 서울로 상경해 지금의 종로구 관훈동에서 생활하던 중 양부 현보운이 사망하자 호주가 되었으며 그해 12월 첫딸 경숙이 태어났다. 하지만 첫 딸 경숙은 다음 해 죽고 만다.

  1920년 양아버지 현보운의 동생 재종숙 현희운의 추천으로 처녀작 〈희생화〉를 문예지 개벽에 개재하여 문단에 첫발을 내딛고 이에 앞서 아르치바세프의 〈행복〉, 쿠르트 뮌체르의 〈석죽화〉 등 번역소설을 발표하고 그해 말 조선일보사에 입사하여 언론인의 길을 걷게 된다.

  1921년 단편 〈빈처〉, 〈술 권하는 사회〉를 발표해 문단으로부터 호평을 받고 휘문고 출신의 박종화·홍사용·이상화 등과 함께 잡지 〈백조〉 동인이 되어 수필 〈영춘류〉, 단편 〈유린〉, 기행문 〈몽롱한 기억〉, 번안 소설 〈고향〉, 〈가을의 하룻밤〉을 발표했다.

  1922년 중편 〈타락자〉를 개벽에 연재하고 조선일보를 그만둔 후 육당 최남선이 만든 동명사로 이직해 그해 말 첫 창작집 《타락자》를 조선도서주식회사에서 발간했다. 1923년 최남선이 주도한 동인지 〈동명〉에 참여하여 중편 〈지새는 안개〉, 단편 〈할머니의 죽음〉, 번안소설 〈나들이〉를 발표하고 시대일보사로 이직해서 사회부장을 역임한 후 1925년 시대일보가 폐간되자 동아일보사로 직장을 옮겨 재직하던 중 1936년 베를린 올림픽 때 마라톤 금메달리스트 손기정 선수의 사진에서 일장기를 삭제한 이길용 기자의 일장기 말소 사건에 연루되어 일본 경찰에 체포되어 일 년간 옥고를 치르고 출소한 후 동아일보를 사직하고 언론인의 생활을 마감한다.

일제강점기 말 그의 삶은 비참한 모습 그 자체였다. 1926년 글벗집에서 출간한 《조선의 얼굴》이 조선총독부로부터 판매 금지처분과 신문에 연재 중이던 장편 〈흑치상지〉가 강제로 중단되기도 했다. 당시 일제를 위한 작품을 쓰지 않으면 생계를 꾸리기가 불가능했지만 친일 행각을 하지 않았을 뿐만 아니라 일제와의 타협을 거부한 채 가난에 찌들어 살면서도 작가로서의 지조를 지키며 어려운 나날을 보냈다. 그래서 그는 양계업과 원고료만으로는 생계를 꾸리기가 어려워지자 많은 돈을 벌 수 있다는 친구의 꼬임으로 미두(米豆)에 투자 해 실패한 후 양계장 및 모든 재산과 부암동 주택을 처분하고 신설동 인근 제기동 판자촌으로 이주했다.

그 후 실의에 빠져 술로 세월을 보내다 혈압으로 쓰러져 눕게 되고 폐색기 식민지 조선의 실상을 생생하게 묘사하고 민중의 고통과 시대적 모순을 사실적으로 그린 한국 현대 리얼리즘 문학의 시초이자 가장 한국적인 작품을 쓴 조선의 안톤 체호프라고 불렸던 현진건은 1943년 4월 25일 지병이던 폐결핵과 장결핵으로 제기동 자택에서 향년 마흔네 살의 나이로 생을 마감

한다.

　한국 근대 리얼리즘 문학의 기틀을 다지고 지사(志士)의 전통을 잇는 현진건은 일제 지배하 민족의 수난적 운명에 대한 객관적인 현실과 비극적인 사회 구조를 사실적으로 묘사한 민족의식이 농후한 작품을 쓰면서 식민지 현실에 대한 문학적 저항과 시대 상황의 변화를 지향하고 철저한 사실주의에 입각한 인간 존재에 대한 깊은 성찰이 담겨 있는 〈운수 좋은 날〉, 〈B사감과 러브레터〉, 〈빈처〉 등 문학적 사상과 철학을 이해할 수 있는 근대 문학사의 중요한 위치를 차지하는 많은 작품을 남겼다.

　사회와 인간에 대한 고찰을 소설에 담아낸 그가 남긴 작품으로는 첫 창작집 《타락자》와 《지새는 안개(1925)》, 《조선의 얼굴(1926)》, 《적도(1934)》, 《무영탑(1939)》, 《현진건 단편집(1941)》 등을 출간하고 단편 〈빈처(1921)〉, 〈술 권하는 사회(1921)〉, 기행문 〈고도 순례 경주(1929)〉, 〈단군 성적(聖跡) 순례(1932)〉, 번역소설 〈악마와 가치(1924)〉, 〈첫날 밤(1925)〉 등 일제강점기 한국 문학의 흐름을 주도하며 근대 문학 발전에 큰 영향을 끼친 소설, 수필, 평론 사십여 편이 있다.

　인간 존재에 대한 깊은 성찰이 담긴 문학세계를 펼친 현진건은 1978년 대한민국 정부로부터 문학적 공로를 인정받아 은관문화훈장이 추서되었다. 1996년 빙허 문학 건립위원회와 대구 문인협회 주관으로 대구시 달서구 두류공원 예술 동산에 현진건 문학기념 비가 건립되고 2005년 일제강점기 독립운동에 이바지한 공로를 인정받아 대통령 표창과 건국훈장 독립장이 수여됐다.

1. 한국 근대 리얼리즘 문학의 기틀을 다지고 폐색기 식민지 조선의 실상을 생생하게 묘사하고 민중의 고통과 시대적 모순을 사실적으로 그린 조선의 안톤 체호프라고 불렸던 현진건의 민족 수난적 운명에 대한 객관적인 현실과 비극적인 사회 구조를 사실적으로 묘사한 민족의식이 농후한 작품을 쓰면서 식민지 현실에 대한 문학적 저항과 시대 상황의 변화를 지향하고 철저한 사실주의에 입각한 인간 존재에 대한 깊은 성찰이 담긴 문학세계를 펼친 1920년부터 1940년까지 발표한 현진건의 대표 작품 열여섯 편을 선별하여 논술과 수능을 준비하는 학생들과 청소년이 쉽게 읽을 수 있게 《국어과 선생님이 뽑은 현진건 단편선》으로 새롭게 출간했다.
2. 이 책에 수록된 작품들의 맞춤법은 2002년 국립국어원에서 펴낸 한글 맞춤법과 외래어 표기법을 따르는 것을 원칙으로 하되 여기서는 작자의 의도가 담긴 표현, 방언, 속어 등 원본의 의도를 해치지 않기 위해 가급적 원문 그대로 표기하였음을 밝혀두는 바이다.

| 차례 |

머리글 ·· 4

운수 좋은 날 ·· 11
B 사감과 러브 레터 ······························ 27
고향 ·· 36
빈처 ·· 45
술 권하는 사회 ····································· 68
까막잡기 ··· 84
할머니의 죽음 ····································· 101
사립정신병원장 ··································· 117
신문지와 철창 ····································· 130
발 ·· 146
서투른 도적 ·· 159
희생화 ··· 166
정조와 약가 ·· 197
불 ·· 217
그리운 흘긴 눈 ··································· 227
새빨간 웃음 ·· 240

연보 ·· 250

설렁탕을 사다 놓았는데 왜 먹지를 못하니,
왜 먹지를 못하니……
괴상하게도 오늘은! 운수가, 좋더니만…….

운수 좋은날

　새침하게 흐린 품이 눈이 올 듯하더니 눈은 아니 오고 얼다가 만 비가 추적추적 내리는 날이었다.
　이날이야말로 동소문 안에서 인력거꾼 노릇을 하는 김 첨지에게는 오래간만에도 닥친 운수 좋은 날이었다. 문안에(거기도 문밖은 아니지만) 들어간답시는 앞집 마마님을 전찻길까지 모셔다드린 것을 비롯으로 행여나 손님이 있을까 하고 정류장에서 어정어정하며 내리는 사람 하나하나에게 거의 비는듯한 눈결을 보내고 있다가 마침내 교원인 듯한 양복쟁이를 동광학교(東光學校)까지 태워다 주기로 되었다.
　첫 번에 삼십 전, 둘째 번에 오십 전──아침 댓바람에 그리 흉치 않은 일이었다. 그야말로 재수가 옴 붙어서 근 열흘 동안 돈 구경도 못 한 김 첨지는 십 전짜리 백동화 서 푼 또는 다섯 푼이 찰깍하고 손바닥에 떨어질 제 거의 눈물을 흘릴 만큼 기뻤었다. 더구나 이날 이때에 이 팔십 전이라는 돈이 그에게 얼마나 유용한지 몰랐다. 컬컬한 목에 모주 한 잔도 적실 수 있거니와 그보다도 앓는 아내에게 설렁탕 한 그릇도 사다 줄 수 있음이다.
 그의 아내가 기침으로 쿨룩거리기는 벌써 달포가 넘었다. 조밥도 굶기를 먹다시피 하는 형편이니 물론 약 한 첩 써본 일이 없다. 구태여 쓰려면 못 쓸 바도 아니로되 그는 병이란 놈에게 약을 주어 보내면 재미를 붙여서 자꾸 온다는 자기의 신조(信條)에 어디까지 충실하였다. 따라서 의사에게 보인 적이 없으니 무슨 병인지는 알 수 없으되 반듯이 누워 가지고 일어나기는 새로 모로도 못 눕는 걸 보면 중증은 중증인 듯. 병이 이대도록 심해지기는 열흘 전에 조밥을 먹고 체한 때문이다. 그때도 김 첨지가 오래간만에 돈을 얻어서 좁쌀 한 되와 십 전짜리 나무 한 단을 사다 주었더니 김 첨지의 말에 의지하면 그 오라질 년이 천방지축으로 냄비에 대고 끓였다. 마음은 급하고 불길은 달지 않아 채 익지도 않은 것을 그 오라질 년이 숟가락은 고만두고 손으로 움켜서 두 뺨에 주먹 덩이 같은 혹이 불거지도록 누가 빼앗을 듯이 처박질하더니만 그날 저녁부터 가슴이 땡긴다, 배가 켕긴다고 눈을 흡뜨고 지랄병을 하였다. 그때 김 첨지는 열화와 같이 성을 내며,
 "에이, 오라질 년, 조랑복은 할 수가 없어, 못 먹어 병, 먹어서 병! 어쩌란 말이야! 왜 눈을 바루 뜨지 못해!"
하고 앓는 이의 뺨을 한 번 후려갈겼다. 흡뜬 눈은 조금 바루어졌건만 이슬이 맺히었다. 김 첨지의 눈시울도 뜨끈뜨끈하였다.
 이 환자가 그러고도 먹는 데는 물리지 않았다. 사흘 전부터 설렁탕 국물이 마시고 싶다고 남편을 졸랐다.
 "이런 오라질 년! 조밥도 못 먹는 년이 설렁탕은 또 처먹고 지

랄병을 하게."
라고 야단을 쳐보았건만, 못 사 주는 마음이 시원치는 않았다.

 인제 설렁탕을 사 줄 수도 있다. 앓는 어미 곁에서 배고파 보채는 개똥이(세살먹이)에게 죽을 사 줄 수도 있다──팔십 전을 손에 쥔 김 첨지의 마음은 푼푼하였다.

 그러나 그의 행운은 그걸로 그치지 않았다. 땀과 빗물이 섞여 흐르는 목덜미를 기름 주머니가 다 된 왜목 수건으로 닦으며 그 학교 문을 돌아 나올 때였다. 뒤에서 "인력거!" 하고 부르는 소리가 난다. 자기를 불러 멈춘 사람이 그 학교 학생인 줄 김 첨지는 한번 보고 짐작할 수 있었다. 그 학생은 다짜고짜로,

 "남대문 정거장까지 얼마요."
라고 물었다. 아마도 그 학교 기숙사에 있는 이로 동기방학을 이용하여 귀향하려 함이리라. 오늘 가기로 작정은 하였건만 비는 오고 짐은 있고 해서 어찌할 줄 모르다가 마침 김 첨지를 보고 뛰어나왔음이리라. 그렇지 않으면 왜 구두를 채 신지 못해서 질질 끌고, 비록 고구라 양복일망정 노박이로 비를 맞으며 김 첨지를 뒤쫓아 나왔으랴.

 "남대문 정거장까지 말씀입니까."
하고 김 첨지는 잠깐 주저하였다. 그는 이 우중에 우장도 없이 그 먼 곳을 철벅거리고 가기가 싫었음일까? 처음 것 둘째 것으로 고만 만족하였음일까? 아니다 결코 아니다. 이상하게도 꼬리를 맞물고 덤비는 이 행운 앞에 조금 겁이 났음이다. 그리고 집을 나올 제 아내의 부탁이 마음이 켕기었다──앞집 마마님한테서 부르러 왔을 제 병인은 뼈만 남은 얼굴에 유일의 샘물 같

은 유달리 크고 움푹한 눈에 애걸하는 빛을 띄우며,
 "오늘은 나가지 말아요. 제발 덕분에 집에 붙어 있어요. 내가 이렇게 아픈데……."
라고, 모기 소리같이 중얼거리고 숨을 걸그렁걸그렁하였다. 그때에 김 첨지는 대수롭지 않은 듯이,
 "아따, 젠장맞을 년, 별 빌어먹을 소리를 다 하네. 맞붙들고 앉았으면 누가 먹여 살릴 줄 알아."
하고 훌쩍 뛰어나오려니까 환자는 붙잡을 듯이 팔을 내저으며,
 "나가지 말라도 그래, 그러면 일찍이 들어와요."
하고, 목메인 소리가 뒤를 따랐다.
 정거장까지 가잔 말을 들은 순간에 경련적으로 떠는 손, 유달리 큼직한 눈, 울 듯한 아내의 얼굴이 김 첨지의 눈앞에 어른어른하였다.
 "그래 남대문 정거장까지 얼마란 말이요?"
하고 학생은 초조한 듯이 인력거꾼의 얼굴을 바라보며 혼잣말같이,
 "인천 차가 열한 점에 있고 그다음에는 새로 두 점이든가."
라고 중얼거린다.
 "일 원 오십 전만 줍시요."
 이 말이 저도 모를 사이에 불쑥 김 첨지의 입에서 떨어졌다. 제 입으로 부르고도 스스로 그 엄청난 돈 액수에 놀랐다. 한꺼번에 이런 금액을 불러라도 본 지가 그 얼마 만인가! 그러자 그 돈 벌 용기가 병자에 대한 염려를 사르고 말았다. 설마 오늘 내로 어떠랴 싶었다. 무슨 일이 있더라도 제일 제이의 행운을 꼽

친 것보다고 오히려 갑절이 많은 이 행운을 놓칠 수 없다 하였다.

"일 원 오십 전은 너무 과한데."

이런 말을 하며 학생은 고개를 기웃하였다.

"아니올시다. 잇수로 치면 여기서 거기가 시오 리가 넘는답니다. 또 이런 진날은 좀 더 주셔야지요."

하고 빙글빙글 웃는 차부의 얼굴에는 숨길 수 없는 기쁨이 넘쳐흘렀다.

"그러면 달라는 대로 줄 터이니 빨리 가요."

관대한 어린 손님은 이런 말을 남기고 총총히 옷도 입고 짐도 챙기러 갈데로 갔다.

그 학생을 태우고 나선 김 첨지의 다리는 이상하게 거뿐하였다. 달음질을 한다느니보다 거의 나는 듯하였다. 바퀴도 어떻게 속히 도는지 구른다느니보다 마치 얼음을 지쳐나가는 스케이트 모양으로 미끄러져 가는 듯하였다. 언 땅에 비가 내려 미끄럽기도 하였지만.

이윽고 끄는 이의 다리는 무거워졌다. 자기 집 가까이 다다른 까닭이다. 새삼스러운 염려가 그의 가슴을 눌렀다.

"오늘은 나가지 말아요, 내가 이렇게 아픈데."

이런 말이 잉잉 그의 귀에 울렸다. 그리고 병자의 움쑥 들어간 눈이 원망하는 듯이 자기를 노리는 듯하였다. 그러자 엉엉하고 우는 개똥이의 곡성을 들은 듯싶다. 딸국딸국 하고 숨 모으는 소리도 나는 듯싶다.

"왜 이리우, 기차 놓치겠구먼."

하고 탄 이의 초조한 부르짖음이 간신히 그의 귀에 들어왔다. 언뜻 깨달으니 김 첨지는 인력거를 쥔 채 길 한복판에 엉거주춤 멈춰 있지 않은가.

"예, 예."

하고 김 첨지는 또다시 달음질하였다. 집이 차차 멀어 갈수록 김 첨지의 걸음에는 다시금 신이 나기 시작하였다. 다리를 재게 놀려야만 쉴새 없이 자기의 머리에 떠오르는 모든 근심과 걱정을 잊을 듯이.

정거장까지 끌어다 주고 그 깜짝 놀란 일 원 오십 전을 정말 제 손에 쥠에 제 말마따나 십리 나 되는 길을 비를 맞아 가며 질퍽거리고 온 생각은 아니 하고 거저나 얻은 듯이 고마웠다. 졸부나 된 듯이 기뻤다. 제 자식뻘밖에 안 되는 어린 손님에게 몇 번 허리를 굽히며,

"안녕히 다녀옵시요."

라고 깍듯이 재우쳤다.

그러나 빈 인력거를 털털거리며 이 우중에 돌아갈 일이 꿈밖이었다. 노동으로 하여 흐른 땀이 식어지자 굶주린 창자에서, 물 흐르는 옷에서 어슬어슬 한기가 솟아나기 비롯하매 일 원 오십 전이란 돈이 얼마나 괜찮고 괴로운 것인 줄 절절히 느끼었다. 정거장을 떠나는 그의 발길은 힘 하나 없었다. 온몸이 옹송그려지며 당장 그 자리에 엎어져 못 일어날 것 같았다.

"젠장맞을 것, 이 비를 맞으며 빈 인력거를 털털거리고 돌아를 간담. 이런 빌어먹을 제 할미를 붙을 비가 왜 남의 상판을 딱딱 때려!"

그는 몹시 화증을 내며 누구에게 반항이나 하는 듯이 게걸거렸다. 그럴 즈음에 그의 머리엔 또 새로운 광명이 비쳤나니 그것은 '이러구 갈 게 아니라 이 근처를 빙빙 돌며 차 오기를 기다리면 또 손님을 태우게 되는지도 몰라'란 생각이었다. 오늘 운수가 괴상하게도 좋으니까 그런 요행이 또 한번 없으리라고 누가 보증하랴. 꼬리를 굴리는 행운이 꼭 자기를 기다리고 있다고 내기를 해도 좋을 만한 믿음을 얻게 되었다. 그렇다고 정거장 인력거꾼의 등쌀이 무서우니 정거장 앞에 섰을 수는 없었다. 그래 그는 이전에도 여러 번 해 본 일이라 바로 정거장 앞 전차 정류장에서 조금 떨어지게 사람 다니는 길과 전찻길 틈에 인력거를 세워 놓고 자기는 그 근처를 빙빙 돌며 형세를 관망하기로 하였다. 얼마 만에 기차는 왔고 수십 명이나 되는 손이 정류장으로 쏟아져 나왔다. 그중에서 손님을 물색하는 김 첨지의 눈엔 양머리에 뒤축 높은 구두를 신고 망토까지 두른 기생 퇴물인 듯 난봉 여학생인 듯한 여편네의 모양이 띄었다. 그는 슬근슬근 그 여자의 곁으로 다가들었다.

"아씨, 인력거 아니 타시랍시요."

그 여학생인지 만지가 한참은 매우 때깔을 빼며 입술을 꼭 다문 채 김 첨지를 거들떠보지도 않았다. 김 첨지는 구걸하는 거지나 무엇같이 연해연방 그의 기색을 살피며,

"아씨, 정거장 애들보담 아주 싸게 모셔다드리겠습니다. 댁이 어디신가요."

하고 추근추근하게도 그 여자의 들고 있는 일본식 버들고리짝에 제 손을 대었다.

"왜 이래, 남 귀치않게."

소리를 벽력같이 지르고는 돌아선다. 김 첨지는 어랍시요 하고 물러섰다.

전차는 왔다. 김 첨지는 원망스럽게 전차 타는 이를 노리고 있었다. 그러나 그의 예감(豫感)은 틀리지 않았다. 전차가 빡빡하게 사람을 싣고 움직이기 시작하였을 제 타고 남은 손 하나가 있었다. 굉장하게 큰 가방을 들고 있는 걸 보면 아마 붐비는 차 안에 짐이 크다 하여 차장에게 밀려 내려온 눈치였다. 김 첨지는 대어섰다.

"인력거를 타시랍시요."

한동안 값으로 승강이를 하다가 육십 전에 인사동까지 태워다 주기로 하였다. 인력거가 무거워지매 그의 몸은 이상하게도 가벼워졌고, 그리고 또 인력거가 가벼워지니 몸은 다시금 무거워졌건만 이번에는 마음조차 초조해 온다. 집의 광경이 자꾸 눈앞에 어른거리어 인제 요행을 바랄 여유도 없었다. 나뭇등걸이나 무엇 같고 제 것 같지도 않은 다리를 연해 꾸짖으며 질팡갈팡 뛰는 수밖에 없었다. '저놈의 인력거꾼이 저렇게 술이 취해 가지고 이 진 땅에 어찌 가노'라고 길 가는 사람이 걱정을 하리만큼 그의 걸음은 황급하였다. 흐리고 비 오는 하늘은 어둠침침하게 벌써 황혼에 가까운 듯하다. 창경원 앞까지 다다라서야 그는 턱에 닿은 숨을 돌리고 걸음도 늦추잡았다. 한 걸음 두 걸음 집이 가까워갈수록 그의 마음조차 괴상하게 누그러웠다. 그런데 이 누그러움은 안심에서 오는 게 아니요 자기를 덮친 무서운 불행을 빈틈없이 알게 될 때가 박두한 것을 두리는 마음에서 오는 것이다. 그는 불행에 다닥치기 전 시간을 얼마쯤이라도 늘이려고 버르적거렸다. 기적(奇蹟)에 가까운 벌이를 하였다는 기쁨을 할 수 있으면 오래 지니고 싶었다. 그는 두리번두리번 사면을 살피었다. 그 모양은 마치 자기 집──곧 불행을 향하고 달아가는 제 다리를 제힘으로는 도저히 어찌할 수 없으니 누구든지 나를 좀 잡아다고, 구해 다고 하는 듯하였다.

그럴 즈음에 마침 길가 선술집에서 그의 친구 치삼이가 나온다. 그의 우글우글 살찐 얼굴에 주홍이 덧는 듯 온 턱과 뺨을 시커멓게 구레나룻이 덮였거늘 노르탱탱한 얼굴이 바짝 말라서 여기저기 고랑이 패고 수염도 있대야 턱밑에만 마치 솔잎 송이를 거꾸로 붙여 놓은 듯한 김 첨지의 풍채하고는 기이한 대상을 짓고 있었다.

"여보게 김 첨지, 자네 문안 들어갔다 오는 모양일세그려. 돈 많이 벌었을 테니 한잔 빨리게."

뚱뚱보는 말라깽이를 보던 맡에 부르짖었다. 그 목소리는 몸집과 딴판으로 연하고 싹싹하였다. 김 첨지는 이 친구를 만난 게 어떻게 반가운지 몰랐다. 자기를 살려 준 은인이나 무엇같이 고맙기도 하였다.

"자네는 벌써 한잔한 모양일세그려. 자네도 오늘 재미가 좋아 보이."

하고 김 첨지는 얼굴을 펴서 웃었다.

"아따, 재미 안 좋다고 술 못 먹을 낸가. 그런데 여보게, 자네 왼몸이 어째 물독에 빠진 새앙쥐 같은가. 어서 이리 들어와 말리게."

선술집은 훈훈하고 뜨뜻하였다. 추어탕을 끓이는 솥뚜껑을 열 적마다 뭉게뭉게 떠오르는 흰 김 석쇠에서 뻐지짓뻐지짓 구워지는 너비아니구이며 제육이며 간이며 콩팥이며 북어며 빈대떡…… 이 너저분하게 늘어 놓인 안주 탁자에 김 첨지는 갑자기 속이 쓰려서 견딜 수 없었다. 마음대로 할 양이면 거기 있는 모든 먹음먹이를 모조리 깡그리 집어삼켜도 시원치 않았다 하되 배고픈 이는 위선 분량 많은 빈대떡 두 개를 쪼이기도 하고 추어탕을 한 그릇 청하였다. 주린 창자는 음식 맛을 보더니 더욱더욱 비어지며 자꾸자꾸 들이라 들이라 하였다. 순식간에 두부와 미꾸리 든 국 한 그릇을 그냥 물같이 들이켜고 말았다. 셋째 그릇을 받아 들었을 제 데우던 막걸리 곱배기 두 잔이 더웠다. 치삼이와 같이 마시자 원원이 비었던 속이라 찌르를 하고 창자에 퍼지며 얼굴이 화끈하였다. 눌러 곱배기 한 잔을 또 마셨다.

김 첨지의 눈은 벌써 개개 풀리기 시작하였다. 석쇠에 얹힌 떡 두 개를 숭덩숭덩 썰어서 볼을 불룩거리며 또 곱배기 두 잔을 부어라 하였다.

치삼은 의아한 듯이 김 첨지를 보며,

"여보게 또 붓다니, 벌써 우리가 넉 잔씩 먹었네, 돈이 사십 전일세."

라고 주의시켰다.

"아따 이놈아, 사십 전이 그리 끔찍하냐. 오늘 내가 돈을 막 벌었어. 참 오늘 운수가 좋았느니."

"그래 얼마를 벌었단 말인가."

"삼십 원을 벌었어, 삼십 원을! 이런 젠장맞을 술을 왜 안 부어…… 괜찮다 괜찮다, 막 먹어도 상관이 없어. 오늘 돈 산더미같이 벌었는데."

"어, 이 사람 취했군, 그만두세."

"이놈아, 그걸 먹고 취할 내냐, 어서 더 먹어."

하고는 치삼의 귀를 잡아 치며 취한 이는 부르짖었다. 그리고 술을 붓는 열다섯 살 됨직한 중대가리에게로 달려들며,

"이놈, 오라질 놈, 왜 술을 붓지 않어."

라고 야단을 쳤다. 중대가리는 희희 웃고 치삼을 보며 문의하는 듯이 눈짓을 하였다. 주정꾼이 이 눈치를 알아보고 화를 버럭 내며,

"에미를 붙을 이 오라질 놈들 같으니, 이놈 내가 돈이 없을 줄 알고."

하자마자 허리춤을 훔칫훔칫하더니 일 원짜리 한 장을 꺼내어 중대가리 앞에 펄쩍 집어던졌다. 그 사품에 몇 푼 은전이 잘그랑 하며 떨어진다.

"여보게 돈 떨어졌네, 왜 돈을 막 끼얹나."

이런 말을 하며 일변 돈을 줍는다. 김 첨지는 취한 중에도 돈의 거처를 살피는 듯이 눈을 크게 떠서 땅을 내려다보다가 불시에 제 하는 짓이 너무 더럽다는 듯이 고개를 소스라치자 더욱 성을 내며,

"봐라 봐! 이 더러운 놈들아, 내가 돈이 없나, 다리뼉다구를 꺾어 놓을 놈들 같으니."

하고 치삼의 주워 주는 돈을 받아,

"이 원수엣돈! 이 육시를 할 돈!"

하면서 풀매질을 친다. 벽에 맞아떨어진 돈은 다시 술 끓이는 양푼에 떨어지며 정당한 매를 맞는다는 듯이 쨍하고 울었다.

곱배기 두 잔은 또 부어질 겨를도 없이 말려 가고 말았다. 김 첨지는 입술과 수염에 붙은 술을 빨아들이고 나서 매우 만족한 듯이 그 솔잎 송이 수염을 쓰다듬으며,

"또 부어, 또 부어."

라고 외쳤다.

또 한 잔 먹고 나서 김 첨지는 치삼의 어깨를 치며 문득 껄껄 웃는다. 그 웃음소리가 어떻게 컸던지 술집에 있는 이의 눈은 모두 김 첨지에게로 몰리었다. 웃는 이는 더욱 웃으며,

"여보게 치삼이, 내 우스운 이야기 하나 할까. 오늘 손을 태고 정거장에 가지 않았겠나."

"그래서."

"갔다가 그저 오기가 안됐데그려. 그래 전차 정류장에서 어름 어름하며 손님 하나를 태울 궁리를 하지 않았나. 거기 마침 마마님이신지 여학생이신지(요새야 어디 논다니와 아가씨를 구별할 수가 있던가) 망토를 잡수시고 비를 맞고 서 있겠지. 슬근슬근 가까이 가서 인력거 타시랍시요 하고 손가방을 받으랴니까 내 손을 탁 뿌리치고 홱 돌아서더니만 '왜 남을 이렇게 귀찮게 굴어!' 그 소리야말로 꾀꼬리 소리지, 허허!"

김 첨지는 교묘하게도 정말 꾀꼬리 같은 소리를 내었다. 모든 사람은 일시에 웃었다.

"빌어먹을 깍쟁이 같은 년, 누가 저를 어쩌나, '왜 남을 귀찮게 굴어!' 어이구 소리가 처신도 없지, 허허."

웃음소리들은 높아졌다. 그러나 그 웃음소리들이 사라도 지기 전에 김 첨지는 훌쩍훌쩍 울기 시작하였다.

치삼은 어이없이 주정뱅이를 바라보며,

"금방 웃고 지랄을 하더니 우는 건 또 무슨 일인가."

김 첨지는 연해 코를 들이마시며,

"우리 마누라가 죽었다네."

"뭐, 마누라가 죽다니, 언제?"

"이놈아 언제는, 오늘이지."

"엣기 미친놈, 거짓말 말아."

"거짓말은 왜, 참말로 죽었어, 참말로…… 마누라 시체를 집에 뻐들쳐 놓고 내가 술을 먹다니, 내가 죽일 놈이야, 죽일 놈이야."

하고 김 첨지는 엉엉 소리를 내어 운다.

치삼은 흥이 조금 깨어지는 얼굴로,

"원 이 사람이, 참말을 하나 거짓말을 하나. 그러면 집으로 가세, 가."

하고 우는 이의 팔을 잡아당기었다.

치삼의 끄는 손을 뿌리치더니 김 첨지는 눈물이 글썽글썽한 눈으로 싱그레 웃는다.

"죽기는 누가 죽어."

하고 득의가 양양.

"죽기는 왜 죽어, 생때같이 살아만 있단다. 그 오라질 년이 밥을 죽이지. 인제 나한테 속았다."

하고 어린애 모양으로 손뼉을 치며 웃는다.

"이 사람이 정말 미쳤단 말인가. 나도 아주머네가 앓는단 말은 들었는데."
하고 치삼이도 어느 불안을 느끼는 듯이 김 첨지에게 또 돌아가라고 권하였다.
"안 죽었어, 안 죽었대도 그래."
김 첨지는 화증을 내며 확신 있게 소리를 질렀으되 그 소리엔 안 죽은 것을 믿으려고 애쓰는 가락이 있었다. 기어이 일 원어치를 채워서 곱배기 한 잔씩 더 먹고 나왔다. 궂은비는 의연히 추적추적 내린다.

김 첨지는 취중에도 설렁탕을 사가지고 집에 다다랐다. 집이라 해도 물론 셋집이요 또 집 전체를 세든 게 아니라 안과 뚝 떨어진 행랑방 한 간을 빌려 든 것인데 물을 길어 대고 한 달에 일 원씩 내는 터이다. 만일 김 첨지가 주기를 띠지 않았던들 한 발을 대문에 들여놓았을 제 그곳을 지배하는 무시무시한 정적(靜寂)──폭풍우가 지나간 뒤의 바다 같은 정적이 다리가 떨렸으리라. 쿨룩거리는 기침 소리도 들을 수 없다. 그르렁거리는 숨소리조차 들을 수 없다. 다만 이 무덤 같은 침묵을 깨뜨리는──깨뜨린다느니보다 한층 더 침묵을 깊게 하고 불길하게 하는 빡빡 하는 그윽한 소리, 어린애의 젖 빠는 소리가 날 뿐이다. 만일 청각(聽覺)이 예민한 이 같으면 그 빡빡 소리는 빨 따름이요, 꿀떡꿀떡하고 젖 넘어가는 소리가 없으니 빈 젖을 빤다는 것도 짐작할는지 모르리라.

혹은 김 첨지도 이 불길한 침묵을 짐작했는지도 모른다. 그렇지 않으면 대문에 들어서자마자 전에 없이,

"이 난장맞을 년, 남편이 들어오는데 나와 보지도 않아, 이 오라질 년."

이라고 고함을 친 게 수상하다. 이 고함이야말로 제 몸을 엄습해 오는 무시무시한 증을 쫓아 버리려는 허장성세인 까닭이다.

하여간 김 첨지는 방문을 왈칵 열었다. 구역을 나게 하는 추기——떨어진 삿자리 밑에서 나온 먼지내 빨지 않은 기저귀에서 나는 똥내와 오줌내 가지각색 때가 켜켜이 앉은 옷내 병인의 땀 썩은 내가 섞인 추기가 무딘 김 첨지의 코를 찔렀다.

방 안에 들어서며 설렁탕을 한구석에 놓을 사이도 없이 주정꾼은 목청을 있는 대로 다 내어 호통을 쳤다.

"이런 오라질 년, 주야장천 누워만 있으면 제일이야. 남편이 와도 일어나지를 못해."

라는 소리와 함께 발길로 누운 이의 다리를 몹시 찼다. 그러나 발길에 채이는 건 사람의 살이 아니고 나뭇등걸과 같은 느낌이 있었다. 이때에 빽빽 소리가 응아 소리로 변하였다. 개똥이가 물었던 젖을 빼어 놓고 운다. 운대도 온 얼굴을 찡그려 붙여서 운다는 표정을 할 뿐이다. 응아 소리도 입에서 나는 게 아니고 마치 뱃속에서 나는 듯하였다. 울다가 울다가 목도 잠겼고 또 울 기운조차 시진한 것 같다.

발로 차도 그 보람이 없는 걸 보자 남편은 아내의 머리맡으로 달려들어 그야말로 까치집 같은 환자의 머리를 꺼들어 흔들며,

"이년아, 말을 해, 말을! 입이 붙었어, 이 오라질 년!"

"……"

"으응, 이것 봐, 아무 말이 없네."

"……"

"이년아, 죽었단 말이냐, 왜 말이 없어."

"……"

"으응, 또 대답이 없네. 정말 죽었나 버이."

이러다가 누운 이의 흰 창을 덮은 위로 치뜬 눈을 알아보자마자,

"이 눈깔! 이 눈깔! 왜 나를 바라보지 못하고 천장만 보느냐, 응."

하는 말끝엔 목이 메였다. 그러자 산 사람의 눈에서 떨어진 닭의 똥 같은 눈물이 죽은 이의 뻣뻣한 얼굴을 어룽어룽 적시었다. 문득 김 첨지는 미친 듯이 제 얼굴을 죽은 이의 얼굴에 한데 비비대며 중얼거렸다.

"설렁탕을 사다 놓았는데 왜 먹지를 못하니, 왜 먹지를 못하니…… 괴상하게도 오늘은! 운수가, 좋더니만……."

출전:개벽(1924.6)

B 사감과 러브 레터

　C 여학교에서 교원 겸 기숙사 사감 노릇을 하는 B 여사라면 딱장대요, 독신주의자요, 찰진 야소꾼으로 유명하다. 사십에 가까운 노처녀인 그는 주근깨투성이 얼굴이 처녀다운 맛이란 약에 쓰려도 찾을 수 없을 뿐인가, 시들고 거칠고 마르고 누렇게 뜬 품이 곰팡 슬은 굴비를 생각나게 한다.
　여러 겹 주름이 잡힌 훨렁 벗겨진 이마라든지 숱이 적어서 법대로 쪽 찌거나 틀어 올리지를 못하고 엉성하게 그냥 빗겨 넘긴 머리, 꼬리가 뒤통수에 염소똥만 하게 붙은 것이라든지, 벌써 늙어 가는 자최를 감출 길이 없었다. 뾰족한 입을 앙다물고 돋보기 너머로 쌀쌀한 눈이 노릴 때엔 기숙생들이 오싹하고 몸서리를 치리만큼 그는 엄격하고 매서웠다.
　이 B 여사가 질겁을 하다시피 싫어하고 미워하는 것은 소위 '러브 레터'였다. 여학교 기숙사라면 의례히 그런 편지가 많이 오는 것이지만 학교로도 유명하고 또 아름다운 여학생이 많은 탓인지 모르되 하로에도 몇 장씩 죽느니 사느니 하는 사랑 타령이 날아들어 왔다. 기숙생에게 오는 사신을 일일이 검사하는 터이니까 그따위 편지도 물론 B 여사의 손에 떨어진다. 달착지근한 사연을 보는 족족 그는 더할 수 없이 흥분되어서 얼굴이 붉으락푸르락 편지든 손이 발발 떨리도록 성을 낸다.

아모 까닭 없이 그런 편지를 받은 학생이야말로 큰 재변이었다. 하학하기가 무서웁게 그 학생은 사감실로 불리어 간다. 분해서 못 견디겠다는 사람 모양으로 쌔근쌔근하며 방안을 왔다 갔다 하던 그는 들어오는 학생을 잡아먹을 듯이 노리면서 한 걸음 두 걸음 코가 맞닿을 만큼 바싹 다가들어서 딱 마주선다. 웬 영문인지 알지 못하면서도 선생의 기색을 살피고 겁부터 집어먹은 학생은 한동안 어쩔 줄 모르다가 간신히 모기만 한 소리로,

"저를 부르셨어요?"

하고 묻는다.

"그래, 불렀다. 왜!"

팍 무는 듯이 한마디하고 나서 매우 못마땅한 것처럼 교의를 우당퉁탕 당겨서 철썩 주저앉았다가 학생이 그저 서 있는 걸 보면,

"장승이냐? 왜 앉지를 못해!"

하고 또 소리를 빽 질르는 법이었다.

스승과 제자는 조그마한 책상 하나를 새에 두고 마주 앉는다. 앉은 뒤에도,

"네 죄상을 네가 알지!"

하는 것처럼 아모 말 없이 눈살로 쏘기만 하다가 한참 만에야 그 편지를 끄집어내어 학생의 코앞에 동댕이를 치며,

"이건 누구한테 오는 거냐?"
하고 문초를 시작한다. 앞장에 제 이름이 쓰였는지라,
"저한테 온 것이야요."
하고 대답 않을 수 없다. 그러면 발신인이 누구인 것을 채쳐 묻는다.
 그런 편지의 항용으로 발신인의 성명이 똑똑치 않기 때문에 주저주저하다가 자세히 알 수 없다고 내대일 양이면,
"너한테 오는 것을 네가 모른단 말이냐?"
하고 불호령을 나린 뒤에 또 사연을 읽어 보라 하여 무심한 학생이 나직나직하나마 꿀 같은 구절을 입술에 올리면 B 여사의 역정은 더욱 심해져서 어느 놈의 소위인 것을 기어이 알려 한다. 기실 보도들도 못한 남성의 한 노릇이요 자기에게는 아모 죄도 없는 것을 변명변명하여도 곧이듣지를 않는다. 바른대로 아뢰어야 망정이지 그렇지 않으면 퇴학을 시킨다는 둥, 제 이름도 모르는 여자에게 편지할 리가 만무하다는 둥, 필연 행실이 부정한 일이 있었으리라는 둥, 하다못해 어디서 한 번 만나기라도 하였을 테니 어찌해서 남자와 접촉을 하게 되었느냐는 둥.
 자칫 잘못하여 학교에서 주최한 음악회나 '바자'에서 '혹' 보았는지 모른다고 졸리다 못해 주워댈 것 같으면 사내의 보는 눈이 어떻더냐, 표정이 어떻더냐, 무슨 말을 건네더냐, 미주알고주알 캐고 파며 얼르고 볶아서 넉넉히 십년감수는 시킨다.
 두 시간이 넘도록 문초를 한 끝에는 사내란 믿지 못할 것, 우리 여성을 잡아먹으려는 마귀인 것, 연애가 자유이니 신성이니 하는 것도 모두 악마의 지어낸 소리인 것을 입에 침이 없이 열

에 띠어서 한참 설법을 하다가 닦지도 않은 방바닥(침대를 쓰기 때문에 방이라 해도 마룻바닥이다)에 그대로 무릎을 꿇고 기도를 올린다. 눈에 눈물까지 글썽거리면서 말끝마다 하느님 아버지를 찾아서 악마의 유혹에 떨어지려는 어린 양을 구해 달라고 뒤 삶고 곱삶는 법이었다.

그리고 둘째로 그의 싫어하는 것은 기숙생을 남자가 면회하러 오는 일이었다. 무슨 핑계를 하는지 기어이 못 보게 하고 만다. 친부모, 친동기간이라도 규칙이 어떠니 상학 중이니 무슨 핑계를 하든지 따돌려 보내기가 일쑤다.

이로 말미암아 학생이 동맹 휴학을 하였고 교장의 설유까지 들었건만 그래도 그 버릇은 고치려 들지 않았다.

이 B 사감이 감독하는 그 기숙사에 금년 가을 들어서 괴상한 일이 생겼다. 아니 괴상한 일이 '생겼다'느니보담 '발각되었다'는 것이 마땅할는지 모르리라. 왜 그런고 하면 그 괴상한 일이 언제 '시작된' 것은 귀신밖에 모르니까.

그것은 다른 일이 아니라 밤이 깊어서 새로 한 점이 되고 두 점이 되어 모든 기숙생이 달고 곤한 잠에 떨어졌을 제 난데없는 깔깔대는 웃음과 속살속살하는 말낱이 새어 흐르는 일이었다. 하룻밤이 아니고 이틀 밤이 아닌 다음에야 그런 소리가 잠귀 밝은 기숙생의 귀에 들리기도 하였지만 자던 잠결이라 뒷동산에 구르는 마른 잎의 노래로나, 달빛에 나래를 번뜩이며 울고 가는 기러기의 소리로나 흘려들었다. 그렇지 않으면 도깨비의 장난이나 아닌가 하여 무시무시한 증이 들어서 동무를 깨웠다가 좀처럼 동무는 깨지 않고 제 생각이 너무도 어림없고 어이없음을 깨달으면 밤 소리 멀리 들린다고 학교 이웃집에서 이야기를 하거나 또는 딴 방에 자는 제 동무들의 잠꼬대로만 여겨서 스스로 안심하고 그대로 자 버리기도 하였다.

그러나 이 수수께끼가 풀릴 때는 왔다. 어째 공교롭게 한방에 자던 학생 셋이 한꺼번에 잠을 깨었다. 첫째 처녀가 소변을 보려 일어났다가 그 소리를 듣고 둘째 처녀와 셋째 처녀를 깨우고 만 것이다.

"저 소리를 들어보아요. 아닌 밤중에 저게 무슨 소리야?"
하고 첫째 처녀는 호동그래진 눈에 무서워하는 빛을 띤다.

"어젯밤에 나도 저 소리에 놀랬어. 도깨비가 났단 말인가?"
하고 둘째 처녀도 잠 오는 눈을 비비며 수상해 한다. 그중에 제일 나이 많을 뿐더러(많았자 열여덟밖에 아니 되지만) 작난 잘 치고 짓궂은 짓 잘하기로 유명한 셋째 처녀는 동무 말을 못 믿겠다는 듯이 이윽히 귀를 기울이다가,

"따는 수상한걸. 나도 언젠가 한 번 들어본 법도 하구면. 뭘 잠 아니 오는 애들이 이야기를 하는 게지."

이때에 그 괴상한 소리는 땍때굴 웃었다. 세 처녀는 으쓱하며 귀를 소스라쳤다. 적적한 밤 가운데 다른 파동 없는 공기는 그 수상한 말낱을 곁에서나 나는 듯이 또렷또렷이 전해 주었다.

"오, 태훈씨! 그러면 작히 좋을까요?"

간드러진 여자의 목소리다.

"경숙씨가 좋으시다면 내야 얼마나 기쁘겠습니까? 아아, 오즉 경숙 씨에게 바친 나의 타는 듯한 가슴을 인제야 아셨습니까?"

정열에 띤 사내의 목청이 분명하다.

한동안 침묵…….

"인제 고만 놓아요. '키스'가 너무 길지 않아요? 행여 남이 보면 어떡해요?"

아양 떠는 여자 말씨.

"길수록 더욱 좋지 않아요? 나는 내 목숨이 끊어질 때까지 키스를 하여도 길다고는 못하겠습니다. 그래도 짧은 것을 한하겠습니다."

사내의 피를 뿜은 듯한 이 말끝은 계집의 자지러진 웃음으로 묻혀 버렸다.

그것은 묻지 않아도 사랑에 겨운 남녀의 흐무러진 수작이다. 간검이 지독한 이 기숙사에 이런 일이 생길 줄이야! 세 처녀는 얼굴을 마주 보았다. 그들의 얼굴은 놀랍고 무서운 빛이 없지 않았으되 점점 호기심에 번쩍이기 시작하였다. 그들의 머릿속에는 한결같이 '로맨틱'한 생각이 떠올랐다. 이 안에 있는 여자 애인을 보려고 학교 근처를 뒤돌고 곰돌던 사내 애인이 타는 듯한 가슴을 걷잡다 못하여 밤이 이슥하기를 기다려 담을 뛰어 넘은지 모르리라. 모든 불이 다 꺼지고 오직 밝은 달빛이 은가루처럼 서린 창문이 소리 없이 열리며 여자 애인이 흰 수건을 흔들어 사내 애인을 부른지도 모르리라. 활동사진에 보는 것처럼 기나긴 피륙을 나리어서 하나는 위에서 당기고 하나는 밑에 매달려 디룽디룽하면서 올라가는 정경이 있었는지 모르리라. 그래서 두 애인은 만나가지고 저와 같이 사랑의 속살거림에 잦아졌는지 모르리라……. 꿈결 같은 감정이 안개 모양으로 흐릿하게 무지개 모양으로 부시게 세 처녀의 몸과 마음을 휩싸 돌았다. 그들의 뺨은 후끈후끈 달았다. 괴상한 소리는 또 일어났다.
"난 싫어요, 난 싫어요, 당신 같은 사내는 난 싫어요."
이번에는 매몰스럽게 내어대는 모양.
"나의 천사, 나의 하늘, 나의 여왕, 나의 목숨, 나의 사랑, 나를 살려 주어요, 나를 구해 주어요."
사내의 애를 졸이는 간청…….
"우리 구경 가 볼까?"
짓궂은 셋째 처녀는 몸을 일으키며 이런 제의를 하였다. 다른 처녀들도 그 말에 찬성한다는 듯이 따라 일어섰으되 의아와 공구와 호기심이 뒤섞인 얼굴을 서로 교환하면서 얼마쯤 망설이다가 마침내 가만히 문을 열고 나왔다. 쌀벌레 같은 그들의 발가락은 가장 조심성 많게 소리 나는 곳을 향해서 곰실곰실 기어간다. 컴컴한 복도에 자다가 일어난 세 처녀의 흰 모양은 그림자처럼 소리 없이 움직였다.

소리 나는 방을 어렵지 않게 찾을 수 있었다. 찾고는 나무로 깎아 세운 듯이 주춤 걸음을 멈출 만큼 그들은 놀래었다. 그런 소리의 출처야말로 자기네 방에서 몇 걸음 안 되는 사감실일 줄이야! 그렇듯이 사내라면 못 먹어 하고 침이라도 배앝을 듯하던 B 여사의 방 일 줄이야! 그 방에선 여전히 사내의 비두발괄하는 푸념이 되풀이하고 있다.──

"나의 천사, 나의 하늘, 나의 여왕, 나의 목숨, 나의 사랑, 나의 애를 말려죽이실 테요? 나의 가슴을 뜯어 죽이실 테요? 내 생명을 맡으신 당신의 입술로……"

셋째 처녀는 대담스럽게 그 방문을 빠끔히 열었다. 그 틈으로 여섯 눈이 방안을 향해 쏘았다. 이 어쩐 기괴한 광경이냐! 전등불은 아즉 끄지 않았는데 침대 위에는 기숙생에게 온 소위 '러브 레터'의 봉투가 너저분하게 흩어졌고 그 알맹이도 여기저기 두서 없이 펼쳐진 가운데 B여사 혼자──아모도 없이 제 혼자 일어나 앉았다. 누구를 끌어당길 듯이 두 팔을 벌이고 안경 벗은 근시안으로 잔뜩 한 곳을 노리며 그 굴비쪽 같은 얼굴에 말할 수 없이 애원하는 표정을 짓고는 '키스'를 기다리는 것같이 입을 쭝긋이 내어민 채 사내의 목청을 내어가면서 아깟말을 중얼거린다. 그러다가 그 넋두리가 끝날 겨를도 없이 급작스레 앵돌아지는 시늉을 내며 누구를 뿌리치는 듯이 연해 손짓을 하며 이번에는 톡톡 쏘는 계집의 음성을 지어,

"난 싫어요. 당신 같은 사내는 난 싫어요."

하다가 제물에 자지러지게 웃는다. 그러더니 문득 편지 한 장을(물론 기숙생에게 온 '러브 레터'의 하나) 집어 들어 얼굴에 문지르며,

"정 말씀이야요? 나를 그렇게 사랑하셔요? 당신의 목숨같이 나를 사랑하셔요? 나를, 이 나를."

하고 몸을 추스르는데 그 음성은 분명히 울음의 가락을 띠었다.

"에그머니, 저게 웬일이야?"

첫째 처녀가 소곤거렸다.

"아마 미쳤나 보아. 밤중에 혼자 일어나서 왜 저러고 있을꾸?"

둘째 처녀가 맞방망이를 친다.

"에그 불쌍해!"
하고 셋째 처녀는 손으로 고인 때 모르는 눈물을 씻었다…….
(1925년 1월 4일)

출전:조선문단(1925. 2)

고향

　대구에서 서울로 올라오는 차중에서 생긴 일이다. 나는 나와 마주 앉은 그를 매우 흥미있게 바라보고 또 바라보았다. 두루막 격으로 '기모노'를 둘렀고 그 안에선 옥양목 저고리가 내어 보이며 아랫도리엔 중국식 바지를 입었다. 그것은 그네들이 흔히 입는 유지모양으로 번질번질한 암갈색 피륙으로 지은 것이었다. 그러고 발은 감발을 하였는데 짚신을 신었고 '고부가리'로 깎은 머리엔 모자도 쓰지 않았다. 우연히 이따금 기묘한 모임을 꾸미는 것이다. 우리가 자리를 잡은 찻간에는 공교롭게 세 나라 사람이 다 모이었으니 내 옆에는 중국 사람이 기대었다. 그의 옆에는 일본 사람이 앉아 있었다. 그는 동양 삼국 옷을 한 몸에 감은 보람이 있어 일본말로 곧잘 철철 대이거니와 중국말에도 그리 서툴지 않은 모양이었다.
　"도코마데 오이데 데수카"
하고 첫마디를 걸더니만 동경이 어떠니 대판이 어떠니, 조선 사람은 고추를 끔찍이 많이 먹는다는 둥, 일본 음식은 너무 싱거워서 처음에는 속이 뉘엿거린다는 둥, 횡설수설 지껄이다가 일본 사람이 엄지와 검지 손가락으로 짜르게 끊은 꼿꼿한 윗수염을 비비면서 마지못해 까땍까땍하는 고개와 함께 '소데수까'란 한 마디로 코대답을 할 따름이요, 잘 받아 주지 않으매 그는 또 중국인을 붙들고 실랭이를 한다.

"네쌍나을취?"

"니씽섬마?"

하고 덤벼보았으나 중국인 또한 그 기름 끼인 뚜우한 얼골에 수수께끼 같은 웃음을 띠울 뿐이요 별로 대꾸를 하지 않았건만 그래도 무에라고 연해 웅얼거리면서 나를 보고 웃어 보였다.

그것은 마침 짐승을 놀리는 요술쟁이가 구경꾼을 바라볼 때처럼 훌륭한 제 재조를 갈채해 달라는 웃음이었다. 나는 쌀쌀하게 그의 시선을 피해 버렸다. 그 주적대는 꼴이 어쭙잖고 밉살스러웠음이다. 그는 잠깐 입을 닥치고 무료한 듯이 머리를 더억더억 긁기도 하며 손톱을 이로 물어뜯기도 하고 멀거니 창밖을 내다보기도 하다가 암만해도 지절대지 않고는 못 참겠던지 문득 나에게로 향하며,

"어데까정 가는기오?"

라고 경상도 사투리로 말을 붙인다.

"서울까지 가오"

"그런기오? 참 반갑구마, 나도 서울꺼정 가는데 그러면 우리 동행이 되겠구마."

나는 이 지나치게 반가워하는 말씨에 대하여 무에라고 대답할 말도 없고 또 굳이 대답하기도 싫기에 덤덤히 입을 닫쳐 버렸다.

"서울에 오래 살았는기오?"

그는 또 물었다.

"육칠 년이나 됩니다."

조금 성가시다 싶었으되 대꾸 않을 수도 없었다.

"에이구 오래 살았구마, 나는 처음 길인데 우리 같은 막벌이꾼이 차를 나려서 어데로 찾아가야 되겠는기오? 일본으로 말하면 '기진야드' 같은 것이 있는기오?"

하고 그는 답답한 제 신세를 생각했던지 찡그려 보였다. 그때 나는 그의 얼골이 웃기보담 찡그리기에 가장 적당한 얼골임을 발견하였다. 군데군데 찢어진 경성드뭇한 눈썹이 알알이 일어서며 아래로 축 처지는 서슬에 양미간에는 여러 가닥 주름이 잡히고 광대뼈 위로 뺨 살이 실룩실룩 보이자 두 볼은 쪽 빨아든다. 입은 소태나 먹은 것처럼 왼편으로 삐뚤어지게 찢어 올라가고 조이던 눈엔 눈물이 괴인 듯 삼십 세밖에 안 되어 보이는 그 얼골이 십 년가량은 늙어진 듯하였다. 나는 그 신산(辛酸)스러운 표정이 얼마쯤 감동이 되어서 그에게 대한 반감이 풀려지는 듯하였다.

"글쎄요, 아마 노동 숙박소란 것이 있지요."

노동 숙박소에 대해서 미주알고주알 묻고 나서,

"시방 가면 무슨 일자리를 구하겠는기오?"

라고 그는 매어 달리는 듯이 또 채쳤다.

"글쎄요? 무슨 일자리를 구할 수 있을는지요."

나는 내 대답이 너무 냉랭하고 불친절한 것이 죄송스러웠다. 그러나 일자리에 대하여 아모 지식이 없는 나로서는 이외에 더 좋은 대답을 해줄 수가 없었던 것이다. 그 대신 나는 은근하게 물었다.

"어데서 오시는 길입니까?"

"흥, 고향에서 오누마."

하고 그는 휘 한숨을 쉬었다. 그러자 그의 신세타령의 실마리는 풀려 나왔다. 그의 고향은 대구에서 멀지 않은 K군 H란 외따른 동리였다. 한 백호 남짓한 그곳 주민은 전부가 역둔토를 파먹고 살았는데 역둔토로 말하면 사삿집 땅을 부치는 것보담 떨어지는 것이 후하였다. 그러므로 넉넉지는 못할망정 평화로운 농촌으로 남부럽지 않게 지낼 수 있었다. 그러나 세상이 뒤바뀌자 그 땅은 전부가 동양척식회사의 소유에 들어가고 말았다. 직접으로 회사에 소작료를 바치게나 되었으면 그래도 나으련마는 소위 중간 소작인이란 것이 생겨나서 저는 손에 흙 한번 만져 보지도 않고 동척엔 소작인 노릇을 하며 실작인에게는 지주 행세를 하게 되었다. 동척에 소작료를 물고 나서 또 중간소작인에게 긁히고 보니 실작인의 손에는 소출의 삼 할도 떨어지지 않았다. 그 후로 '죽겠다' '못살겠다' 하는 소리는 중이 염불하듯 그들의 입길에서 오르나리게 되었다. 남부여대하고 타처로 유리하는 사람만 늘고 동리는 점점 쇠진해 갔다.

지금으로부터 구 년 전 그가 열일곱 살 되던 해 봄에(그의 나이는 실상 스물여섯이었다. 가난과 고생이 얼마나 사람을 늙히는가) 그의 집안은 살기 좋다는 바람에 서간도로 이사를 갔었다. 쫓겨 가는 이의 운명이어든 어데를 간들 신신하랴. 그곳의 비옥한 전야도 그들을 위하여 열려질 리 없었다. 조금 좋은 땅은 먼저 간 이가 모조리 차지를 하였고 황무지는 비록 많다 하나 그곳 당도하던 날부터 아츰거리 저녁거리 걱정이라 무슨 행세로 적어도 일 년이란 장구한 세월을 먹고 입어 가며 거친 땅을 풀 수가 있으랴. 남의 밑천을 얻어서 농사를 짓고 보니 가을이 되어 얻는 것은 빈주먹뿐이었다. 이태 동안을 사는 것이 아니라 억지로 버티어 갈 제 그의 아버지는 우연히 병을 얻어 타국의 외로운 혼이 되고 말았다. 열아홉 살밖에 안 된 그가 홀어머니를 모시고 악으로 악으로 모진 목숨을 이어가던 중 사 년이 못 되어 영양 부족한 몸이 심한 노동에 지친 탓으로 그의 어머니 또한 죽고 말았다.

"모친꺼정 돌아갔구마."

"돌아가실 때 흰죽 한 모금도 못 자셨구마."

하고 이야기하던 이는 문득 말을 뚝 끊는다. 그의 눈이 번들번들함은 눈물이 쏟아졌음이리라. 나는 무엇이라고 위로할 말을 몰랐다. 한동안 머뭇머뭇이 있다가 나는 차를 탈 때에 친구들이 사 준 정종병 마개를 뺐었다. 찻잔에 부어서 그도 마시고 나도 마시었다. 악착한 운명이 던져준 깊은 슬픔을 술로 녹이려는 듯이 연겨푸 다섯 잔을 마신 그는 다시 말을 계속하였다. 그 후 그는 부모 잃은 땅에 오래 머물기 싫었다. 신의주로 안동현으로 품을 팔다가 일본으로 또 벌이를 찾아가게 되었다. 구주 탄광에 있어도 보고 대판 철공장에도 몸을 담아 보았다. 벌이는 조금 나았으나 외롭고 젊은 몸은 자연히 방탕해졌다. 돈은 모을래야 모을 수 없고 이따금 울화만 치받치기 때문에 한 곳에 주접을 하고 있을 수 없었다. 화도 나고 고국산천이 그립기도 하여서 훌쩍 뛰어나왔다가 오래간만에 고향을 둘러보고 벌이를 구할 겸 구경도 할 겸 서울로 올라가는 길이라 한다.
"고향에 가시니 반가워하는 사람이 있습디까?"
나는 탄식하였다.
"반가워하는 사람이 다 뭔기오? 고향이 통 없어졌더마."
"그렇겠지요. 구 년 동안이면 퍽 변했겠지요."
"변하고 무어고 간에 아모것도 없더마. 집도 없고, 사람도 없고, 개 한마리도 얼씬을 않더마."
"그러면 아주 폐동이 되었단 말씀이오?"
"흥, 그렇구마. 무너지다가 담만 즐비하게 남았더마. 우리 살던 집도 터야 안 남았겠는기오? 암만 찾아도 못 찾겠더마. 사람 살던 동리가 그렇게 된 것을 혹 구경 했는기오?"
하고 그의 짜는 듯한 목은 높아졌다.
"썩어 넘어진 서까래, 뚤뚤 구르는 주추는! 꼭 무덤을 파서 해골을 헐어 젖혀 놓은 것 같더마. 세상에 이런 일도 있는기오? 백여 호 살던 동리가 십 년이 못 되어 통 없어지는 수도 있는기오? 후!"
하고 그는 한숨을 쉬며 그때의 광경을 눈앞에 그리는 듯이 멀거니 먼 산을 보다가 내가 따라 준 술을 꿀꺽 들이켜고,
"참! 가슴이 터지더마, 가슴이 터져."
하자마자 굵직한 눈물 두어 방울이 뚝뚝 떨어진다.
나는 그 눈물 가운데 음산하고 비참한 조선의 얼골을 똑똑히 본 듯싶었다. 이윽고 나는 이런 말을 물었다.
"그래, 이번 길에 고향 사람은 하나도 못 만났습니까?"

"하나 만났구마, 단지 하나."

"친척 되시는 분이던가요"

"아니구마, 한 이웃에 살던 사람이구마."

하고 그의 얼골은 더욱 침울해진다.

"여간 반갑지 않으셨겠지요?"

"반갑다 말다, 죽은 사람을 만난 것 같더마. 더구나 그 사람은 나와 까닭도 좀 있던 사람인데……."

"까닭이라니?"

"나와 혼인 말이 있던 여자구마."

"하──."

나는 놀랜 듯이 벌린 입이 다물어지지 않았다.

'그 신세도 내 신세만이나 하구나.'

하고 그는 또 이야기를 계속하였다. 그 여자는 자기보담 나이 두 살 위였는데 한 이웃에 사는 탓으로 같이 놀기도 하고 싸우기도 하며 자라났었다. 그가 열네댓 살 적부터 그들 부모 사이에 혼인 말이 있었고 그도 어린 마음에 매우 탐탁하게 생각하였었다. 그런데 그 처녀가 열일곱 살 된 겨울에 별안간 간 곳을 모르게 되었다. 알고 보니 그 아비 되는 자가 이십 원을 받고 대구 유곽에 팔아먹은 것이었다. 그 소문이 퍼지자 그 처녀 가족은 그 동리에서 못 살고 멀리 이사를 갔는데 그 후로는 물론 피차에 한 번 만나보지도 못하였다. 이번에야 빈터만 남은 고향을 구경하고 돌아오는 길에 읍내에서 그 안해될 뻔한 댁과 마주치게 되었다. 처녀는 어떤 일본 사람 집에서 아이를 보고 있었다. 궐녀는 이십 원 몸값을 십 년을 두고 갚았건만 그래도 주인에게 빚이 육십 원이나 남았었는데 몸에 몹쓸 병이 들고 나이 늙어져서 산송장이 되니까 주인 되는 자가 특별히 빚을 탕감해 주고 작년 가을에야 놓아준 것이었다. 궐녀도 자기와 같이 십 년 동안이나 그리던 고향에 찾아오니까 거기는 집도 없고 부모도 없고 쓸쓸한 돌무더기만 눈물을 자아낼 뿐이었다. 하로해를 울어 보내고 읍내로 들어와서 돌아다니다가 십 년 동안에 한 마디 두 마디 배워 두었던 일본말 덕택으로 그 일본 집에 있게 된 것이었다.

"암만 사람이 변하기로 어째 그렇게도 변하는기오? 그 숱 많던 머리가 훌렁 다 벗어졌더마. 눈은 폭 들어가고 그 이들이들 하던 얼굴빛도 마치 유산을 끼얹은 듯하더라."

"서로 붙잡고 많이 우셨겠지요?"

"눈물도 안 나오더마. 일본 우동집에 들어가서 둘이서 정종만 한 열 병 따려 누이고 헤어졌구마."

하고 가슴을 짜는 듯이 괴로운 한숨을 쉬더니만 그는 지낸 슬픔을 새록새록이 자아내어 마음을 새기기에 지치었음이더라.

"이야기를 다 하면 무얼하는기오?"

하고 쓸쓸하게 입을 다문다. 내 또한 너무도 참옥한 사람살이를 듣기에 쓴물이 났다.

"자, 우리 술이나 마저 먹읍시다."

하고 우리는 서로 주거니 받거니 한 되 병을 다 말리고 말았다. 그는 취흥에 겨워서 우리가 어릴 때 멋모르고 부르던 노래를 읊조리었다.

　볏섬이나 나는 전토는

신작로가 되고요——
말마디나 하는 친구는
감옥소로 가고요——
담뱃대나 떠는 노인은
공동묘지 가고요——
인물이나 좋은 계집은
유곽으로 가고요——

            (12월 3일 밤)

         출전:조선일보(1926. 1. 3)

빈처

1

"그것이 어째 없을까?"

아내가 장문을 열고 무엇을 찾더니 입안말로 중얼거린다.

"무엇이 없어?"

나는 우두커니 책상머리에 앉아서 책장만 뒤적뒤적하다가 물어보았다.

"모본단 저고리가 하나 남았는데……."

"……"

나는 그만 묵묵하였다. 아내가 그것을 찾아 무엇 하려는 것을 앎이라. 오늘 밤에 옆집 할멈을 시켜 잡히려 하는 것이다.

이 이 년 동안에 돈 한 푼 나는 데는 없고 그대로 주리면 시장할 줄 알아 기구(器具)와 의복을 전당국 창고(典當局倉庫)에 들이밀거나 고물상 한구석에 세워 두고 돈을 얻어 오는 수밖에 없었다. 지금 아내가 하나 남은 모본단 저고리를 찾는 것도 아침거리를 장만하려 함이라.

나는 입맛을 쩍쩍 다시고 폈던 책을 덮으며 후 —— 한숨을 내쉬었다.

봄은 벌써 반이나 지났건마는 이슬을 실은 듯한 밤기운이 방 구석으로부터 슬금슬금 기어 나와 사람에게 안기고 비가 오는 까닭인지 밤은 아직 깊지 않건만 인적조차 끊어지고 온 천지가 빈 듯이 고요한데 투닥투닥 떨어지는 빗소리가 한없는 구슬픈 생각을 자아낸다.

"빌어먹을 것 되는 대로 되어라."

나는 점점 견딜 수 없어 두 손으로 흩어진 머리카락을 쓰다듬어 올리며 중얼거려 보았다. 이 말이 더욱 처량한 생각을 일으킨다. 나는 또 한 번,

"후 —" 한숨을 내쉬며 왼팔을 베고 책상에 쓰러지며 눈을 감았다.

이 순간에 오늘 지낸 일이 불현듯 생각이 난다.

늦게야 점심을 마치고 내가 막 궐련(卷煙) 한 개를 피워 물 적에 한성은행(漢城銀行) 다니는 T가 공일이라고 놀러 왔었다.

친척은 다 멀지 않게 살아도 가난한 꼴을 보이기도 싫고 찾아갈 적마다 무엇을 꾸어 내라고 조르지도 아니하였건만 행여나 무슨 구차한 소리를 할까 봐서 미리 방패막이를 하고 눈살을 찌푸리는 듯하여 나는 발을 끊고 따라서 찾아오는 이도 없었다. 다만 이 T는 촌수가 가까운 까닭인지 자주 우리를 방문하였다.

그는 성실하고 공순하며 소소한 소사(小事)에 슬퍼하고 기뻐하는 인물이었다. 동년배(同年輩)인 우리 둘은 늘 친척 간에 비교(比較) 거리가 되었었다. 그리고 나의 평판이 항상 좋지 못

했다.

"T는 돈을 알고 위인이 진실해서 그 애는 돈푼이나 모을 것이야! 그러나 K(내 이름)는 아무짝에도 못 쓸 놈이야. 그 잘난 언문(諺文) 섞어서 무어라고 끄적거려 놓고 제 주제에 무슨 조선에 유명한 문학가가 된다니! 시러베아들놈!"

이것이 그네들의 평판이었다. 내가 문학인지 무엇인지 하는 소리가 까닭없이 그네들의 비위에 틀린 것이다. 더군다나 나는 그네들의 생일이나 혹은 대사(大事) 때에 돈 한푼 이렇다는 일이 없고 T는 소위 착실히 돈벌이를 하여 가지고 국수밥소래나 보조를 하는 까닭이다.

"얼마 아니 되어 T는 잘살 것이고 K는 거지가 될 것이니 두고 보아!"

오촌 당숙은 이런 말씀까지 하였다 한다. 입 밖에는 아니 내어도 친부모친형제까지라도 심중(心中)으로는 다 이렇게 생각할 것이다. 그래도 부모는 달라서 화가 나시면 "네가 그리하다가는 말경(末境)에 비렁뱅이가 되고 말 것이야"라고 꾸중은 하셔도 "사람이란 늦복 모르느니라", "그런 사람은 또 그렇게 되느니라" 하시는 것이 스스로 위로하는 말씀이고 또 며느리를 위로하는 말씀이었다. 이것을 보아도 하는 수 없는 놈이라고 단념(斷念)을 하시면서 그래도 잘되기를 바라시고 축원하시는 것을 알겠더라.

여하간 이만하면 T의 사람됨을 가히 알 수가 있다. 그리고 그가 우리집에 올 것 같으면 지어서 쾌활하게 웃으며 힘써 자미스러운 이야기를 하였다. 단둘이 고적(孤寂)하게 그날그날을 보내는 우리에게는 더할 수 없이 반가웠었다.

　오늘도 그가 활발하게 집에 쑥 들어오더니 신문지에 싼 기름한 것을 '이것 봐라' 하는 듯이 마루 위에 올려놓고 분주히 구두끈을 끄른다.

　"이것은 무엇인가!"

　나는 물어보았다.

　"저――제 처의 양산(洋傘)이야요. 쓰던 것이 벌써 다 낡았고 또 살이 부러졌다나요."

　그는 구두를 벗고 마루에 올라서며 나오는 웃음을 참지 못하여 벙글벙글 하면서 대답을 한다. 그는 나의 아내를 보며 돌연히,

　"아주머니 좀 구경하시렵니까?"

하더니 싼 종이와 집을 벗기고 양산을 펴 보인다. 흰 비단 바탕에 두어 가지 매화를 수놓은 양산이었다.

　"검정이는 좋은 것이 많아도 너무 칙칙해 보이고…… 회색이나 누렁이는 하나도 그것이야 싶은 것이 없어서 이것을 산걸요."

　그는 '이것보다 더 좋은 것을 살 수가 있나' 하는 뜻을 보이려고 애를 쓰며 이런 발명까지 한다.

　"이것도 퍽 좋은데요."

　이런 칭찬을 하면서 양산을 펴들고 이리저리 홀린 듯이 들여다보고 있는 아내의 눈에는 '나도 이런 것을 하나 가졌으면' 하는 생각이 역력(歷歷)히 보인다.

　나는 갑자기 불쾌한 생각이 와락 일어나서 방으로 들어오며

아내의 양산 보는 양을 빙그레 웃고 바라보고 있는 T에게,

"여보게, 방에 들어오게그려, 우리 이야기나 하세."

T는 따라 들어와 물가폭등에 대한 이야기며 자기의 월급이 오른 이야기며 주권(株券)을 몇 주 사두었더니 꽤 이익이 남았다든가 이번 각 은행 사무원 경기회(競技會)에서 자기가 우월한 성적을 얻었다든가 이런 것 저런 것 한참 이야기하다가 돌아갔었다.

T를 보내고 책상을 향하여 짓던 소설의 결미(結尾)를 생각하고 있을 즈음에,

"여보!"

아내의 떠는 목소리가 바로 내 귀 곁에서 들린다. 핏기없는 얼굴에 살짝 붉은빛이 돌며 어느결에 내 곁에 바싹 다가앉았더라.

"당신도 살 도리를 좀 하셔요."

"……"

나는 또 '시작하는구나' 하는 생각이 번개같이 머리에 번쩍이며 불쾌한 생각이 벌컥 일어난다. 그러나 무어라고 대답 할 말이 없이 묵묵히 있었다.

"우리도 남과 같이 살아 보아야지요!"

아내가 T의 양산에 단단히 자극(刺戟)을 받은 것이다. 예술가의 처 노릇을 하려는 독특(獨特)한 결심이 있는 그는 좀처럼 이런 소리를 입 밖에 내지 아니하였다. 그러나 무엇에 상당한 자극만 받으면 참고 참았던 이런 소리를 하게 되는 것이다. 나도 이런 소리를 들을 적마다 '그럴 만도 하다'는 동정심이 없지 아니하나 심사가 어쩐지 좋지 못하였다. 이번에도 '그럴 만도 하

다'는 동정심이 없지 아니하되 또한 불쾌한 생각을 억제키 어려웠다. 잠깐 있다가 불쾌한 빛을 드러내며,

"급작스럽게 살 도리를 하라면 어찌할 수가 있소. 차차 될 때가 있겠지!"

"아이구, 차차란 말씀 그만두구려, 어느 천년에……."

아내의 얼굴에 붉은빛이 짙어지며 전에 없던 흥분한 어조로 이런 말까지 하였다. 자세히 보니 두 눈에 은은히 눈물이 괴었더라.

나는 잠시 멍멍하게 있었다. 성낸 불길이 치받쳐 올라온다. 나는 참을 수 없다.

"막벌이꾼한테 시집을 갈 것이지 누가 내게 시집을 오랬어! 저따위가 예술가의 처가 다 뭐야!"

사나운 어조로 몰풍스럽게 소리를 꽥 질렀다.

"에그……!"

살짝 얼굴빛이 변해지며 어이없이 나를 보더니 고개가 점점 수그러지며 한 방울 두 방울 방울방울 눈물이 장판 위에 떨어진다.

나는 이런 일을 가슴에 그리며 그래도 내일 아침거리를 장만하려고 옷을 찾는 아내의 심중을 생각해 보니 말할 수 없는 슬픈 생각이 가을바람과 같이 설렁설렁 심골(心骨)을 분지르는 것 같다.

쓸쓸한 빗소리는 굵었다 가늘었다 의연(依然)히 적적한 밤공기에 더욱 처량히 들리고 그을음 앉은 등피(燈皮) 속에서 비추는 불빛은 구름에 가린 달빛처럼 우는 듯 조는 듯 구차(苟且)

히 얻어 산 몇 권 양책(洋冊)의 표제(表題) 금자가 번쩍거린다.

2

장 앞에 초연히 서 있던 아내가 무엇이 생각났는지 고개를 끄덕끄덕하며 들릴 듯 말 듯 목 안의 소리로,
"으흥…… 옳지 참 그날……."
"찾었소!"
"아니야요. 벌써…… 저 인천(仁川) 사시는 형님이 오셨던 날……."
"……"

아내가 애써 찾던 그것도 벌써 전당포의 고운 먼지가 앉았구나! 종지 하나라도 차근차근 아랑곳하는 아내가 그것을 잡혔는지 아니 잡혔는지 모르는 것을 보면 빈곤(貧困)이 얼마나 그의 정신을 물어뜯었는지 가히 알겠다.
"……"
"……"

한참 동안 서로 아무 말이 없었다. 가슴이 어째 답답해지며 누구하고 싸움이나 좀 해 보았으면 소리껏 고함이나 질러 보았으면 실컷 울어 보았으면 하는 일종 이상한 감정이 부글부글 피어오르며 전신에 이가 스멀스멀 기어다니는 듯 옷이 어째 몸에 끼여 견딜 수가 없다.

나는 이런 감정을 노골적으로 드러내며,
"점점 구차한 살림에 싫증이 나서 못 견디겠지?"

아내는 무엇을 생각하는지 모르게 정신을 잃고 섰다가 그 게슴츠레한 눈이 둥그래지며,

"네에? 어째서요?"

"무얼 그렇지!"

"싫은 생각은 조금도 없어요."

이렇게 말이 오락가락함을 따라 나는 흥분의 도(度)가 점점 짙어 간다. 그래서 아내가 떨리는 소리로,

"어째 그런 줄 아셔요?"

하고 반문할 적에,

"나를 숙맥(菽麥)으로 알우?"

라고, 격렬(激烈)하게 소리를 높였다.

아내는 살짝 분한 빛이 눈에 비치어 물끄러미 나를 들여다본다. 나는 괘씸하다는 듯이 흘겨보며,

"그러면 그걸 모를까! 오늘날까지 잘 참아 오더니 인제는 점점 기색이 달라지는걸 뭐! 물론 그럴 만도 하지마는!"

이런 말을 하는 내 가슴에는 지난 일이 활동사진 모양으로 얼른얼른 나타난다.

육 년 전에(그때 나는 십육 세이고 저는 십팔 세였다) 우리가 결혼한 지 얼마 아니 되어 지식에 목마른 나는 지식의 바닷물을 얻어 마시려고 표연히 집을 떠났었다. 광풍(狂風)에 나부끼는 버들잎 모양으로 오늘은 지나(支那) 내일은 일본으로 굴러다니다가 금전의 탓으로 지식의 바닷물도 흠씬 마셔 보지도 못하고 반거들충이가 되어 집에 돌아오고 말았다. 내게 시집올 때에는 방글방글 피려는 꽃봉오리 같던 아내가 어느결에 기울어 가는

꽃처럼 두 뺨에 선연(鮮姸)한 빛이 스러지고 이마에는 벌써 두어 금 가는 줄이 그리어졌다.

 처가덕으로 집간도 장만하고 세간도 얻어 우리는 소위 살림을 하게 되었다. 처음에는 그럭저럭 지내었지마는 한 푼 나는 데 없는 살림이라 한 달 가고 두 달 갈수록 점점 곤란해질 따름이었다. 나는 보수(報酬) 없는 독서와 가치 없는 창작으로 해가 지고 날이 새며 쌀이 있는지 나무가 있는지 망연케 몰랐다. 그래도 때때로 맛있는 반찬이 상에 오르고 입은 옷이 과히 추하지 아니함은 전혀 아내의 힘이었다. 전들 무슨 벌이가 있으리요, 부끄럼을 무릅쓰고 친가에 가서 눈치를 보아 가며 구차한 소리를 하여 가지고 얻어 온 것이었다. 그것도 한번 두번 말이지 장구한 세월에 어찌 늘 그럴수가 있으랴! 말경에는 아내가 가져온 세간과 의복에 손을 대는 수밖에 없었다. 잡히고 파는 것도 나는 알은체도 아니 하였다. 그가 애를 쓰며 퉁명스러운 옆집 할멈에게 돈푼을 주고 시켰었다.

 이런 고생을 하면서도 그는 나의 성공만 마음속으로 깊이깊이 믿고 빌었었다. 어느 때에는 내가 무엇을 짓다가 마음에 맞지 아니하여 쓰던 것을 집어던지고 화를 낼 적에,

 "왜 마음을 조급하게 잡수셔요! 저는 꼭 당신의 이름이 세상에 빛날 날이 있을 줄 믿어요. 우리가 이렇게 고생을 하는 것이 장래에 잘 될 근본이야요."

하고 그는 스스로 흥분되어 눈물을 흘리며 나를 위로한 적도 있었다.

 내가 외국으로 돌아다닐 때에 소위 신풍조(新風潮)에 띄어 까

닭 없이 구식 여자가 싫어졌다. 그래서 나의 일찍이 장가든 것을 매우 후회하였다. 어떤 남학생과 어떤 여학생이 서로 연애를 주고받고 한다는 이야기를 들을 적마다 공연히 가슴이 뛰놀며 부럽기도 하고 비감(悲感)스럽기도 하였었다.

그러나 낫살이 들어갈수록 그런 생각도 없어지고 집에 돌아와 아내를 겪어 보니 의외에 그에게 따뜻한 맛과 순결한 맛을 발견하였다. 그의 사랑이야말로 이기적 사랑이 아니고 헌신적(獻身的) 사랑이었다. 이런 줄을 점점 깨닫게 될 때에 내 마음이 얼마나 행복스러웠으랴! 밤이 깊도록 다듬이를하다가 그만 옷 입은 채로 쓰러져 곤하게 자는 그의 파리한 얼굴을 들여다보며,
"아아, 나에게 위안을 주고 원조를 주는 천사여!"
하고 감격이 극하여 눈물을 흘린 일도 있었다.

내가 알다시피 내가 별로 천품은 없으나 어쨌든 무슨 저작가(著作家)로 몸을 세워 보았으면 하여 나날이 창작과 독서에 전심력을 바쳤다. 물론 아직 남에게 인정(認定)될 가치는 없는 것이다. 그 영향으로 자연 일상생활이 말유(末由)하게 되었다.

이런 곤란에 그는 근 이 년 견디어 왔건마는 나의 하는 일은 오히려 아무 보람이 없고 방 안에 놓였던 세간이 줄어 가고 장농에 찼던 옷이 거의 다 없어졌을 뿐이다.

그 결과 그다지 견딜성 있던 저도 요사이 와서는 때때로 쓸데없는 탄식을 하게 되었다. 손잡이를 잡고 마루 끝에 우두커니 서서 하염없이 먼 산만 바라보기도 하며 바느질을 하다 말고 실심(失心)한 사람 모양으로 멍멍히 앉았기도 하였다. 창경(窓鏡)으로 비치는 어스름한 햇빛에 나는 흔히 그의 눈물 머금은 근

심 있는 눈을 발견하였다. 이럴 때에는 말할 수 없는 쓸쓸한 생각이 들며 일없이,

"마누라!"

하고 부르면 그는 몸을 흠칫하고 고개를 저리로 돌리어 치맛자락으로 눈물을 씻으며,

"네에?"

하고 울음에 떨리는 가는 대답을 한다. 나는 등에 찬물을 끼얹는 듯 몸이 으쓱해지며 처량한 생각이 싸늘하게 가슴에 흘렀었다. 그렇지 않아도 자비(自卑)하기 쉬운 마음이 더욱 심해지며,

'내가 무자격한 탓이다.'

하고 스스로 멸시를 하고 나니 더욱 견딜 수 없다.

'그럴 만도 하다.'

는 동정심이 없지 아니하되 그래도 그만 불쾌한 생각이 일어나며,

'계집이란 할 수 없어.'

혼자 이런 불평을 중얼거리었다.

환등(幻燈) 모양으로 하나씩 둘씩 이런 일이 가슴에 나타나니 무어라고 말할 용기조차 없어졌다. 나의 유일의 신앙자(信仰者)이고 위로자이던 저까지 인제는 나를 아니 믿게 되고 말았다.

그는 마음속으로,

'네가 육 년 동안 내 살을 깎고 저미었구나! 이 원수야!'

할 것이다. 이렇게 생각하매 그의 불 같던 사랑까지 엷어져 가는 것 같았다. 아니 흔적도 없이 사라지고 만 것 같았다. 나는 감상적으로 허둥허둥하며,

"낸들 마누라를 고생시키고 싶어 시켰겠소! 비단옷도 해주고 싶고 좋은 양산도 사주고 싶어요! 그러길래 왼종일 쉬지 않고 공부를 아니 하우. 남 보기에는 편편히 노는 것 같아도 실상은 그렇지 안해! 본들 모른단 말이요."

나는 점점 강한 가면(假面)을 벗고 약한 진상(眞相)을 드러내며 이와 같은 가소로운 변명까지 하였다.

"왼 세상 사람이 다 나를 비소(誹笑)하고 모욕하여도 상관이 없지만 마누라까지 나를 아니 믿어 주면 어찌한단 말이요."

내 말에 스스로 자극이 되어 마침내,

"아아."

길이 탄식을 하고 그만 쓰러졌다. 이 순간에 고개를 숙이고 아마 하염없이 입술만 물어뜯고 있던 아내가 홀연,

"여보!"

울음소리를 떨면서 무너지는 듯이 내 얼굴에 쓰러진다.

"용서……."

하고는 북받쳐 나오는 울음에 말이 막히고 불덩이 같은 두 뺨이 내 얼굴을 누르며 흑흑 느끼어 운다. 그의 두 눈으로부터 샘솟듯 하는 눈물이 제 뺨과 내 뺨 사이를 따뜻하게 젖어 퍼진다.

내 눈에서도 눈물이 흘러내린다. 뒤숭숭하던 생각이 다 이 뜨거운 눈물에 봄눈 슬듯 스러지고 말았다.

한참 있다가 우리는 눈물을 씻었다. 내 속이 얼마큼 시원한 듯하였다.

"용서하여 주셔요! 그렇게 생각하실 줄은 몰랐어요."

이런 말을 하는 아내는 눈물에 불어오른 눈꺼풀을 아픈 듯이

꿈적거린다.

"암만 구차하기로니 싫증이야 날까요! 나는 한번 먹은 마음이 있는데……."

가만가만이 변명을 하는 아내의 눈물 흔적이 어룽어룽한 얼굴을 물끄러미 바라보며 겨우 심신이 가뜬하였다.

3

어제 일로 심신이 피곤하였던지 그 이튿날 늦게야 잠을 깨니 간밤에 오던 비는 어느결에 그치었고 명랑한 햇발이 미닫이에 높았더라. 아내가 다시금 장문을 열고 잡힐 것을 찾을 즈음에 누가 중문을 열고 들어온다. 우리는 누군가 하고 귀를 기울일 적에 밖에서,

"아씨!"

하는 소리가 들렸다.

아내는 급히 방문을 열고 나갔다. 그는 처가에서 부리는 할멈이었다. 오늘이 장인 생신이라고 어서 오라는 말을 전한다.

"오늘이야! 참 옳지, 오늘이 이월 열엿샛날이지, 나는 깜빡 잊었어!"

"원 아씨는 딱도 하십니다. 어쩌면 아버님 생신을 잊으신단 말씀이요. 아무리 살림이 자미가 나시더래도……."

시큰둥한 할멈은 선웃음을 쳐가며 이런 소리를 한다.

가난한 살림에 골몰하느라고 자기 친부의 생신까지 잊었는가 하매 아내의 정지(情地)가 더욱 측은하였다.

"오늘이 본가 아버님 생신이라요. 어서 오시라는데……."
"어서 가구려……."
"당신도 가셔야지요. 우리 같이 가셔요."
하고 아내는 하염없이 얼굴을 붉힌다.

나는 처가에 가기가 매우 싫었다. 그러나 아니 가는 것도 내 도리가 아닐 듯하여 하는 수 없이 두루마기를 입었다.

아내는 머뭇머뭇하며 양미간을 보일 듯 말 듯 찡그리다가 곁눈으로 살짝 나를 엿보더니 돌아서서 급히 장문을 연다.

'흥, 입을 옷이 없어서 망설거리는구나' 나도 슬쩍 돌아서며 생각하였다. 우리는 서로 등지고 섰건만 그래도 아내가 거의 다 빈 장 안을 들여다보며 입을 만한 옷이 없어 눈살을 찌푸린 양이 눈앞에 선연함을 어찌할 수가 없었다.

"자아, 가셔요."

무엇을 생각는지 모르게 정신을 잃고 섰다가 아내의 부르는 소리를 듣고 나는 기계적으로 고개를 돌리었다. 아내는 당목옷을 갈아입고 내 마음을 알았던지 나를 위로하는 듯이 방그레 웃는다. 나는 더욱 쓸쓸하였다.

우리집은 천변 배다리 곁에 있고 처가는 안국동에 있어 그 거리가 꽤 멀었다. 나는 천천히 가느라고 가고 아내는 속히 오느라고 오건마는 그는 늘 뒤떨어졌었다. 내가 한참 가다가 뒤를 돌아보면 그는 늘 멀리 떨어져 나를 따라오려고 애를 쓰며 주춤주춤 걸어온다. 길가에 다니는 어느 여자를 보아도 거의 다 비단옷을 입고 고운 신을 신었는데 아내만 당목옷을 허술하게 차리고 청목당혜로 타박타박 걸어오는 양이 나에게 얼마나 애연(

哀然)한 생각을 일으켰는지!

한참 만에 나는 넓고 높은 처가 대문에 다다랐다. 내가 안으로 들어갈 적에 낯선 사람들이 나를 흘끔흘끔 본다. 그들의 눈에,
'이 사람이 누구인가. 아마 이 집 하인인가 보다.'
하는 경멸히 여기는 빛이 있는 것 같았다. 안 대청 가까이 들어오니 모두 내게 분분히 인사를 한다. 그 인사하는 소리가 내 귀에는 어째 비소하는 것 같기도 하고 모욕하는 것 같기도 하여 공연히 가슴이 두근거리고 얼굴이 후끈거리었다.

그중에 제일 내게 친숙하게 인사하는 사람이 있다. 그는 아내보다 삼 년 맏이인 처형이었다. 내가 어려서 장가를 들었으므로 그때 그는 나를 못 견디게 시달렸다. 그때는 그가 싫기도 하고 밉기도 하더니 지금 와서는 그때 그러한 것이 도리어 우리를 무관하고 정답게 만들었다. 그는 인천 사는데 자기 남편이 기미(期米)를 하여 가지고 이번에 돈 십 만원이나 착실히 땄다 한다. 그는 자기의 잘사는 것을 자랑하고자 함인지 비단을 내리감고 치감고 얼굴에 부유한 태(態)가 질질 흐른다. 그러나 분으로 숨기려고 애쓴 보람도 없이 눈 위에 퍼렇게 멍든 것이 내 눈에 띄었다.

"왜 마누라는 어쩌고 혼자 오셔요!"

그는 웃으며 이런 말을 하다가 중문편을 바라보더니,

"그러면 그렇지! 동부인 아니하고 오실라구!"

혼자 주고받고 한다.

나도 이 말을 듣고 슬쩍 돌아다보니 아내가 벌써 중문 안에 들어섰더라. 그 수척한 얼굴이 더욱 수척해 보이며 눈물 괸 듯

한 눈이 하염없이 웃는다. 나는 유심히 그와 아내를 번갈아 보았다. 처음 보는 사람은 분간을 못하리만큼 그들의 얼굴은 혹사(酷似)하다. 그런데 얼굴빛은 어쩌면 저렇게 틀리는지! 하나는 이글이글 만발한 꽃 같고 하나는 시들시들 마른 낙엽 같다. 아내를 형이라 하고 처형을 아우라 하였으면 아무라도 속을 것이다. 또 한 번 아내를 보며 말할 수 없는 쓸쓸한 생각이 다시금 가슴을 누른다.

딴 음식은 별로 먹지도 아니하고 못 먹는 술을 넉 잔이나 마시었다. 그래도 바늘방석에 앉은 것처럼 앉아 견딜 수가 없다. 집에 가려고 나는 몸을 일으켰다. 골치가 띵 하며 내가 선 방바닥이 마치 폭풍에 도도(滔滔)하는 파도같이 높았다 낮았다 어질어질해서 곧 쓰러질 것 같다. 이 거동을 보고 장모가 황망(惶忙)히 일어서며,

"술이 저렇게 취해 가지고 어데로 갈라구. 여기서 한잠 자고 가게."

나는 손을 내저으며,

"아니에요. 집에 가겠어요."

취한 소리로 중얼거리었다.

"저를 어쩌나!"

장모는 걱정을 하시더니,

"할멈! 어서 인력거 한 채 불러오게."

한다.

취중에도 인력거를 태우지 말고 그 인력거 삯을 나를 주었으면 책 한 권을 사 보련만 하는 생각이 있었다. 인력거를 타고 얼

마 아니 가서 그만 잠이 들고 말았다.

  한참 자다가 잠을 깨어 보니 방 안에 벌써 남폿불이 키었는데 아내는 어느결에 왔는지 외로이 앉아 바느질을 하고 화로에서는 무엇이 끓는 소리가 보글보글하였다. 아내가 나의 잠 깬 것을 보더니 급히 화로에 얹은 것을 만져 보며,

  "인제 그만 일어나 진지를 잡수셔요."

하고 부리나케 일어나 아랫목에 파묻어 둔 밥그릇을 꺼내어 미리 차려 둔 상에 얹어서 내 앞에 갖다 놓고 일변 화로를 당기어 더운 반찬을 집어 얹으며,

  "자아 어서 일어나셔요."

  나는 마지 못하여 하는 듯이 부시시 일어났다. 머리가 오히려 아프며 목이 몹시 말라서 국과 물을 연해 들이켰다.

  "물만 잡수셔서 어째요. 진지를 좀 잡수셔야지."

  아내는 이런 근심을 하며 밥상머리에 앉아서 고기도 뜯어 주고 생선 뼈도 추려 주었다. 이것은 다 오늘 처가에서 가져온 것이다. 나는 맛나게 밥 한 그릇을 다 먹었다. 내 밥상이 나매 아내가 밥을 먹기 시작한다. 그러면 지금껏 내 잠 깨기를 기다리고 밥을 먹지 아니하였구나 하고 오늘 처가에서 본 일을 생각하였다. 어제 일이 있은 후로 우리 사이에 무슨 벽이 생긴 듯하던 것이 그 벽이 점점 엷어져 가는 듯하며 가엾고 사랑스러운 생각이 일어났었다. 그래서 우리는 정답게 이런 이야기 저런 이야기를 하게 되었다. 우리의 이야기는 오늘 장인 생신 잔치로부터 처형 눈 위에 멍든 것에 옮겨 갔다.

  처형의 남편이 이번 그 돈을 딴 뒤로는 주야 요리점과 기생집

에 돌아다니더니 일전에 어떤 기생을 얻어 가지고 미쳐 날뛰며 집에만 들면 집안 사람을 들볶고 걸핏하면 처형을 친다 한다. 이번에도 별로 대단치 않은 일에 처형에게 밥상으로 냅다 갈겨 바로 눈 위에 그렇게 멍이 들었다 한다.

"그것 보아 돈푼이나 있으면 다 그런 것이야."

"정말 그래요. 없으면 없는 대로 살아도 의좋게 지내는 것이 행복이야요."

아내는 충심(衷心)으로 공명(共鳴)해 주었다.

이 말을 들으매 내 마음은 말할 수 없이 만족해지며 무슨 승리자나 된 듯이 득의양양하였다.

그리고 마음속으로,

'옳다, 그렇다. 이렇게 지내는 것이 행복이다.'

하였다.

4

이틀 뒤 해 어스름에 처형은 우리집에 놀러 왔었다. 마침 내가 정신없이 무엇을 생각하고 있을 즈음에 쓸쓸하게 닫혀 있는 중문이 찌긋둥 하며 비단옷 소리가 사으락사으락 들리더니 아랫목은 내게 빼앗기고 웃목에 바느질을 하고 있던 아내가 문을 열고 나간다.

"아이고 형님 오셔요."

아내의 인사하는 소리가 들리더니 처형이 계집 하인에게 무엇을 들리고 들어온다.

나도 반갑게 인사를 하였다.
"그날 매우 욕을 보셨지요. 못 잡숫는 술을 무슨 짝에 그렇게 잡수셔요."
그는 이런 인사를 하다가 급작스럽게 계집 하인이 든 것을 빼앗더니 그 속에서 신문지로 싼 것을 끄집어내어 아내를 주며,
"내 신 사는데 네 신도 한 켤레 샀다. 그날 청목당혜를……"
말을 하려다가 나를 곁눈으로 흘끗 보고 그만 입을 닫친다.
"그것을 왜 또 사셨어요."
해쓱한 얼굴에 꽃물을 들이며 아내가 치사하는 것도 들은 체 만 체하고 처형은 또 이야기를 시작한다.
"올 적에 사랑양반을 졸라서 돈 백 원을 얻었겠지. 그래서 오늘 종로에 나와서 옷감도 바꾸고 신도 사고……."
그는 자랑과 기쁨의 빛이 얼굴에 퍼지며 싼 보를 끌러,
"이런 것이야!"
하고 우리 앞에 펼쳐 놓는다.
자세히는 모르나 여하간 값 많은 품 좋은 비단일 듯하다. 무늬 없는 것, 무늬 있는 것, 회색 옥색 초록색 분홍색이 갖가지로 윤이 흐르며 색색이 빛이 나서 나는 한참 황홀하였다. 무슨 칭찬을 해야 되겠다 싶어서,
"참 좋은 것인데요."
이런 말을 하다가 나는 또 쓸쓸한 생각이 일어난다. 저것을 보는 아내의 심중이 어떠할까? 하는 의문이 문득 일어남이라.
"모다 좋은 것만 골라 샀습니다그려."
아내는 인사를 차리느라고 이런 칭찬은 하나마 별로 부러워

하는 기색이 없다.

나는 적이 의외의 감이 있었다.

처형은 자기 남편의 흉을 보기 시작하였다. 그 밉살스럽다는 둥 그 추근추근하다는 둥 말끝마다 자기 남편의 불미한 점을 들다가 문득 이야기를 끊고 일어선다.

"왜 벌써 가시려고 하셔요. 모처럼 오셨다가 반찬은 없어도 저녁이나 잡수셔요."

하고 아내가 만류를 하니,

"아니 곧 가야지. 오늘 저녁차로 떠날 것이니까 가서 짐을 매어야지. 아직 차 시간이 멀었어? 아니 그래도 정거장에 일찍이 나가야지 만일 기차를 놓치면 오죽 기다리실라구. 벌써 오늘 저녁차로 간다고 편지까지 했는데……."

재삼 만류함도 돌아보지 아니하고 그는 홀홀히 나간다. 우리는 그를 보내고 방에 들어왔다.

나는 웃으며 아내에게,

"그까짓 것이 기다리는데 그다지 급급히 갈 것이 무엇이야."

아내는 하염없이 웃을 뿐이었다.

"그래도 옷감 바꿀 돈을 주었으니 기다리는 것이 애처롭기는 하겠지."

밉살스러우니 추근추근하니 하여도 물질의 만족만 얻으면 그것으로 위로하고 기뻐하는 그의 생활이 참 가련하다 하였다.

"참, 그런가 보아요."

아내도 웃으며 내 말을 받는다. 이때에 처형이 사 준 신이 그의 눈에 띄었는지 (혹은 나를 꺼려 보고 싶은 것을 참았는지 모르나) 그것을 집어 들고 조심조심 펴보려다가 말고 머뭇머뭇한다. 그 속에 그를 해케 할 무슨 위험품이나 든 것 같이.

"어서 펴보구려."

아내는 이 말을 듣더니,

'작히 좋으랴.'

하는 듯이 활발하게 싼 신문지를 헤친다.

"퍽 이쁜걸요."

그는 근일에 드문 기쁜 소리를 치며 방바닥 위에 사뿐 내려놓고 버선을 당기며 곱게 신어 본다.

"어쩌면 이렇게 맞어요!"

연해연방 감탄사를 부르짖는 그의 얼굴에 흔연한 희색이 넘쳐흐른다.

"......"

묵묵히 아내의 기뻐하는 양을 보고 있는 나는 또다시,

'여자란 할 수 없어!'

하는 생각이 들며,

'조심하였을 따름이다!'

하매 밤빛 같은 검은 그림자가 가슴을 어둡게 하였다.

그러면 아까 처형의 옷감을 볼 적에도 물론 마음속으로는 부러워하였을 것이다. 다만 표면에 드러내지 않았을 따름이다. 겨우,

"어서 펴보구려."

하는 한마디에 가슴에 숨겼던 생각을 속임 없이 나타내는구나 하였다. 내가 무엇을 생각하고 있는지 저는 모르고 새신 신은

발을 조금 쳐들며,

"신 모양이 어때요."

"매우 이뻐!"

겉으로는 좋은 듯이 대답을 하였으나 마음은 쓸쓸하였다. 내가 제게 신 한 켤레를 사 주지 못하여 남에게 얻은 것으로 만족하고 기뻐하는도다……

웬일인지 이번에는 그만 불쾌한 생각이 일어나지 아니하였다. 처형이 동서(同壻)를 밉다거니 무엇이니 하면서도 기차를 놓치면 남편이 기다릴까 염려하여 급히 가던 것이 생각난다. 그것을 미루어 아내의 심사도 알 수가 있다. 부득이한 경우라 하릴없이 정신적 행복에만 만족하려고 애를 쓰지마는 기실(其實) 부족한 것이다. 다만 참을 따름이다. 그것은 내가 생각해야 된다. 이런 생각을 하니 전날 아내에게 그런 말을 한 것이 후회가 난다.

'어느 때라도 제 은공을 갚아 줄 날이 있겠지!'

나는 마음을 좀 너그럽게 먹고 이런 생각을 하며 아내를 보았다.

"나도 어서 출세를 하여 비단신 한 켤레쯤은 사 주게 되었으면 좋으련만……"

아내가 이런 말을 듣기는 참 처음이다.

"네에?"

아내는 제 귀를 못 미더워하는 듯이 의아(疑訝)한 눈으로 나를 보더니 얼굴에 살짝 열기가 오르며,

"얼마 안 되어 그렇게 될 것이야요!"

라고 힘있게 말하였다.

"정말 그럴 것 같소?"

나는 약간 흥분하여 반문하였다.

"그러문요, 그렇고말고요."

아직 아무도 인정해 주지 않은 무명작가인 나를 다만 저 하나가 깊이깊이 인정해 준다. 그러기에 그 강한 물질에 대한 본능적 요구도 참아 가며 오늘날까지 몹시 눈살을 찌푸리지 아니하고 나를 도와준 것이다.

'아아, 나에게 위안을 주고 원조를 주는 천사여!'

마음속으로 이렇게 부르짖으며 두 팔로 덤썩 아내의 허리를 잡아 내 가슴에 바싹 안았다. 그다음 순간에는 뜨거운 두 입술이…….

그의 눈에도 나의 눈에도 그렁그렁한 눈물이 물 끓듯 넘쳐흐른다.

출전:개벽(1921. 1)

술 권하는 사회

"아이그, 아야."

호올로 바느질을 하고 있던 아내는 얼굴을 살짝 찌푸리고 가늘고 날카로운 소리로 부르짖었다. 바늘 끝이 왼손 엄지손가락 손톱 밑을 찔렀음이다. 그 손가락은 가늘게 떨며 하얀 손톱 밑으로 앵두빛 같은 피가 비친다. 그것을 볼 사이도 없이 아내는 얼른 바늘을 빼고 다른 손 엄지손가락으로 그 상처를 누르고 있다. 그러면서 하던 일가지를 팔꿈치로 고이고이 밀어 나리놓았다. 이윽고 눌렀던 손을 떼어 보았다. 그 언저리는 인제 다시 피가 아니 나려는 것처럼 혈색이 없다. 하더니, 그 희던 꺼풀 밑에 다시금 꽃물이 차츰차츰 밀려온다. 보일 듯 말 듯 한 그 상처로부터 좁쌀낟 같은 핏방울이 송송 솟는다. 또 아니 누를 수 없다. 이만하면 그 구멍이 아물었으려니 하고 손을 떼면 또 얼마 아니 되어 피가 비치어 나온다.

인제 헝겊 오락지(새끼 나 종이 따위의 좁고 긴 조각)로 처매는 수밖에 없다. 그 상처를 누를 채 그는 바느질고리에 눈을 주었다. 거기 쓸 만한 오락지는 실패 밑에 있다. 그 실패를 밀어

내고 그 오락지를 두 새끼손가락 사이에 집어 올리려고 한동안 애를 썼다. 그 오락지는 마치 풀로 붙여 둔 것같이 고리 밑에 착 달라붙어 세상 집혀지지 않는다. 그 두 손가락은 헛되이 그 오락지 위를 긁적거리고 있을 뿐이다.

"왜 집혀지지를 않아!"

그는 마침내 울듯이 부르짖었다. 그리고 그것을 집어 줄 사람이 없나 하는 듯이 방 안을 둘러보았다. 방 안은 텅 비어 있다. 어느 뉘 하나 없다. 호젓한 허영(虛榮)만 그를 휩싸고 있다. 바깥도 죽은 듯이 고요하다. 시시로 퐁퐁하고 떨어지는 수도의 물방울 소리가 쓸쓸하게 들릴 뿐. 문득 전등불이 광채를 더하는 듯하였다. 벽상에 걸린 괘종의 거울이 번들하며 새로 한 점(셈이나 계산의 단위. 여기서는 시간을 나타냄)을 가리키려는 시침이 위협하는 듯이 그의 눈을 쏜다. 그의 남편은 그때껏 돌아오지 않았었다.

안해가 되고 남편이 된 지는 벌써 오래의 일이다. 어느덧 칠팔 년이 지내었으리라. 하건만 같이 있어 본 날을 헤아리면 단일 년이 될락 말락 한다. 막 그의 남편이 서울서 중학을 마쳤을 제 그와 결혼하였고, 그러자마자 고만 동경에 부급(負笈, 유학)한 까닭이다. 거기서 대학까지 졸업을 하였었다. 이 길고 긴 세월에 안해는 얼마나 괴로웠으며 외로웠으랴! 봄이면 봄, 겨울이면 겨울, 웃는 꽃을 한숨으로 맞았고 얼음 같은 벼개를 뜨거운 눈물로 덥히었다. 몸이 아플 새, 마음이 쓸쓸할 새, 얼마나 그가 그리웠으랴! 하건만 안해는 이 모든 고생을 이를 악물고 참았었다. 참을 뿐이 아니라 달게 받았었다. 그것은 남편이 돌아오기만 하면! 하는 생각이 그에게 위로를 주고 용기를 준 까닭이었다. 남편이 동경에서 무엇을 하고 있나? 공부를 하고 있다. 공부가 무엇인가? 자세히는 모른다. 또 알려고 애쓸 필요도 없다. 어찌하였든지 이 세상에 제일 좋고 제일 귀한 무엇이라 한다. 마치 옛날이야기에 있는 도깨비의 부자 방망이 같은 것이려니 한다. 옷 나오라면 옷 나오고, 밥 나오라면 밥 나오고, 돈 나오라면 돈 나오고……, 저 하고 싶은 무엇이든지, 청해서 아니 되는 것이 없는 무엇을 동경에서 얻어 가지고 나오려니 하였었다. 가끔 놀러 오는 친척들이 비단옷 입은 것과 금지환(금가락지) 낀 것을 볼 때에 그 당장엔 마음 그윽이 불미도 하였지만 나종엔,

'남편만 돌아오면!'

하고 그것에 경멸하는 시선을 던지었다.

　남편이 돌아왔다. 한 달이 지나가고 두 달이 지나간다. 남편의 하는 행동이 자기의 기대하던 바와 조금 배치되는 듯하였다. 공부 아니 한 사람보다 조금도 다른 것이 없었다. 아니다, 다르다면 다른 점도 있다. 남은 돈벌이를 하는데 그의 남편은 도리어 집안 돈을 쓴다. 그러면서도 어데인지 분주히 돌아다닌다. 집에 들면 정신없이 무슨 책을 보기도 하고 또는 밤새도록 무엇을 쓰기도 하였다.

'저러는 것이 참말 부자 방망이를 맨드는 것인가 보다.'

　안해는 스스로 이렇게 해석하였다.

　또 두어 달 지나갔다. 남편의 하는 일은 늘 한 모양이었다. 한 가지 더한 것은 때때로 깊은 한숨을 쉬는 것뿐이었다. 그리

고 무슨 근심이 있는 듯이 얼골을 펴지 않았다. 몸은 나날이 축이 나 간다.

'무슨 걱정이 있는고?'

안해는 따라서 근심을 하게 되었다. 하고는 그 여윈 것을 보충하려고 갖가지로 애를 썼다. 곧 될 수 있는 그의 밥상에 맛난 반찬 가지를 붙게 하며 또 곰(고기를 진하게 삶은 국. 곰국) 같은 것도 만들었다. 그런 보람도 없이 남편은 입맛이 없다 하며 그것을 잘 먹지도 않았었다.

또 몇 달이 지나갔다. 인제 출입을 뚝 끊고 늘 집에 붙어 있다. 걸핏하면 성을 낸다. 입버릇 모양으로 화난다, 화난다 하였다.

어느 날 새벽, 안해가 어렴풋이 잠을 깨어 남편의 누웠던 자리를 더듬어 보았다. 쥐이는 것은 이불자락뿐이니. 잠결에도 조금 실망을 아니 느낄 수 없었다. 잃은 것을 찾으려는 것처럼 눈을 부시시 떴다. 책상 위에 머리를 쓰러뜨리고 두 손으로 그것을 움켜잡고 있는 남편을 보았다. 흐릿한 의식이 돌아옴을 미리 남편의 어깨가 들썩들썩 움직임도 깨달았다. 흑흑 느끼는 소리가 귀를 울린다. 안해는 정신을 바짝 차리었다. 불현듯 몸을 일으켰다. 이윽고 안해의 손은 가볍게 남편의 등을 흔들며 목에 걸리고 잘 나오지 않는 소리로,

"왜 이러고 계셔요."

라고 물어보았다.

"……."

남편은 아무 대답이 없다. 안해는 손으로 남편의 얼골을 괴어 들려고 할 즈음에 그것이 뜨뜻하게 눈물에 젖은 것을 깨달았다.

또 한 두어 달 지나갔다. 처음처럼 다시 출입이 자조로웠다. 구역이 날 듯한 술 냄새가 밤늦게야 돌아오는 남편의 입에서 나게 되었다. 그것은 요사이 일이다. 오늘 밤에도 지금까지 돌아오지 않았다. 초저녁부터 안해는 별별 생각을 다 하면서 남편을 고대고대하고 있었다. 지리한 시간을 속히 보내려고 치웠던 일가지를 또 꺼내었었다. 그것조차 뜻같이 아니 되었다. 때때로 바늘은 헛되이 움직이었다. 마츰내 그것에 찔리고 말았다.

"어데를 가서 이때껏 오시지 않아!"

안해는 인제 아픈 것도 잊어버리고 짜증을 내었다. 잠깐 그를 떠났던 공상과 환영이 다시금 그의 머리에 떠돌기 시작하였다. 이상한 꽃을 수놓은 흰 보 위에 맛난 요리를 담은 접시가 번쩍인다. 여러 친구와 술을 권커니 잣커니 하는 광경이 보인다. 어떤 기생년이 애교가 흐르는 웃음을 띠우고 살금살금 제 남편에게로 다가드는 꼴이 보인다. 그의 남편은 미친 듯이 껄껄 웃는다. 나종에는 검은 휘장이 스르르 덮이는 듯이 그 모든 것이 사라져 버리더니 낭자한 요리상만이 보이기도 하고, 술병만 히게 빛나기도 하고, 아까 그 기생이 한 팔로 병을 잡고 진저리를 쳐가며 웃는 꼴이 보이기도 하였다. 또한 남편이 길바닥에 쓰러져 우는 것도 보이었다.

"문 열어라!"

문득 대문이 덜컥하고 혀가 꼬부라진 소리로 부르는 듯하였다.

"네."

저도 모르게 대답을 하고 급히 마루로 나왔다. 잘못 신은, 발에 아니 맞는 신을 질질 끄을면서 대문으로 달렸다. 중문은 아즉 잠그지도 않았고 행랑방에 사람이 없지 않지마는 으레 깊은 잠에 떨어졌을 줄 알고 자기가 뛰어나감이었다. 가느름한 손이 어둠 속에서 희게 빗장을 잡고 한참 실랑이를 한다. 대문은 열렸다.

밤바람이 선득하게 얼골에 얹힌다. 문밖에는 아무도 없다! 왼 골목에 사람의 그림자도 볼 수 없다. 검푸른 밤빛이 허연 길 위에 그믈그믈 깃들었을 뿐이었다.

안해는 무엇에 놀랜 사람 모양으로 한참 멀거니 서 있었다. 문득 급거(急遽)히 대문을 닫친다. 마치 그 열린 사이로 악마나 들어올 것처럼.

"그러면 바람 소리이었구면."
하고 싸늘한 뺨을 쓰다듬으며, 해쭉 웃고 발길을 돌리었다.

"아니 내가 분명히 들었는데……, 혹 내가 잘못 보지를 않았나?…… 길바닥에나 쓰러져 있었으면 보이지도 않을 터야……."
중문간까지 다다르자 별안간 이런 생각이 그의 걸음을 멈추게 하였다.

"대문을 또 좀 열어 볼까?…… 아니야, 내가 헛들었지. 그래도 혹…… 아니야, 내가 헛들었지."
망설거리면서도 꿈꾸는 사람 모양으로 저도 모를 사이에 마루까지 올라왔다. 매우 기묘한 생각이 번개같이 그의 머리에 번쩍인다.

"내가 대문을 열었을 제 나 몰래 들어오지나 않았나?……"
과연 방안에 무슨 소리가 나는 것 같았다. 확실히 사람의 기척이 있다. 어른에게 꾸중 보시러 가는 어린애처럼 조심조심 방문 앞에 왔다. 그리고 문간 아래로 손을 대며 하염없이 웃는다. 그것은 제 잘못을 용서해 줍시지 하는 어린애 같은 웃음이었다. 조심조심 방문을 열었다. 이불이 어째 움즉움즉하는 듯하였다.

"나를 속이려고 이불을 쓰고 누웠구먼."

하고 마음속으로 소곤거렸다. 가만히 나려앉는다. 그 모양이 이것을 건드려서는 큰일이 나지요 하는 듯하였다. 이불을 펄쩍 치들었다. 비인 요가 하얗게 드러난다. 그제야 확실히 아니 온 줄 안 것처럼,

"아니 왔구먼, 안 왔어!"

라고 울듯이 부르짖었다.

남편이 돌아오기는 새로 두 점을 훨씬 지낸 뒤였다. 무엇이 털썩하는 소리가 들리고 잇따라,

"아씨, 아씨!"

라고 부르는 소리가 귀를 때릴 때에야 안해는 비로소 아즉도 앉았을 자기가 이불 위에 쓰러져 있음을 깨달았다. 기실, 잠귀 어두운 할멈이 대문을 열었으리만큼 안해는 깜박 잠이 깊이 들었다. 하건만 그는 몽경(꿈속)에서 방황하는 정신을 당장에 수습하였다. 두어 번 얼굴을 쓰다듬자마자 불현듯 밖으로 나왔다.

남편은 한 다리를 마루 끝에 걸치고 한 팔을 비고 옆으로 누워있다. 숨소리가 씨근씨근한다.

막 구두를 벗기고 일어난 할멈은 검붉은 상을 찡그려 붙이며,

"어서 일어나 방으로 들어가셔요."

라고 한다.

"응, 일어나지."

나리는 혀를 억지로 돌리어 코와 입으로 대답을 하였다. 그래도 몸은 꿈쩍도 않는다. 도리어 그 개개풀린 눈을 자려는 것처럼 스르르 감는다. 안해는 눈만 비비고 서 있다.

"어서 일어나셔요. 방으로 들어가시라니까."

이번에는 대답조차 아니 한다. 그 대신, 무엇을 잡으려는 것처럼 손을 내어 젓더니,

"물 물! 냉수를 좀 주어."

라고 중얼거렸다.

할멈은 얼른 물을 떠다 이취자(泥醉者, 술이 많이 취한 사람)의 코밑에 놓았건만 그사이에 벌써 아까 청을 잊은 것같이 취한 이는 물을 먹으려고도 않는다.

"왜 물을 아니 잡수셔요."

곁에서 할멈이 깨우쳤다.

"응, 먹지 먹어."

하고 그제야 주인은 한 팔을 짚고 고개를 든다. 한꺼번에 물 한 대접을 다 들이켜 버렸다. 그러고는 또 쓰러진다.

"에그, 또 눕네."

하고 할멈은 우물로 기어드는 어린애를 안으려는 모양으로 두 손을 내이민다.

"할멈은 고만 가 자게."

주인은 귀치않다 하는 듯이 말을 한다.

이를 어찌해 하는 듯이 멀거니 서 있는 안해도 할멈이 고만 갔으면 하였다. 남편을 붙들어 일으킬 생각이야 간절하지마는 할

멈 보는데 어찌 그럴 수 없는 것 같았다. 혼인한 지가 칠팔 년이 되었으니 그런 파수(破羞)야 되었으련만 같이 있어 본 날을 꼽아 보면 그는 아직 갓 시집온 색시였다.

"할멈은 가 자게."

란 말이 목까지 올라왔지만 입술에서 사라지고 말았다. 마음 그윽이 할멈이 돌아가기만 기다릴 뿐이다.

"좀 일으켜 드려야지."

가기는커녕 이런 말을 하고 할멈은 선웃음을 치면서 마루로 부득부득 올라온다. 그 모양은 마치 주인 나리가 약주가 취하시거든 방에까지 모셔다드려야 제 도리에 옳지요 하는 듯하였다.

"자아, 자아."

할멈은 아씨를 보고 히히 웃어 가며 나리의 등 밑으로 손을 넣는다.

"왜 이래, 왜 이래. 내가 일어날 테야."

하고 몸을 움직이더니 정말 주인이 부시시 일어난다. 마루를 쾅쾅 눌러 디디며 비틀비틀 곧 쓰러질 듯한 보조로 방문을 향하고 걸어간다. 와지끈하며 문을 열어젖히고는 방 안으로 들어간다. 안해도 뒤따라 들어왔다. 할멈은 중문 턱을 넘어설 제 몇 번 혀를 차고는 저 갈 데로 가 버렸다.

벽에 엇비슷하게 기대 서 있는 남편은 무엇을 생각하는 듯이 고개를 숙이고 있다. 그의 말라붙은 관자놀이에 펄떡거리는 푸른 맥을 안해는 걱정스럽게 바라보면서 남편 곁으로 다가온다. 안해의 한 손은 양복 깃을 또 한 손은 그 소매를 잡으며 화한(부드러운) 목청으로,

"자아, 벗으셔요."
하였다.
　남편은 문득 미끄러지는 듯이 벽을 타고 나려앉는다. 그의 쭉 뻗친 발끝에 이불자락이 저리로 밀려간다.
　"에그, 왜 이리하셔요. 벗자는 옷은 아니 벗으시고."
　그 서슬에 넘어질 뻔한 안해는 애닯게 부르짖었다. 그러면서도 같이 따라 앉는다. 그의 손은 또 옷을 잡았다.
　"옷이 구겨집니다. 제발 좀 벗으시요."
라고 안해는 애원을 하며 옷을 벗기려고 애를 쓴다. 하나 취한 이의 등이 천근같이 벽에 척 들어붙었으니 벗겨질 리가 없다. 애를 쓰다 쓰다 옷을 놓고 물러앉으며,
　"원 참, 누가 술을 이처럼 권하였노?"
라고 짜증을 낸다.
　"누가 권하였노? 누가 권하였노? 흥흥."
　남편은 그 말이 몹시 귀에 거슬리는 것처럼 곱삶는다.
　"그래 누가 권했는지 마누라가 좀 알아내겠소?"
하고 껄껄 웃는다. 그것은 절망의 가락을 띤 쓸쓸한 웃음이었다. 안해도 따라 방긋 웃고는 또 옷을 잡으며,
　"자아, 옷이나 먼저 벗으시요. 이야기는 나중에 하지요. 오늘 밤에 잘 주무시면 내일 아츰에 알려 드리지요."
　"무슨 말이야, 무슨 말이야? 왜 오늘 일을 내일로 미루어? 할 말이 있거든 지금 해!"
　"지금은 약주가 취하셨으니 내일 약주가 깨시거든 하지요."
　"무엇? 약주가 취해서?"

하고 고개를 쩔레쩔레 흔들며,

"천만에, 누가 술이 취했단 말이오? 내가 공연히 이러지 정신은 말똥말똥 하오. 꼭 이야기하기 좋을 만해, 무슨 말이든지……. 자아."

"글쎄, 왜 못 잡수시는 약주를 잡수셔요. 그러면 몸에 축이 나지 않아요."

하고 안해는 남편의 이마에 흐르는 진땀을 씻는다.

이취자는 머리를 흔들며,

"아니야, 아니야, 그런 말을 듣자는 것이 아니야."

하고 아까 일을 추상하는 것처럼 말을 끊었다가 다시금 말을 이어,

"옳지, 누가 나에게 술을 권했단 말이오? 내가 술이 먹고 싶어서 먹었단 말이오?"

"자시고 싶어 잡수신 건 아니지요. 누가 당신께 약주를 권하는지 내가 알아낼까요. 시…… 첫째는 화증이 술을 권하고, 둘째는 하이칼라(서양식 유행을 따르는 사람)가 약주를 권하지요."

안해는 살짝 웃는다. 내가 어지간히 알아맞혔지요 하는 모양이었다.

남편은 고소(苦笑, 쓴웃음)한다.

"틀렸소, 잘못 알았소. 화증이 술을 권하는 것도 아니고 하이칼라가 술을 권하는 것도 아니오. 나에게 권하는 것은 따로 있어. 마누라가 내가 어떤 하이칼라한테나 홀려 다니거니, 그 하이칼라가 늘 내게 술을 권하거니 하고 근심을 했으면 그것은 헛걱정이지. 나에게 하이칼라는 아무 소용도 없소. 나의 소용은

술뿐이오. 술이 창자를 휘돌아 이것저것을 잊게 맨드는 것을 나는 취할 뿐이오."
하더니 홀연 어조를 고쳐 감개무량하게,
 "아, 유위유망(有爲有望, 앞으로 잘 될 희망이 있는)한 머리를 알코올로 마비 아니 시킬 수 없게 하는 그것이 무엇이란 말이오."
하고 긴 한숨을 내어 쉰다. 물큰물큰한 술 냄새가 방안에 흩어진다.
 안해에게는 그 말이 너무 어려웠다. 고만 묵묵히 입을 다물었다. 눈에 보이지 않는 무슨 벽이 자기와 남편 사이에 가리는 듯하였다. 남편과 말이 길어질 때마다 안해는 이런 쓰디쓴 경험을 맛보았다. 이런 일은 한두 번이 아니었다. 이윽고 남편은 기막힌 듯이 웃는다.
 "흥, 또 못 알아듣는군. 묻는 내가 그르지, 마누라아 그런 말을 알 수 있겠소? 내가 설명해 드리지. 자세히 들어요. 내게 술을 권하는 것은 화증도 아니고 하이칼라도 아니요, 이 사회란 것이 내게 술을 권한다오. 이 조선 사회란 것이 내게 술을 권한다오. 알았소? 팔자가 좋아서 조선에 태어났지 딴 나라에 났다면 술이나 얻어먹을 수 있나……."
 사회란 것이 무엇인가? 안해는 또 알 수가 없었다. 어찌하였든 딴 나라에는 없고 조선에만 있는 요릿집 이름이어니 한다.
 "조선에 있어도 아니 다니면 그만이지요."
 남편은 또 아까 웃음을 재우친다. 술이 정말 아니 취한 것 같이 또렷또렷한 어조로,

"허허, 기막혀. 그 한 분자 된 이상에 다니고 아니 다니는 게 무슨 상관이야? 집에 있으면 아니 권하고 밖에 나가야 권하는 줄 아는가 보아? 그런 게 아니어. 무슨 사회란 사람이 있어서 밖에만 나가면 나를 꼭 붙들고 술을 권하는 게 아니야…… 무어라 할까…… 저기 우리 조선 사람으로 성립된 이 사회란 것이 내게 술을 아니 못 먹게 한단 말이오…… 어째 그렇소?…… 또 내가 설명을 해 드리지. 여기 회를 하나 꾸민다 합시다. 거기 모이는 사람 놈치고 처음은 민족을 위하느니 사회를 위하느니 그러는데 제 목숨을 바쳐도 아깝지 않다 아니하는 놈이 하나도 없지. 하다가 단 이틀이 못 되어, 단 이틀이 못 되어……."

한층 소리를 높이며 손가락을 하나씩 둘씩 꼽으며,

"되지 못한 명예 싸움, 쓸데없는 지위 다툼질, 내가 옳으니 네가 그르니, 내 권리가 많으니 네 권리가 적으니…… 밤낮으로 서로 찢고 뜯고 하지. 그러니 무슨 일이 되겠소? 회뿐이 아니라 회사이고 조합이고……. 우리 조선 놈들이 조직한 사회는 다 그 조각이지. 이런 사회에서 무슨 일을 한단 말이오? 하려는 놈이 어리석은 놈이야. 적이 정신이 바로 박힌 놈은 피를 토하고 죽을 수밖에 없지. 그렇지 않으면 술밖에 먹을 게 도모지 없지. 나도 전자에는 무엇을 좀 해 보겠다고 애도 써 보았어. 그것이 모두 수포야. 내가 어리석은 놈이었지. 내가 술을 먹고 싶어 먹는 게 아니야. 요사이는 좀 낫지마는 처음 배울 때에는 마누라도 알다시피 죽을 애를 썼지. 그 먹고 난 뒤에 괴로운 것이야 겪어 본 사람이 아니면 알 수 없지. 머리가 지끈지끈 아프고 먹은 것이 되돌아 올라오고……. 그래도 아니 먹은 것보담 나았어. 몸은 괴로워도 마음은 괴롭지 않았으니까. 그저 이 사회에서 할 것은 주정꾼 노릇밖에 없어……."

"공연히 그런 말 말아요. 무슨 노릇을 못 해서 주정꾼 노릇을 해요! 남이라서……."

안해는 부지불식간에 흥분이 되어 열기 있는 눈으로 남편을 바라보고 불쑥 이런 말을 하였다. 그는 제 남편이 이 세상에 가장 거룩한 사람이어니 한다. 따라서 어느 뉘보담 제일 잘될 줄 믿는다. 몽롱하나마 그의 목적이 원대하고 고상한 것도 알았다. 얌전하던 그가 술을 먹게 된 것은 무슨 일이 맘대로 아니 되어 화풀이로 그러는 줄도 어렴풋이 깨달았다. 그러나 술은 노상 먹을 것이 아니다. 그러면 패가망신하고 만다. 그러므로 하로바삐 그 화가 풀리었으면, 또다시 얌전하게 되었으면 하는 생각이 그의 머리를 떠날 때가 없었다. 그리고 그날이 꼭 올 줄 믿었었다. 오늘부터는 내일부터는…… 하건만 남편은 어제도 술이 취하였다. 오늘도 한 모양이다. 자기의 기대는 나날이 틀려 간다. 좇아서 기대에 대한 자신도 엷어 간다. 애닯고 원통한 생각이 가끔 그의 가슴을 누른다. 더구나 수척해 가는 남편의 얼골을 볼 때에 그런 감정을 걷잡을 수 없었다. 지금 저도 모르게 흥분한 것이 또한 무리가 아니었다.

"그래도 못 알아듣네그려. 참, 사람 기막혀. 본정신 가지고는 피를 토하고 죽든지 물에 빠져 죽든지 하지 하로라도 살 수가 없단 말이야. 흉곽(胸廓, 가슴)이 막혀서 못 산단 말이야. 에엣, 가슴 답답해."

라고 남편은 소리를 지르고 괴로워서 못 견디는 것처럼 얼골을 찌푸리며 미친 듯이 제 가슴을 쥐어뜯는다.

"술 아니 먹는다고 흉곽이 막혀요!"

남편의 하는 짓은 본체만체하고 안해는 얼굴을 더욱 붉히며 부르짖었다.

그 말에 몹시 놀랜 것처럼 남편은 어이없이 안해의 얼골을 바라보더니 그다음 순간에는 말할 수 없는 고뇌의 그림자가 그의 눈을 거쳐 간다.

"그르지, 내가 그르지. 너 같은 숙맥(콩과 보리도 구별 못 하는 사람)더러 그런 말을 하는 내가 그르지. 너한테 조금이라도 위로를 얻으려는 내가 그르지, 후우."

스스로 탄식한다.

"아아 답답해!"

문득 기막힌 듯이 외마디 소리를 치고는 벌떡 몸을 일으킨다. 방문을 열고 나가려 한다.

왜 내가 그런 말을 하였던고? 안해는 불시에 후회하였다. 남편의 저고리 뒷자락을 잡으며 안타까운 소리로,

"왜 어데를 가시요? 이 밤중에 어데를 나가셔요. 내가 잘못하였습니다. 인제는 다시 그런 말을 아니 하겠습니다……. 그러게 내일 아침에 말을 하자니까……."

"듣기 싫어, 놓아, 놓아요."

하고 남편은 아내를 떠다 밀치고 밖으로 나간다. 비틀비틀 마루 끝까지 가서는 털썩 주저앉아 구두를 신기 시작한다.

"에그, 왜 이리하시오? 인제 다시 그런 말을 아니 한대도……."

안해는 뒤에서 구두 신으려는 남편의 팔을 잡으며 말을 하였

다. 그의 손은 떨고 있었다. 그의 눈에는 단박에 눈물이 쏟아질 듯하였다.

"이건 왜 이래, 저리로 가!"

배앝는 듯이 말을 하고 휙 뿌리친다. 남편의 발길이 뚜벅뚜벅 중문에 다다랐다. 어느덧 그 밖으로 사라졌다. 대문 빗장 소리가 덜컥하고 난다. 마루 끝에 떨어진 안해는 헛되어 몇 번,

"할멈, 할멈!"

이라고 불렀다. 고요한 밤공기를 울리는 구두 소리는 점점 멀어 간다. 발자취는 어느덧 골목 끝으로 사라져 버렸다. 다시금 밤은 적적히 깊어 간다.

"가 버렸구면, 가 버렸어!"

그 구두 소리를 영구히 아니 잃으려는 것처럼 귀를 기울이고 있는 안해는 모든 것을 잃었다 하는 듯이 부르짖었다. 그 소리가 사라짐과 함께 자기의 마음도 사라지고 정신도 사라진 듯하였다. 심신이 텅 비어진 듯하였다. 그의 눈은 하염없이 검은 밤안개를 물끄러미 바라보고 있다. 그 사회란 독한 꼴을 그려 보는 것같이.

이 쏠쏠한 새벽바람이 싸늘하게 가슴에 부딪힌다. 그 부딪히는 서슬에 잠 못 자고 피곤한 몸이 부서질 듯이 지극하였다.

죽은 사람에게뿐 볼 수 있는 해쓱한 얼골이 경련적으로 떨며 절망한 어조로 소곤거렸다.

"그 몹쓸 사회가, 왜 술을 권하는고!"

출전;개벽(1921. 11)

까막잡기

"자네, 음악회 구경 아니 가려나?"

저녁 먹던 맡에 상춘(相春)은 학수(學秀)를 꼬드겼다. 상춘은 사내보담 여자에 가까운 얼골의 남자이었다. 분을 따고 넣은 듯한 살결, 핏물이 듣는 듯한 붉은 입술, 초승달 모양 같은 가늘고도 진한 눈썹, 은행 꺼풀 같은 눈시울——여자라도 여간 어여쁜 미인이 아니리라. 그와 정반대로 학수의 얼골은 차마 볼 수 없이 못생긴 것이다. 살빛의 검기란 아프리카의 흑인인가 의심할 만하다. 조금 거짓말을 보태면 귀까지 찢어졌다고 할 수 있는 입, 장도리나 무엇으로 퍽퍽 찍어서 나려 앉힌 듯한 콧대, 광대뼈는 불거지고 뺨은 후벼 파놓은 듯 그 우툴두툴한 품이 마치 천병만마가 지나간 고(古) 전쟁터와 같은 느낌이 있었다. 이 미남과 추남의 표본이라고 할 만한 두 청년은 한 고장 사람으로 같이 ××전문학교에 다니는 터이었다.

"오늘 저녁에 어데 음악회가 있나?"

"있구말구, 종로 청년회관에 학생 주최로 춘기 대음악회가 있다네. 종로로 지나다니면서 그 광고도 못 봤단 말인가. 참말이지 이번 음악회는 굉장하다네. 그 학당의 자랑인 꽃 같은 여학생들의 코러스는 말할 것도 없거니와 조선서 음악깨나 한다는 사람을 총출이라데. 그리고 그 나라에서도 울렸다는 프오크 양의 독창도 있고 또 요사이 로서아에서 돌아온 리니콜라이의 바이얼린 독주도 있고……."

"여보게, 그만 늘어놓게. 그만해도 기막히게 훌륭한 음악회인 줄 알겠네. 그러나 내가 어데 음악을 아는가? 내 귀에는 한다는 성악가의 독창이나 도야지 목 따는 소리나 다른 것이 없네. 바이올린으로 타는 좋다는 곡조나 어린애의 앙얼거리는 울음이나 마찬가지이데."

"그래, 음악회에 가기 싫단 말인가?"

"자네 혼자 다녀오게."

"여보게, 음악은 모른다 하더래도 여학생 구경이라도 가세그려. 주최가 여학교측이고 보니 그 학교 학생은 물론이겠고 서울 안에 하이칼라 여학생은 다 끌어 올 것일세."

하고 매우 초조한 듯이,

"입장권은 내가 삼세. 음악이 싫거든 여학생 구경이라도 가세그려."

"왜?"

"왜라니? 여학생의 구경이라도 가자는 밖에."

학수는 배앓는 듯이,

"여학생은 보아 쓸데가 무엇이란 말인가?"

상춘은 펄쩍 뛰며,

"쓸데란 말이 웬 말인가? 자네같이 쓸데 있는 것만 찾는다면 인생은 쓸쓸한 황야일 것일세. 캄캄한 그믐밤일 것일세. 아름다운 음악을 들으며 아름다운 여성을 보는 것이 벌써 시가 아닌가. 행복이 아닌가?"

"시다? 행복이다? 홍, 내야 자네같이 어데 취미성이 있어야지."

빈정대는 듯이 이런 말은 하건마는 찡그린 그 얼골엔 말할 수 없는 고뇌의 그림자가 떠돌았다. 상춘은 제 동무의 말은 들은 체 만 체하고 꿈꾸는 듯하는 눈자위를 더욱 반들반들하게 적시우며 시나 읊조리는 어조로,

"여자는, 더구나 새로운 학문을 배우는 여학생은 인생이란 거친 들의 꽃일세, 어두운 밤에 불일세. 햇발이 왜 따스한 줄 아나? 그들의 가슴을 덥히기 위함일세. 달빛이 왜 밝은 줄 아나? 그들의 얼골을 바래기 위함일세. 꽃이 피기도 그들의 눈을 기쁘게 하려는 까닭이요, 새가 울기도 그들의 귀를 즐겁게 하려는 까닭일세. 그런데……."

하고 잠깐 가쁜 숨을 돌리었다. 학수의 얼골엔 고뇌의 그림자가 더욱더욱 짙어가며 담박 울음이 터져 나올 듯이 왼 상판의 근육이 경련적으로 떨린다.

"듣기 싫네, 듣기 싫어. 그만해도 자네가 시와 소설을 많이 본 줄 알겠네."

"……그런데 말이지. 그들이 하나가 아니고 둘이 아니고 백여 명이 모였단 말이다. 생각을 해 보게. 백여 명이 모였단 말이다. 그곳은 백화난만한 꽃동산일 것일세. 거기 종달새 격으로 꾀꼬리 격으로 피아노가 운다, 바이올린이 껄떡인다. 그나 그뿐인

가, 꽃 그것이 노래를 부르니 이게 낙원이 아니고 어데가 낙원이란 말인가. 거기 가기를 싫어하는 자네는 사람이 아닐세, 사내가 아닐세, 목석일세."
하고 상춘은 못 견디겠다 하는 듯이 뻘떡 일어나 방안을 왔다 갔다 한다. 그의 눈에는 쉴 새 없이 미소가 떠올랐다. 제 얼굴에 지나치게 자신을 가진 그는 여성과 접촉을 안 했기 망정이지 접촉만 하고 보면──불행한 일은 아즉 여성과 흠씬 접촉해 본 일이 없었다──손끝 한번 까딱해서, 눈 한번 깜짝해서, 다 저에게 꿀 같은 사랑을 바치려니 생각한다. 젊고 어여쁘고 지식이 있고 마음이 상냥한 여성은 언제든지 저의 애인이 될 가능성이 있다. 그러므로 그들을 비난하거나 미워할 생각은 꿈에도 없었다. 따라서 그는 어데까지 여성 찬미자──더구나 새로운 학문을 배우는, 배운 여성의 찬미자이었다. 그들의 말이 나오면 턱없이 흥분하는 법이었다.

"사람이 아니래도 좋고 사내가 아니래도 좋네. 목석이라도 좋아. 음악회 구경도 싫고 여학생 구경도 딱 싫으이."

마츰내 학수도 버럭 화증을 내었다.

"참말이지, 요새 여학생은 눈 잔등이가 시어서 못 보겠데. 기름을 바를대로 바르고 왜 귀밑머리는 풀고 다니는지, 살찐 종아리 자랑인지는 모르지만 왜 정강이까지 올라오는 잠뱅이를 입고 다니는지, 발등뼈가 퉁겨나와야 맛인가 구두 뒷축은 왜 그리 높은지 암만해도 까닭 모를 일이어. 옆에만 지나가도 그 퀴퀴한 향수 냄새란 구역이 날 지경이다. 그리고 이름이 좋아서 하눌타리로 사랑은 자유라야 쓰느니, 연애는 신성한 것이니 하면서 얼골만 반드레해도 그만 반하고, 피아노 한 채만 보아도 마음이 솔곳하고, 애꾸눈이라도 서양 갔다 온 사람이면 추파를 건넨다던가. 그런 천착(舛錯)하고 경박하고 허영에 뜬 년들에게 침을 깨 흘리는 놈도 흘리는 놈이지. 그래, 그런 것들이 우글우글 끓는 음악회에 간단 말인가? 차라리 요귀가 끓는 지옥엘가는 게 낫지. 바루 제가 젠체하고 단 위에 올라서서 몸짓 고개짓을 하면서 주리난장을 맞는 듯이 아가리를 딱딱 벌리는 꼴이란 장님으로 못 태어난 것이 한이 될 지경이다.”
라고 학수도 까닭 모를 흥분에 목소리를 떨며 그 험상궂은 얼골이 푸르락 붉으락 하며 부르짖었다. 제 스스로 제 얼골이 다시 더 못생길 수 없이 못생긴 것을 잘 아는 그는 여성을 대할 적마다 저 아닌 남으론 상상도 못 할 만큼 심각한 고통을 느끼었다. 여성의 시선이 제 얼골에 떨어지면 못생긴 제 얼골이 열 곱 스무 곱 더 못생겨지는 듯싶었다. 조소와 멸시를 상상치 않고는 여성의 눈길을 느낄 수 없었다. 이러구러 그는 어느 결엔지 미소지니스트(여자를 미워하고 싫어하는 이)가 되고 말았다. 구식 여자보담 자유 연애를——저는 일평생 가야 맛보지 못할 자유연애를 한다는 신식 여자가 더욱이 밉고 싫고 침이라도 배앝고 싶을 만치 더럽고 추해 보였다.

상춘은 어이없이 학수를 바라보다가,

“여보게 웬 야단인가? 여학생하고 무슨 불공대천지원수나 졌단 말인가? 모욕을 해도 분수가 있지.”

“압다, 그러면 자네는 여학생한테 무슨 재생지은덕이나 입었단 말인가? 왜 여학생이라면 사지를 못 쓰나?”

두 친구는 잠깐 보면서 입을 닫치었다. 이윽고 상춘은 또 방 안을 거닐다가 화증 난 듯이 문을 열고 튀 하고 침을 배앝았다. 봄밤이다. 생각에 젖은 처녀의 눈동자 같은 봄밤이다. 전등 불빛의 세력 범위를 벗어난 어스름 한 마당 구석에는 달빛조차 어른거린다. 단성사인지 우미관인지 사람 모으는 젓(笛)대 소리가 바람결에 들린다.

상춘에게는 일 찰나가 몇 세기나 되는 듯싶었다. 아름다운 음악회의 광경이 무지개같이 그의 머리에 비추인다. 그는 마치 애인과 밀회할 시간이 늦어가는 사람 모양으로 앉았다 일어섰다 조를 비빈다. 저 혼자 같으면 좋으련만 같이 있는 처지에 학수를 버리고 가는 것이 실없는 말다툼으로 감정이나 낸 듯도 싶고 그보담 많은 여자에게 제가 얼마나 잘난 것을 돋보이게 하려면 못생긴 동반자가 필요도 하였다. 그는 다시 제 동무를 달래고 꼬드기고 조르기 시작하였다. 오늘 저녁이 봄밤인 것과, 이러고 들어박혀 있을 때가 아닌 것과, 정 음악이 듣기 싫고 여학생이 보기 싫더라도 제 얼골을 보아 가달라고 비대발괄하였다. 친구 따라 강남도 간다니 이렇게 청을 하는데 아니 갈 게 무어냐고 성도 내었다. 얼골과 달라 마음은 싹싹한 학수라 그렇게 조르는 친구의 청을 떨치기도 무엇하고 또 얼마큼 상춘의 달뜬 기분이 전염이 되어 혼자 빈방을 지키기도 을씨년스러웠다. 마츰내 학수는 싫으나마 도수장에 끌려가는 소 모양으로 상춘을 따라서고 말았다.

상춘이와 학수가 음악회에 들어선 때에는 벌써 회를 여는 관

현악이 아뢰일 적이었다. 만일 상춘이가 대분발을 해서 이 원을 내고 일등표 두 장을 사지 않았던들──그들은 일등표를 산 덕택에 바루 자석 옆 악단 멀지 않게 자리를 잡을 수 있었다──구경도 못 하고 돌아설 뻔하였다. 그다지 모인 사람이 많았다. 상춘의 짐작과 틀리지 않아 자리를 반분하다시피 여자의 구경꾼도 많았다. 띄엄띄엄 쪽찐 이와 땋은 이가 없지 않았으되 대개는 푸수수한 트레머리의 꽃밭이었다. 그래, 탐스럽게 핀 검은 목단화 송이의 동산이었다. 머리를 꽃송이에 견주면 보얀 목덜미는 그 흰 줄기일러라. 문에 쑥 들어서면서 이 송이와 줄기만 보아도 젊은이의 가슴은 이상하게 뛰놀았다.

그윽한 향수와 기름내, 많은 젊은 몸에서 발산하는 훈훈한 살내, 입내, 옷내──그곳의 공기는 온실과 같이 눅눅하고 향긋하고 따스하였다. 일분은 음악으로 하여, 구분은 이성으로 하여 모인 이들은 우단을 감는 듯한 포근한 느낌과 아지랑이에 싸인 듯한 황홀한 심사에 사라지며 있다. 이따금 파름파름 잎 나는 포플러 가지를 흔들고 온 듯한 바람이 우 하고 유리문을 찌걱거리면 시방이 봄철인 것과, 꽃구경이 한창인 것과, 오늘 저녁이야말로 음악 듣기에 꼭 좋은 밤임을 새삼스럽게 생각해내며 공연히 마음이 놀아들나서 이성의 눈결은 더 많이 이성에게로 몰킨다.

상춘은 아까부터 보아둔 여학생이 하나 있었다. 그이는 모시치마와 옥양목 저고리를 입은 얼골 갸름한 처녀인데 저와 슬쩍 한 번 눈길이 마주친 후로 자꾸 저를 보는 듯하였다. 가장 잘 음악을 아는 체로 얼골에 미소를 띠우고 발로 박자를 맞추는 사이 그이의 눈결은 꼭 저만 쏘고 있는 듯하였다──고개만 돌리면 그와 나의 시선은 또 마주치렷다. 그는 부끄러워 얼골을 붉히렷다. 남에게 무안을 주는 것은 좋지 못한 일이다. 얼마든지 나를 보게 해 두자. 아마도 나에게 마음이 끌린 모양이야. 얼마든지 보라지, 가만히 내버려 두어──열기 있고 짜릿짜릿한 눈살의 쏘임을 견디다 못해서 상춘은 문득 고개를 돌리었다. 저편에서 어느결에 눈결을 돌리었나? 그이의 눈은 저 아닌 바이얼린 타는 이를 똑바루 보고 있다. 인제 이편에서 한동안 노리며 보아 주기를 기다렸으나 그이는 매우 감동된 듯이 눈을 번쩍이며 깽깽이 시루는 이의 손을 따르고 있을 뿐이었다. 빌어먹을! 하고 성낸듯이 제 고개를 돌이키자마자 어째 저편의 고개가 얼른 제편으로 돈 듯하였다. 또 놓쳐서 될 말인가 하고 이번에는 날쌔게 돌아다보았다. 그편의 눈은 한결같이 바이올린에 박혔을 뿐 몇 번을 고개를 바루었다 틀었다 해 보건만 한결같이 그이의 눈은 저를 쏘지 않았다.

"나를 보지 않는군. 안 보면 대순가?"

화증 낸 듯이 속으로 중얼거리고 또 다른 눈 맞는 이를 찾아내려 하였다. 한참이나 헛되이 돌아다니던 눈이 얼마 만에 저를 보고 웃는 듯한 눈을 잡아내었다. 그이의 얼골은 동그스름한데 아까 저 보던 이보담 몇 곱절이나 아름다운 듯싶었다. 옳다구나? 할 새도 없이 염통이 파득파득 소리를 내었다. 슬쩍 눈결을 피하였다가 슬쩍 눈결을 던지매 그이는 시방도 웃기는 웃건마는 곁에 앉은 제 동무와 속살거리고 웃을 뿐이고 저를 보지는 않았다. 또 아깟 번으로 눈살을 놓았다 거두었다 하는 사이에 용하게 두 번째 그이의 눈을 맞출 수 있었다.

"두 번이다, 두 번이야. 이번 것은 틀림없이 나한테 호의를 가졌나 부다."

상춘은 이렇게 확신 있게 속살거리며 사람이 헤어져 돌아갈 때에 문 앞에서 기다리면 그이가 나와 저를 보고 반겨 웃을 것과 저더러 같이 가자든지 그렇지 않으면 저를 따라올 것과 어떻게 꿀 같은 사랑을 맛볼 것을 생각하였다. 악수, 키스, 달밤에 산보, 꽃 사이의 해매임──그림보담도 더 아름다운 정경을 역력히 그리고 있을 때였다.

곁에 앉아 있던 학수, 신트림이나 올라오는 사람 모양으로 보기 싫게 찡그린 얼골을 주체를 못 하는 듯이 숙였다 들었다 하며 여자편과 외면을 하고 될 수 있는 대로 남자의 편을 향하고 있는 학수. 맡지 않으려 할수록 속을 뒤흔드는 이성의 냄새와 느끼지 않으려 할수록 몸에 서리는 이성의 훈기에 축축이 진땀이 흘렀다. 으슬으슬 한기가 들었다 하던 학수가 한창 꿈결 같은 환상에 녹는 상춘의 옆구리를 꾹 질렀다. 제 친구의 존재를 깜빡 잊어버렸던 상춘은 발부리에서 모츠래기가 날아간 듯이 놀래었다.

학수는 목안에서 나는 듯한 그윽한 소리로,

"여보게 상춘이, 여보게 상춘이, 여기 변소가 어데인가? 오줌이 마려워서 견딜 수 없네."

"뭐?"

하고 상춘은 네 말을 못 알아듣겠다는 듯이 물끄러미 학수를 보았다.

학수는 여간 급하지 않은 듯이,

"변소가 어데냐 말일세. 오줌이 마려워서 죽을 지경일세."

"뭐, 오줌이 마려워. 참게 참아."

상춘은 배앓는 듯이 퉁을 주었다. 저의 꽃다운 환상을 이따위 일에 부순 것이 속이 상하였다.

"여보게, 인제 더 참을 수 없네. 여기 오는 맡에 마려운 것을 이때까지 참았네. 인제 할 수 없네. 아랫배가 뻑적지근하게 아파 견딜 수 없네."

"원, 사람도. 그러면 저 문으로 나가게."

상춘은 어처구니없이 픽 웃고는 악단의 오른편에 있는 조그만한 문을 가리키며,

"나가면 오른편에 층층대가 있으니. 그리 나려가면 거기 변소가 있네."

하였다.

학수는 엉거주춤하고 겸연쩍은 듯이 고개를 숙이고 가리키는 대로 그 문을 열고 밖을 나왔다. 밝은 데 있다가 나온 까닭에 눈앞이 캄캄하였다. 손으로 더듬어서 층층대를 나려는 왔으나 어데가 어데인지 도모지 알 수가 없었다. 공장 옆에 있는 변소를 대강당 밑에서 찾으니 찾아질 리가 없었다. 헛되이 층층대를 끼고 얼무적얼무적하다가 하는 수 없이 '층층대 밑에라도' 할 즈음이었다.

괴상하고 야릇한 일이 일어나기는 그때였다. 문득 뒤에서 똑 찍, 똑 찍 하는 소리가 들리자마자 방망이 같은 무엇이 훌쩍 어깨를 넘을 겨를도 없이 등 뒤에 물씬한 것이 닿으며 보드랍고

싸늘한 무엇이 눈을 꼭 감긴다. 학수는 전신에 소름이 쭉 끼치며 하도 놀래어 '악' 소리도 지를 수 없었다.
"내가 누구예요?"
물어 죽이는 웃음과 함께 낮으나마 또렷또렷한 목성이 묻는다.
"왜 아모 말도 않으셔요? 놀래었어요?"
하는 소리가 나면서 눈 가렸던 물건이 떨어진다. 일시에 등에 대었던 것도 떨어지며 가벼운 힘이 어깨를 흔들자 눈앞에 보얀 얼골이 어른하였다. 이 불의에 나타난 괴물이 학수의 얼골을 알아보자마자 그편에서도 매우 놀랜듯,
"에그머니?"
하는 부르짖음과 함께 그 괴물은 천방지축으로 달아난다.
학수는 얼없이 제 앞에 나는 듯이 떠나가는 괴물의 뒤 꼴을 바라보고 있었다. 얼마 후 놀래었던 가슴이 가라앉은 뒤에야 시방 제 눈을 감기고 달아난 것이 결코 귀신도 아니요, 괴물도 아니요, 한갓 아름다운 여성임을 확실히 깨달을 수 있었다. 그러자 그 여성의 대이었던 자리가 전기로나 지진 듯이 욱신욱신하고 근질근질해 온다. 무수룩하게 어깨를 누르는 팔뚝, 말씬말씬하게 등때기를 비비는 젓가슴, 위 뺨과 눈언저리에 왕거미 모양으로 붙었던 두 손을 참보담 더 참다이 느낄 수 있었다. 그 근처의 공기조차 따스하고 향긋하게 코 안으로 기어드는 듯하였다.
그는 몽유병자의 걸음걸이로 그 여자의 간 곳을 향해서 몇 걸음 걸어가 보았다. 그때의 찾고 찾아도 찾을 수 없던 뒷간인 듯한 집이 보이었다. 그는 늘어지게 소변을 보고 몸이 날 듯이 가

든해 오매 이 이상한 일의 까닭을 캐어보았다.

그것은 어렵지 않게 풀 수 있는 수수께끼였다. 눈을 감긴 이는 저의 애인과 함께 이 음악회에 왔음이리라. 그런데 그들은 무슨 까닭으로든지 이 층층대 밑에서 남몰래 만나자고, 무슨 군호로──눈짓 같은 것으로 맞추었음이리라. 사내가 그 군호를 몰랐던지 그렇지 않으면 사내의 발길은 더디고 계집의 발길은 일쯕어 층층대 아래서 학수가 어름어름하는 걸 보고 꼭 제 애인인 줄만 여겨서 아양 피움으로 까막잡기를 하였음이리라.

이윽고 그 층층대를 도루 올라와서 음악회에 통한 문을 여는 학수는 제 얼골이 여지없이 못생긴 것과 여성에 대한 미움을 씻은 듯이 잊어버리었다. 전등불이 급작스럽게 밝아지며 모든 사람이 저에게 호의 있는 시선을 보내는 듯하였다. 그중에도 여자들은 미소를 건네는 듯하였다. 바이올린은 이미 끝났음이리라. 어느 양녀 하나이 보얀 손가락을 북같이 쏘대이게 하며 피아노를 치고 있다. 전 같으면 시답지 않을 그 악기의 소리가 제 가슴속의 무슨 은실 같은 것을 스치어서 어느 결엔지 멋질린 발길이 춤추는 듯이 박자를 맞춘다.

그는 바루 여자석의 옆 걸상 줄에 있는 제 자리에 한 두어 걸음 남겨 놓고 걸상 줄 밖에 나온 어느 여학생의 구두코를 지척하고 밟아 버렸다. 학수는 그 얼골에 애교를 넘쳐 흘리며 제 잘못을 사과하였다. 그 여학생은 당황히 발을 끌어들이며 괜찮다 하였다. 발 밟힌 이의 얼골이 아모 일도 아니 일어난 것처럼 새침하게 바루어진 뒤에도 발 밟은 이는 사과를 되풀이하며 빙글빙글 웃는다. 그 여학생은 한번 힐끗 학수를 쳐다보더니 고개를 팍 숙이고는 제 옆 동무를 꾹 찌르며 웃는다. 제 자리에 앉는 학수도 자기의 한 일이 가장 재미있고 우스운 것같이 킬킬 소리를 내어 웃었다. 그러는 가운데 언뜻 깨달으니 그 여학생이 갈데없는 제 눈을 감기던 사람 같았다. 북받치는 웃음으로 하여 가늘게 떠는 그 동그스름한 어깨, 서너 올 머리칼이 하늘거리는 보얀 귀밑――그렇다, 그렇다, 분명히 그 여자다. 내 눈을 감기고 달아난 그 여자다 하였다. 이런 생각을 하고 있을 제 그 여학생의 입이 비죽비죽하는 웃음을 간신히 참으며 또 한번 학수의 편을 보았다. 그의 광대뼈가 조금 내민 것을 알아보자 학수는 그이가 아니로구나 하고 고개를 쩔레쩔레 흔들었다.

 찡그린 상판을 남자 편으로 향하고 있던 학수는 인제 번쩍이는 얼골을 여자편에게로만 돌리어서 저와 까막잡기하던 이를 찾기에 골몰하였다. 여러 번 그이인 듯한 여학생을 찾아내었건만 눈썹이 정성다못도 하고 입이 크거나 작거나 하고, 이마가 좁기도 하며, 코가 높거나 낮거나 해서 정말 그이를 알아맞추는 도리가 없었다. 그릇 알았든 옳게 알았든 비록 눈도 한번 못 깜짝일 짧은 동안이라 할지라도 저를 애인으로 생각해 준 그 여자는 여성으로의 모든 아름다움을 갖추고 있었을 듯하였음이다.

 상춘은 상춘으로 그 얼골이 동그스름한 여학생과 눈을 맞추며 기뻐하고 있었다. 시선이 맞질리기가 벌써 네 번이나 된다.

 음악회는 그럭저럭 끝나고 말았다.

 상춘은 저와 네 번이나 눈이 마주친 그이를 기다리면서, 학수는 혹 제 동무들과 섭슬리어 나올는지 모르는 제 눈 감기던 그이를 기다리면서, 두 청년은 청년회관 문 앞에 서 있다…….
 상춘의 그이는 나왔다. 무슨 할 말이나 있는 듯이 상춘은 한 걸음 다가들었건만 그이는 거들떠보지도 않고 제 갈 데로 가 버렸다. 나오는 이 족족 새로이 얼골을 검사해 보았건만 학수의 그이는 없었다.
 사람들이 다 헤어진 뒤에도 잘난 이와 못난 이는 사라지려는 아름다운 꿈을 아끼는 듯이 우두커니 서 있었다.
 아까 음악당의 유리창을 비걱거리던 바람은 휙휙 먼지를 날리며 포플러 가지를 우쭐거리게 한다. 반 넘어 서쪽으로 기울어진 초승달은 새악씨의 파리한 뺨 같은 모양을 구름자락 사이에 드러내었다.
 "달이 있군."
 상춘은 하늘을 쳐다보며 한숨 지었다.
 "시방, 집에 가면 잠 오겠나? 우리 종로를 한 번 휘 돌까?"
 두 청년은 걷기 시작하였다. 광화문통까지 올라갔다가 도루 나려왔다. 그들의 묵고 있는 집은 사동(寺洞)에 있었다.
 "음악회란 기실 아모 것도 보잘 게 없어. 그 많은 여학생 가운데 하나나 그럴듯한 게 있어야지."
 상춘은 탄식하는 듯이 이런 혼자 말을 하였다.
 "왜 그렇게 가자고 사람을 들볶더니."
 "갈 적에는 좋았지만 나와 보니 그런 싱거운 일이 없네그려. 돈 이 원만 날아갔는걸."
 "나는 재미있던데."
 상춘은 턱없이 빙글빙글하는 학수를 바라보며 의아한 듯이,

"왜 음악회라면 대경질색을 하더니?"

"딴 음악회는 다 재미없어도 오늘 것은 매우 재미있었어……. 그런데 여보게, 사랑 맡은 귀신은 장님이라지?"

"그것은 왜 묻나?"

"글쎄 말일세."

"그렇다네. 사랑을 하면 곧 이성의 눈이 감긴단 말이겠지."

"흥, 그러면 나는 오늘 저녁에 사랑을 하였는걸. 사랑 맡은 귀신의 은총을 입었는걸."

"사랑을 하였다니?"

"흥, 세상에는 이상한 일도 있지."

"무슨 일이 그렇게 이상하단 말인가?"

"이야기할까?"

"이야기할 테면 하게그려."

상춘은 별로 흥미가 끌리지 않는 듯하였다. 학수는 주춤 걸음을 멈추더니 다짜고짜로 등 뒤에서 상춘의 눈을 감기었다.

"이게 무슨 미친 짓인가?"

상춘은 놀라 부르짖었다.

"내가 사내가 아니고 여자일 것 같으면 자네 마음이 어떠하겠나?"

"그게 다 무슨 소리인가?"

"오늘 음악회에서 어느 여자가 나를 그리했다네."

상춘은 어이없이 웃으며,

"예끼 미친 사람……."

"미치기는 누가 미쳐? 왜 거짓말인 줄 아나?"

하고 학수는 입에 침이 없이 아까 층층대 밑에서 일어난 일의 자초지종을 이야기하였다.
　호기의 눈을 번쩍이고 있던 상춘은 이야기가 끝나자 웬일인지 그 여자를 여지없이 타매하였다. 어데 밀회할 곳이 없어서 그 어둠침침한 층층대 밑에서 그런 짓을 하느냐는 둥, 그런 년이 있기 때문에 여학생의 풍기가 문란하다는 둥, 필연 여학생 모양을 한 은근짜나 갈보라는 둥, 내가 그런 일을 당했으면 꼭 붙들어 가지고 톡톡히 망신을 주었으리라는 둥, 그리 못한 학수가 반편이라는 둥…….
　"왜 샘이 나니? 생각을 해 보게, 보들보들한 손이 살짝 내 눈을 가리었단 말이지. 내 등에 그 따뜻한 가슴이 닿이었단 말이지. '내가 누구예요?' 하는 그 목소리? 그야말로 꾀꼬리 소리란 말이지……."
하고 학수는 못 견디겠다는 듯이 몸을 비꼬자마자 상춘을 부둥켜안았다.
　"이 사람이 정말 미쳤나?"
하고 상춘은 사정없이 뿌리쳤다. 학수는 넘어질 듯이 비틀비틀하면서 '허허' 하고 소리쳐 웃었다. 그들은 벌써 사동 입새에 다다랐다.
　상춘은 부인 상회로 무슨 살 것이나 있는 듯이 들어간다. 어데 갔다가 돌아오는 길에는 이 상회를 거치는 것이 그의 버릇이었다. 전일엔 상춘이가 암만 졸라도 좀처럼 들어가지 않던 학수이언만 오늘 밤에는 서슴지 않고 상춘을 따라 들어설 수 있었다.
　상회에 들어온 뒤에도 학수의 왼 얼골에 퍼진 웃음의 그림자는 사라지지 않았다. 이 꼴을 보고 상춘은 의미 있게 웃고는 벙글거리는 이를 슬며시 색경과 경대를 벌려 둔 데로 끌고 와서 귀에 대고 소근거렸다.

"여보게, 거울을 좀 보게."

벙글거리던 이는 무심코 거울을 들여다보았다──저놈이 웬 놈인가? 지옥의 굴뚝 속에서 뛰어나온 아귀 같은 상판으로 빙그레 웃는 저놈이 웬 놈인가? 입은 찢어진 듯이 왜 저리 크며 잔등이 움퍽한 콧구멍은 왜 저리 넓은가? 학수는 제 앞에 나타난 이 추(醜)의 그것 같은 괴물을 차마 제 자신으로 생각할 수가 없었다. 얼마 전에 사랑 맡은 여신의 은총을 입은 제 자신으로 생각할 수 없었다. 그러나 이 더할 수 없이 못생긴 괴물이야말로 갈데없는 저임에 어찌하랴, 다른 사람 아닌 제 본체임에 어찌하랴?

그의 눈앞은 갑자기 한 그믐밤같이 캄캄하였다.

출전:(개벽 1924. 1)

할머니의 죽음

'조모주 병환 위독.'

삼월 그믐날, 나는 이런 전보를 받았다. 이는 ××에 있는 생가에서 놓은 것이니 물론 생가 할머니의 병환이 위독하단 말이다. 병환이 위독은 하다해도 기실 모나게 무슨 병이 있는 게 아니라 벌써 여든을 둘이나 넘은 그 할머니는 작년 봄부터 시름시름 기운이 쇠진해서 가끔 가물가물하기 때문에 그동안 자손들로하여금 한두 번 바쁜 걸음을 아니 치게 하였다.

그 할머니의 오 년 맏이인 양조모는 갑자기 울기 시작하였다.

"아이고…… 이승에서는 다시 못 보겠다. 동세라도 의로 말하면 친형제나 다름이 없었다…… 육십 년을 하로같이 어데 뜻 한 번 거슬려 보았을까……."

연해연방 이런 넋두리를 섞어 가며 양조모는 울었다. 운다 하여도 눈 가장자리가 붉어지고 목소리가 떨릴 뿐이었다. 워낙 연만한 그는 제법 울음답게 울 근력조차 없었다.

"그래도 그 할머님은 팔자가 좋으시다. 자손이 늘은 듯하고…… 아이고."

끝으로 이런 말을 하며 울음이 한숨으로 변하였다. 자기가 너무 수(壽)한 까닭으로 외동자들을 앞세워 원(怨)이 되고 한이 되어 노상 자기의 생을 저주하는 그는 아들이 둘(본래 셋이더니 그중에 중부(仲父)가 일찍이 돌아갔다), 직손자가 여덟이나 되는 그 할머니를 언제든지 부러워하였다.

"지금 돌아가시면 호상(好喪)이지. 아드님의 백발이 허연데." 라고 양모도 맞방망이를 치며 눈을 멍하게 뜬다. 나도 과연 그렇기도 하겠다 싶었다.

나는 그날 밤차로 ××를 향하고 떠났다.

새로 석 점이 지나 기차를 나린 나는 벌써 돌아가시지나 않았나고 염려를 마지않으며 캄캄한 좁은 골목을 돌아들어 생가의 삽작[柴扉, 사립문] 가까이 다다를 제 곡성이 나는 듯 나는 듯하여 마음이 조마조마하였다. 하건만 다행히 그 불길한 소리는 들리지 않았다. 삽작은 빠끔히 열려 있었다.

마당에 들어서니 추녀 끝에 달린 그름 앉은 괘등이 간 반밖에 아니 되는 마루와 좁직한 뜰을 쓸쓸하게 비쳐 있었다. 우물뚝과 장독간의 사이에 위는 거적으로 덮고 양 가는 삿자리로 두른 울막을 보고 나는 가슴이 덜컥하고 나려앉았다. —— 상청(喪廳)이 아닌가?……

그러나 나의 어림짐작은 틀리었다. 마루에 올라선 내가 안방, 아랫방에서 뛰어나온 잠 못 잔 피로한 얼골들에게 이끌리어 할머니의 거처하는 단칸 건넌방으로 들어가니 할머니는 깔아진 듯이 아랫목에 누웠으되 오히려 숨은 붙어 있었다. 그 앞에 앉는 나를 생선의 그것 같은 흐릿한 눈자위로 의아롭게 바라본다.

"얘가 누구입니까? 어머니, 얘가 누구입니까?"

예안 이씨(禮安李氏)로 예절 알기와 효성 있기로 집안 중에 유명한 중모(仲母)는 나를 가리키며 병자의 귀에 대고 부르짖었다.

"몰라……."

환자는 담이 그르렁그르렁하면서 귀찮은 듯이 대꾸하였다.

"제가 누구입니까? 할머니!"

나는 그 검버섯이 어룽어룽한 뼈만 남은 손을 만지며 물어보았다. 나의 소리는 떨리었다.

"저를 모르시겠습니까? 제가 ○○이 아닙니까?"

"응, 네가 ○○이냐……."

우는 듯이 이런 말을 하고 그윽하나마 내가 잡은 손에 힘을 주는 듯하였다.

그 개개풀린 눈동자 가운데도 반기는 빛이 역력히 움직였다.

할머니의 병환이 어젯밤에는 매우 위중해서 모두 밤새움을 한 일, 누구누구 자손을 찾던 일, 그중에 내 이름도 부르던 일, 지금은 팔결 돌린 일……, 온갖 것을 중모는 나에게 알으켜 주었다.

나는 그날 밤을 누울락 앉으락 깰락 졸락 할머니 곁에서 밝히었다. 모였던 자손들이 제각기 돌아간 뒤에도 중모만은 할머니 곁을 떠나지 않았다. 불교의 독신자인 그는 잠 오는 눈을 비비기도 하고 기침으로 목청을 가다듬기도 하면서 밤새도록 염불을 그치지 않았다. 그 소리는 적적한 새벽녘에 해가(薤歌)와 같이 처량히 들리었다. 나는 새삼스럽게 그 효심의 지극함과 그

정성의 놀라움에 탄복하였다.

아츰저녁으로 각지에 흩어져 있는 자손들이 모여들기 시작하였다. 방이라야 단지 셋밖에 없는데 안방은 어머니, 형수들이 점령하고 뜰 아랫방 하나 있는 것은 아버지, 삼촌, 당숙들에게 빼앗긴 우리 젊은이 패——사육촌 형제들은 밤이 되어도 단 한 시간을 눈 붙일 곳이 없었다. 이웃집과 누누이 교섭한 끝에 방 한 칸을 빌려서 번차례로 조금씩 쉬기로 하였다. 이 짧은 휴식이나마 곰부임부 교란되었나니 그것은 삼 분 들이로 집에서 불러 들이는 까닭이다. 아버지와 삼촌네들의 큰 심부름 잔심부름도 적지 않지만 할머니 곁에 혼자 앉은 중모의 꾸준한 명령일 때가 많았다. 더욱이 밤새 한 시에나 두 시에나 간신히 잠을 들어 꿀보담 더 단잠이 왼 몸에 나른하게 퍼진 새벽녘에 우리는 끄들리어 일어나는 수밖에 없었다.

"할머님 병환이 이렇듯 위중하신데 너희는 태평 치고 잠을 잔단 말이냐?"

우리가 건넌방에 들어서면 그는 다짜고짜로 야단을 쳤다. 그중에도 가장 나이 어리고 만만한 내가 이 꾸중받이가 되었다. 인정사정없는 그의 태도가 불쾌는 하였지만 도덕적 우월을 아는 우리는 대꾸 한마디 할 수 없었다.

"다들 뭐란 말이냐. 나는 한 달이나 밤을 새웠다. 며칠들이나 된다고."

졸음 오는 눈을 비비는 우리를 보고 그는 자랑스럽게 또 이런 꾸중도 하였다.

'놀라운 효성을 부리는 게 도모지 우리 야단 칠 밑천을 장만하는 게로구나.'

나는 속으로 꿀꺽꿀꺽하며 이런 생각을 하였다.

한 번은 또 그의 명령으로 우리는 건넌방에 모여들었다. 그 방문은 열어젖히었는데 문지방 위에 할머니의 지팡이가 놓이고 그 밑에 또 신으시던 신이 놓여 있었다. 방 안 할머니의 머리맡 벽에는 다라니(陀羅尼)가 걸리었다.

"할머니가 운명을 하시나 부다!"

우리는 번개같이 이런 생각을 하며 할머니 곁으로 다가들었다. 그는 담을 그르렁거리며 혼혼(昏昏)히 누워 있었다. 중모는 흐르는 눈물을 걷잡지 못하며 그의 귀에 들이대고 울음소리로 아미타불과 지장보살을 구슬프게 부르짖고 있었다.

한동안 엄숙한 긴장이 여기 있었다. 모두 같은 일을 기대하면서.

십 분! 이십 분! 환자의 신상에는 아모 별증이 나타나지 않았다.

"아마, 잠이 드신 모양입니다."

이윽고 아버지가 이 긴장한 침묵을 깨뜨렸다. 그리고 중모를 향하여,

"잠 주무시게스리 염불을 고만 외십시오."

하고 나가 버렸다. 그 뒤를 따라 빽빽하게 들어섰던 자손들이 하나씩 둘씩 헤어졌다.

그래도 눈물을 섞어가며 염불을 마지않던 중모가 얼마 뒤에 제물에 부처님 찾기를 끈치었다. 그리고 끝끝내 남아 있던 나에

게 할머니가 중모가 왔다고 하던 일, 자기를 다리러 교군이 왔다던 일, 중모의 손을 잡아 비틀며 어서 가자고 야단을 치던 일을 이야기하였다. 그러다가 숨구녕에서 무엇이 꿀꺽하더니 고만 저렇게 정신을 잃으신 것을 설명해 들기었다.

그날 저녁때에 할머니는 여상히 깨어났었다. 이런 일이 한두 번이 아니었다. 몇 번이나 신과 지팡이가 놓였다 치웠다, 다리니가 벽에 걸리었다 떼였다 하였다. 그러는 동안에 자손의 얼골은 자꾸자꾸 축이 나갔었다. 말하기는 안 되었지만 모두 불언 중에 할머니의 하로 바삐 끝장나기를 기다리고 있었다. 관조차 맞추어서 칠까지 먹여 놓았다. 내가 처음 오던 날 상청이 아닌가고 놀래던 그 울막도 이 관을 놓아두려는 의지간이었다.

그러하건만 할머니는 연해 한 모양으로 그물그물하다가 또 정신을 차리었다. 아니, 정신이 돌아오는 때가 도리어 많아 간다. 자기 앞에 들어서는 자손들을 거의 틀림없이 알아맞히었다.

그리고 가끔 몸부림을 치면서 일으켜 달라고 야단을 쳤다. 이럴 때에 중모는 기벽스럽게도 염불을 모시었다.

"어머니 어머니, 가만히 계셔요, 가만히 계셔요."

그는 몸부림하는 할머니를 제지하면서 이렇게 타일렀다.

"저를 따라 염불을 외셔요. 나무아미타불, 나무아비타불."

"나 일어날란다."

"에그, 왜 그러셔요? 가만히 계셔요, 제발 덕분에. 나무아미타불, 나무아미타불⋯⋯."

"나무아미타불, 나무아미타불."

할머니는 마지못하여 중모를 따라 두어 번 입술을 달싹달싹하

더니 또 얼골을 찡그리며 애원하는 어조로,

"인제 고만 뫼시고 날 좀 일으켜 다고. 내 인제 고만 가련다."

"인제 가셔요! 가만히 누워 가시지요. 왜 일어나시긴. 나무아미타불…… 왕생극락…… 나무아미타불……."

할머니는 귀찮아 못 견디겠다는 듯이 팔을 내어저으며,

"듣기 싫다! 염불소리 듣기 싫다! 인제 고만해라."
하며 몸을 일으키려고 애를 쓴다.

"그게 무슨 말씀입니까?"

중모는 질색을 하며 더욱 비장하게 부처님을 찾았다.

"듣기 싫다! 듣기 싫어. 나는 고만 갈 테야."

할머니는 또 이렇게 재우쳤다.

나는 이 광경을 보고 적이 의외의 감이 있었다——할머니는 중모보담 못하잖은 불교의 독신자이다. 몇십 년을 하로같이 새벽마다 만수향을 켜 놓고 염불 모시기를 잊지 않은 어른이다. 정신이 혼혼된 뒤에도 염주 담은 상자와 만수향만은 일일이 아랑곳하던 어른이다.

"……하로도 만수향을 세 갑 네 갑 켜시겠지. 금방 사다 드리면 세 개씩 네 개씩 당장 다 켜 버리시고 또 안 사 온다고 꾸중이시구나……."

작년 가을, 내가 귀성하였을 제 계모가 웃으며 할머니의 노망 이야기를 하는 가운데 만수향 켜는 것을 그 하나로 헤아렸다.

그리하던 할머니가 왜 지금 와서 염불을 듣기 싫다는가? 그다지 할머니는 일어나고 싶으신가? 죽어 가면서도 일어나려는 이 본능 앞에는 모든 것이 권위를 잃는 것인가?

"저렇게 일어나시려니 좀 일으켜 드리지요."

나는 보다 못해 이런 말을 하였다.

"안 된다, 일으켜 드릴 수가 없다. 하도 저러시길래 한 번 일으켜 드렸더니 어떻게 아파하시는지 차마 뵈올 수가 없었다."

"어째 그래요?"

나는 이렇게 반문하였다. 이 반문에 대한 중모의 설명은 더욱 놀랠 것이었다.

할머니가 작년 봄부터 맑은 정신을 잃은 결과에 늙은이가 어린애 된다고 뒤를 가리지 않게 되었다. 게다가 이 두어 달 전부터 무엇을 자꾸 청해 잡수시고 옷에고 욧바닥에 함부로 뒤를 보았다. 그것을 얼른 빨아 드리지 못 한 때문에 제물에 뭉켜지고 말라붙은 데다가 뜨거운 불목에 데이어 궁둥이 언저리가 모두 벗겨졌다. 그러므로 일어나려면 그곳이 땅기고 배기어 아파하는 것이라 한다.

이 말을 들은 나는 할머니를 모로 누이고 그 상처를 보았다. 그 자리는 손바닥 넓이만치나 빨갛게 단 쇠로 지진 듯이 시커멓게 벗겨졌는데 그 위에는 하얀 해가 징그럽게 끼었고 그 가장자리는 독기를 품고 아른아른히 부르터 올라 있다. 나는 차마 더 볼 수가 없었다!

이것이 무슨 일인가! 양조모, 양모가 부러워하던 늘은 듯한 자손은 다 무엇을 하고 우리 할머니를 이 지경이 되게 하였는가? 왜 자조 옷을 갈아 입혀드리며 빨아 드리지 못하였는가? 나는 이 직접 책임인 계모가 더할 수 없이 괘씸하였다.

그러나 가만히 생각해 보면 그를 그르다고도 할 수 없다. 위에도 말하였거니와 할머니가 이리 된 지는 하로 이틀이 아니다. 벌써 몇 달이 되었다. 이 긴 시일에 제 아모리 효부라 한들 하로도 몇 번을 흘리는 뒤를 그때 족족 빨아낼 수 없으리라. 더구나 밤에 그런 것이야 일일이 알 수도 없으리라. 하물며 계모는 시집오던 첫날밤부터 골머리를 앓으리만큼 큰 병객이다. 병명은 의원을 따라 혹은 변두머리라고도 하고, 혹은 뇌진이라고도 하고, 혹은 선천부족(先天不足)이라고도 하였지마는 하나도 곤쳐 주지는 못하였다. 삼십이 될락말락 하건만 육십이나 칠십이 다 된 노인 모양으로 주야장천 자리보전하고 누워있는 터이다. 제 몸이 괴로우니 모든 것이 싫은 것이다. 그리고 나까지 아우르면 아버지 슬하에 아들만 넷이나 되건마는 지금 육십 노경에 받드는 어느 아들 어느 며느리 하나 없다. 집안이 넉넉지 못한 탓으로 사방에 흩어져서 제 입 풀칠하기에 눈코를 못 뜨는 까닭이다.

　이 책임을 누구에게 돌릴까? 나는 알 수가 없었다. 쓴 물만 입안에 돌뿐이었다.

　그 후에 또 이런 일이 있었다. 어느 때 내가 할머니 곁에 갔을 적이었다. 할머니는 그 뼈만 남은 손으로 나의 손을 만지고 있었다.
　"○○아, ○○아!"
　할머니는 문득 나를 불렀다.
　"인제는 다시 못 보겠다, 인제는 다시 못 보겠다."
　"왜 그런 말씀을 하십니까?"

"인제 내가 안 죽니? 그런데 너 내 청 하나 들어주겠니?"

"네? 무슨 말씀입니까?"

"나, 날 좀 일으켜 다고."

나는 눈물이 날 듯이 감동하였다. 어찌 차마 이 청을 떼칠 건가. 나는 다짜고짜로 두 손을 할머니 어깨 밑으로 넣으려 하였다. 이것을 본 중모는 깜짝놀라며 나를 말리었다.

"얘, 네가 왜 또 그러니? 일으켜 드리면 아파하신대도 그 애가 그러네."

"그때 약을 사다 드렸으니 그 자리가 인제는 아물었겠지요."

나는 데었단 말을 듣는 그 날 약 사다 드린 것을 생각하고 이런 말을 하였다.

"아니야, 아즉 다 낫지 않았어. 오늘 아츰에도 일으켜 드렸더니 몹시 아파 하시더라."

나는 주춤하였다. 할머니의 앓는 것이 애처로웠음이다.

"어머니! 어머니! 가만히 누워 계셔요. 네? 일어나시면 아프십니다."

중모는 또 잔상히 타이르듯 말하였다. 할머니는 물끄러미 나와 중모를 번갈아 보시더니 단념한 듯이 눈을 감았다. 한참 앉아 있다가 나는 몸을 일으켰다. 이때에 할머니가 눈을 번쩍 뜨며 문득,

"어데를 가?"

라고 물었다. 나는 주춤 발길을 멈추었다.

할머니는 퀭한 눈으로 이윽히 나를 쳐다보더니 무엇을 잡을 듯이 손을 내어 저으며 우는 듯한 소리로,

"서방님! 제발 나를 좀 일으켜 주십시오. 서방님! 제발 나를 좀 일으켜 주십시오."
라고 부르짖었다.

"에그머니! 그게 무슨 말씀입니까? 그 애가 ○○이 아닙니까? 서방님이 무엇이야요?"

중모는 바싹 할머니에게 다가들며 애처롭게 알으켜 드렸다. 이때 마츰 할머니의 잡수실 배(梨)즙을 가지고 들어오던 둘째 형수가 무슨 구경거리나 생긴 듯이 안방을 향하고 외쳤다.

"에그 할머니 좀 보아요. 서울 아지버님더러 서방님! 서방님! 하십니다."

이 외침을 듣고 자부와 손부들은 모여들었다. 그들의 눈은 호기심에 번쩍이고 있었다.

나는 또 할머니의 청을 물리칠 수는 없었다. 그것이 어떠한 나쁜 영향을 초치(招致)할지라도 아니 일으켜 드릴 수가 없었다.

그러나 할머니는 욧바닥 위로 반 자를 떠나지 못하여,

"아야야……."

라고 외마디 소리를 쳤다. 나는 얼른 들어 올리던 손을 빼는 수밖에 없었다.

다시금 눕기 싫어하던 요 위에 누운 뒤에도 할머니는 앓기를 마지않았다. 나는 적지 아니한 꾸중을 모시었다.

이윽고 조금 진정이 되더니만 또 팔을 내저으며 기를 쓰고 가슴을 덮은 이불자락을 자꾸자꾸 밀어 나리었다. 감기나 들까 염려하는 중모는 그것을 꾸준히 도루 집어 올리었다.

할머니는 또 손을 내어밀더니 이번에는 내 조끼 단추를 붙잡아 다리었다.

"왜 이리 하십니까? 단추를 빼란 말씀입니까?"

할머니는 고개를 끄덕이었다. 끄덕였다 하여도 끄덕이려는 의사를 보였을 뿐이었다. 나는 단추 한 개를 뺐다. 그래도 할머니는 자꾸 조끼의 단추와 씨름을 마지아니하였다. 나는 단추를 낱낱이 빼는 수밖에 없었다. 그러고 나니 그는 또 옷고름과 실랑이를 시작하였다.

"옷고름을 끄를까요?"

"응."

나는 또 옷고름을 끌렀다. 끄른 뒤엔 할머니는 또 소매를 잡아다리었다.

"왜 이리 하셔요?"

"버 벗어라……. 답답지 않니?"

여기저기서 물어 멈추려고 애쓰는 웃음이 키키 하였다.

나는 경멸과 모욕의 시선을 그들에게 던지었다. 자기가 얼마나 답답하고 갑갑하기에 나의 단추 끼운 것과 옷고름 맨 것과 저고리 입은 것조차 답답해 보일 것이랴! 여기는 쓰디쓴 눈물과 살을 저미는 슬픔이 있어야 하겠거늘 이 기막힌 광경을 조소로 맞아야 옳을까?

나는 곧 그들에게 침이라도 배앝고 싶었다. 하되 나의 마음을 냉정하게 살펴본즉 슬프다! 나에게는 그들을 모욕할 권리가 없었다. 형수들 앞에서 앞가슴을 풀어 젖히려는 할머니가 민망스럽기도 하고 딱하기도 하였다. 환자를 가엾다 생각하면서도 나의 속 어데인지 웃음이 움직인 것은 부정할 수 없는 사실이었다. 더구나 내가 젊은이 패가 모인 이웃집 방에 들어갔을 때 무슨 자미스러운 일이나 보고 온 사람 모양으로 득의양양히 이 이야기를 하고서 허리를 분질렀다…….

거기에서는 할머니의 병세에 대하여 의론이 분분하였다. 그들은 하나도 한가한 이가 없었다. 혹은 변호사, 혹은 은행원, 혹은 회사원으로 다 무한년하고 있을 수 없는 형편이었다.
"나는 암만해도 내일은 좀 가 보아야 되겠는데…… 나는 그 전보를 보고 벌써 돌아가신 줄 알았어. 올 때에 친구들이 북포(北布)니 뭐니 부의(賻儀)를 주길래 아즉 돌아가시지도 않았는데 이게 웬일이냐 하니까 그 사람들 말이 돌아가셔도 자손들에겐 그렇게 전보를 놓느니 하데그려. 그래 모두 받아왔는데…… 허허허……."
그중에 제일 연장자로 쾌활하고 말 잘하는 백형은 웃음 섞어 이런 말을 하고 있었다.
"……암만해도 오늘내일 돌아가실 것 같지는 않은데…… 이거 큰일 났는걸. 가는 수도 없고……."
"딴은 곧 돌아가실 것 같지는 않아……."
은행원으로 있는 육촌은 이렇게 맞방망이를 쳤다.
"의사를 불러서 진단을 해 보는 것이 어떨까요?"
부산 방직회사에 다니는 사촌이 이런 제의를 하였다.
"옳지. 참 그래 보아야 되겠군."
아버지께 이 사연을 아뢰었다.
"시방 그물그물하시지 않나? 그러면 하여간 의원을 좀 불러

올까?"

의원은 아버지와 절친한 김 주부를 청해 오기로 하였다.

갓을 쓴 그 의원은 얼마 아니 되어 미륵 같은 몸뚱아리를 환자 방에 나타내었다. 매우 정신을 모으는 듯이 눈을 나리 감고 한 나절이나 집맥을 하더니 고개를 절레절레 흔들며 물러앉는다.

"매우 말씀하기 안 되었소마는 아마 오늘 밤 아니면 내일은 못 넘길 것 같소."

매우 말하기 어려운 듯이, 기실 조금도 말하기 어렵지 않는 듯이 그 의원은 최후의 판결을 언도하였다.

"글쎄 그래. 워낙 노쇠하셔서 오래 부지를 하실 수 없지……."

그러면 그렇지 하는 얼골로 아버지는 맞방망이를 쳤다.

가려던 자손은 또 붙잡히었다. 그러나 할머니는 그날 저녁부터 한결 돌리었다. 가끔 잡수실 것을 찾기도 하였다. 잡숫는 건 쭉하여야 배즙, 국물에 만 한 술도 안 되는 진지였다. —— 죽과 미음은 입에 대기도 싫어하였다. 그리고 전일에 발라 드린 양약이 효험이 나서 상처가 아물었던지 자부와 손부에게 부축되어 꽤 오래 일어나 앉아 있게도 되었다.

그 이튿날이 무사히 지나가자 한의의 무지를 비소하고 다른 것은 몰라도 환자의 수명이 어느 때까지 계속될 시간 아는 데 들어서는 양의가 나으리란 우리 젊은 패의 주장에 의하여 ○○ 의원 원장으로 있는 천엽(千葉) 의학사(醫學士)를 불러오게 되었다.

그는 진찰한 결과에 다른 증세만 겹치지 않으면 이삼 주일은 무려(無慮)하리라 하였다.

"그래, 그저 그럴 거야. 아즉 괜찮으신데 백주에 서둘고 야단을 하였지."

하고 일이 바쁜 백형은 그날 밤으로 떠나갔다.

그 이튿날 아츰이었다.

우리가 집에 돌아오니까 할머니 곁을 떠난 적 없던 중모가 마당에서 한가롭게 할머니의 뒤 흘린 바지를 빨고 있다가 웃는 낯으로 우리를 맞으며,

"할머님이 오늘 아츰에는 혼자 일어나셨다. 시방 진지를 잡수시고 계시다. 어서 들어가 보아라."

나는 뛰어 들어갔다. 자부와 손부의 신기해 여기는 시선을 받으면서 할머니는 정말 진지를 잡숫고 있었다.

나는 빙글빙글 웃으며,

"할머니, 어떻게 일어나셨습니까?"

할머니는 합죽한 입을 오물오물하여 막 떠 넣은 밥 알맹이를 삼키고,

"내가 혼자 일어났지, 어떻게 일어나긴. 흉악한 놈들! 암만 일으켜 달라니 어데 일으켜 주어야지. 인제 나 혼자라도 일어난다."

하며 자랑스럽게 대답하였다.

"어제 의원이 왔지요. 인제 할머니가 곧 나으신대요."

"정말 낫겠다고 하던? 응?"

하고 검버섯 핀 주름을 밀며 흔연한 웃음의 그림자가 오래간만에 그의 볼을 스치었다.

나의 눈엔 어쩐지 눈물이 핑 돌았다.

그날 밤차로 모였던 자손들은 제각기 흩어졌다. 나도 그날 밤에 서울로 올라왔다.

어느 아름다운 봄날이었다. ── 말갛게 개인 하늘은 구름 한 점도 없고 아른아른한 아지랑이가 그 하늘거리는 깁 올로 봄 비단을 짜내는 어느 아름다운 봄날이었다. 나는 깨끗하게 춘복을 차리고 친구 몇몇과 우이동 앵화(櫻花) 구경을 막 나가려던 때이었다. 이때에 뜻 아니한 전보 한 장이 닥치었다.

'오전 삼시 조모주 별세.'

출전:백조(1923. 9)

사립정신병원장

생각하면 재작년 겨울 일이다. 나는 오래간만에야 고향에 돌아갔었다. 십여 호가 넘던 일갓집들이 가을바람에 나부끼는 포플러 잎보담도 더 하잘것없이 흩어진 오늘날에야 말이 고향이지 기실 쓸쓸한 타향일 따름이다. 비록 초가일망정 이십여 간이나 되는 우리 집도 다섯 간 오막살이로 찌그러들어 성 밖 외따른 동리에 초라하게 남았고 거기는 칠순에 가까운 아버지와 사십이 넘은 계모가 턱을 고이고 앉았을 뿐. 아들도 남부럽지 않게 많지마는 제입 풀칠하기에 바쁜 그들은 부모님 봉양할 이란 하나도 없었던 것이다. 몇달 만에야 한 번, 몇 해 만에야 한 번 집안으로 기어드는 자식은 자식이 아니요 손님이었다. 쌀밥 한 그릇 고기국 한 대접을 만들어 먹이기에 아버지와 어머니가 얼마나 고심하는 것을 잘 아는 나는 얼른 데미다보고는 선선히일어서는 것이 항례였다. 그러나 내가 여기서 내 신세와 우리 집안 형편을 늘어놓자는 것은 아니다. 음산하고 참담한 내 동무 하나의 이야기를 기념 삼아 적어 두자는 것이다.

아버지 집을 총총히 뛰어나온 나의 발길은 몇 아니 되는 친구가 구락부삼아 모이는 L 군의 사랑으로 향하였다. 그들은 무조건으로 나를 환영해 주었다. 반가움 즐거움은 이야기의 즐거움으로 옮겨갔다. 서울 형편 이야기, 글 이야기, 생각 이야기를 비롯하여 친구들의 가정에 일어난 에피소드까지 우리의 화제에 올랐다.

"W 군이 어째 보이지 않나? 요새도 은행에 잘 다니나?"

나는 그 사랑의 단골축의 하나인 W 군의 소식을 물어보았다.

"이번 정리 통에 그나마 미역국을 먹었네."

하고 주인 되는 L 군이 얼굴을 찌푸린다. 나는 그 말을 듣고 놀래었다. 이 W 군으로 말하면 그야말로 헐길 할길 없는 형편이었다. 본디 서발 막대 거칠 것 없는 가난한 집안에 태어난 그는 열여덟 살에 백부에게로 출계를 하게 되었다. 양자 간 덕택으로 즉시 장가는 들 수 있었으나 사람 좋은 양부는 남의 빚봉수로 말미암아 씩씩지 않은 시골 살림이 일조에 판들고 말았다. 그는 처가에 몸을 의탁하는 수밖에 없게 되었다. 그러나 처가 또한 넉넉지 못한 형세이다. 조반석죽도 궐할 때가 많았다. 넉넉한 처가살이도 하기 어렵다 하거든 하물며 가난한 처가살이랴? 목으로 넘어가는 밥 한 알 두 알이 바늘과 같이 그의 창자를 찔렀으리라.

이대도록 고생에 부대끼면서도 그는 얼굴 한번 찡그리는 법이 없었다. 그는 언제든지 싱글싱글 웃었다. 그는 말 한마디를 해도 웃지 않고는 못 하는 낙천가이었다. 서울에 올라와서 고학을 할 때 살을 에어내는 듯한 겨울날 속옷을 빨다가 손이 몹시 시리면 그는 벌떡 일어나 손을 쩔레쩔레 흔들며,

"이놈의 손가락이 별안간에 왜 뻣뻣해지나?"

하고도 웃었다. 밥을 짓다가 연기가 눈으로 들어가면 눈물이 그렁그렁한 눈을 비비면서도 그는 히히 하고 웃기를 잊지 않았다. 그 대신 그의 몸은 여지없이 말라 갔다. 뼈하고 가죽으로만 접한 듯한 얼굴은 바늘로 찔러도 피 한 점 날 것 같지 않았다.

가장 기쁜 듯이 웃을 때면 입가는 마치 누비를 누벼 놓은 듯이 여러 가닥 주름이 잡히었다.

만사를 웃고 지내는 그이언만 처가살이는 견디지 못하였던지 작년 봄에 남의 협호(夾戶)를 얻어 자기 식구를 끌고 나왔다. 백판으로 살림을 차리고 보니 그 궁색한 것이야 당자 아닌 남으론 상상도 못 할 것이 있었으리라. 있는 친구에게 쌀되를 꾸어 가면서 그날그날을 보내던 중 여러 가지로 주선한 끝에 T 은행의 고원으로 채용이 되었었다. 이십오 원이란 월급이 비록 적지마는 그들의 가정에겐 생명의 줄이었다. 그런데 그 줄이나마 끊어졌으니 그는 또 무엇을 하며 지낼 것인가. 더구나 그는 벌써 열두 살 먹은 맏딸, 여덟 살 되는 둘째 딸, 네 살 먹은 아들의 아버지가 아니냐.

"그러면 무엇을 먹고산단 말인가?"

나는 탄식하였다.

"요새는 사립정신병원장이 되셨지요."

하고 익살 잘 부리는 S 군이 낄낄 웃었다. 왼 방은 이 말에 떽때그르르 웃었다.

"사립정신병원장이라니?"

나는 웬 까닭을 몰라서 채쳐 물었다.

"출근 오전 칠 시, 퇴근 오후 육 시, 집무 중 면회 절대 사절, 일시라도 환자의 곁을 떠나지 못할지니 변소 출입도 엄금……."
하고 S 군이 복바치는 웃음을 못 참을 제 방안의 웃음소리는 또 한 번 높아졌다.

S 군의 설명을 들으면 W 군에게 P란 친구가 있었다. 워낙 체질이 나약한 그는 어릴 적부터 병으로 자랐었다. 성한 날이라고는 단지 하로가 없었다. 가난한 집 자식 같으면 땅김을 벌써 맡았으련마는 다행히 수 천석꾼의 외동아들로 태어난 덕에 삼과 녹용의 힘이 그의 끊어지려는 목숨을 간신히 부지해왔었다. 자식이 그렇게 허약하거든 장가나 들이지 않았으면 좋을걸 재작년에 혼인을 한 뒤부터 그의 병세는 더욱 더쳐진 모양이었다. 금년 봄에 첫딸을 낳은 뒤론 그는 실성실성 정신에 이상이 생기고 말았다.

미치고 보니 자연히 찾아오는 친구도 없고 부모 친척까지 그와 오래 앉아있기를 꺼리게 되었다.

그렇다고 병자를 내어 보낼 수도 없고 혼자 한 방에 감금해 두는 것도 또한 염려스러운 일이라 그때 W 군이 '사립정신병원장'이 된 것이다. 날이 마치도록 미친 이의 말벗이 되고 보호병 노릇을 하는 보수로 W 군은 한 달에 쌀 한 가마니 돈 십 원씩을 받게 된 것이다.

'사립정신병원장!' 나는 속으로 한번 외워 보았다. 나의 가슴은 한 그믐밤 빛같이 캄캄해졌다.

그날 저녁에는 W 군을 만났다.

"원장 영감, 인제야 퇴근하셨습니까?"
하고 S 군은 또 낄낄댄다. 방안에 다시금 웃음이 터졌다.
 W 군은 또한 빙그레 웃었으되 그 샛노란 얼굴엔 잠깐 검은 그림자가 지내가는 듯하였다.
 "오늘은 별일 없었나?"
 친구들은 W 군을 중심으로 둘러앉으며 L 군이 물었다. 그들의 눈에는 호기심이 번쩍이었다.
 "여보게 말도 말게. 오늘은 정말 혼이 났네."
하고 W 군은 역시 싱글싱글 웃는다.
 "왜?"
 여러 사람의 눈은 호동그래졌다.
 "지랄이 점점 늘어가나 보데. 오늘은 문을 첩첩이 닫고 늘 하는 그 지랄을 하더니만 칼을 가지고 나를 찌르려고 덤비데."
 "칼은 또 웬 칼인구?"
 "낮에 밥 까먹으라고 내온 것을 어느새 집어넣었던가 보데."
 "그래 곧 그 칼을 빼앗았나?"
 "그까짓 것, 안 빼앗았으면 어떨라구? 설마 미친놈이 사람 죽이겠나?"
하고 W 군은 또 웃었다. 그러나 그의 몸은 웬일인지 치운 듯이 떨고 있었다.
 "자네도 좀 실성실성 하이그려. 미친놈이 사람을 죽이지 성한 놈이 사람을 죽이나?"
 거기 모인 친구의 하나인 K 군이 그 귀공자다운 흰 얼굴이 조금 푸르러지며 이런 말을 하였다.

"성한 사람 같으면 푹 찔르지만 칼을 들고 남의 목에 겨누며 한참 지랄을 하더니 그대로 퍽 쓰러지데그려."

"자네 오늘 운수가 좋았네. 문을 첩첩이 잠그고 그 어둠침침한 방안에서 정말 찔렀으면 어쩔 뻔했나."

하고 L 군은 아질아질한 듯이 몸서리를 친다.

"문을 왜 처잠그는가?"

나는 또 설명을 요구하였다.

"자네는 참 모를 걸세."

하고 W 군은 설명해 주었다. P의 증세는 소위 공인증(恐人症)이란 것이었다. 천연스럽게 앉아 있다가 문득 눈을 홉뜨고 그 백지장 같은 얼굴이 파랗게 질려 가지고,

"아이구, 저놈들이 또 온다."

"아이구, 저놈들이 나를 잡으러 온다."

라고 황겁하게 중얼거리며 숨을 곳을 찾는 듯이 방안을 쩔쩔매다가,

"여보게 W 군, 문 좀 닫아 주게, 문 좀 닫아 주게."

라고 비두발괄하는 법이었다. 그러면 W 군은 하릴없이 사랑 중문을 닫고 그들 있는 방문이란 방문은 미닫이며 덧창이며 바깥문까지 모조리 다 걸어야 한다. 그래서 방안이 침침해지면 개한테 쫓긴 닭 모양으로 방 한구석에 고개를 처박고 있던 미친 이는 고개를 번쩍 들고 사면을 두리번두리번 살핀다. 그러다가 별안간,

"히, 히, 히, 히."

라고 마디마디 끊어진 웃음을 웃는다. 이 웃음소리를 따라 그의

홉뜬 눈이 점 번들번들해지자,

"이놈들아, 너희들이 나를 잡아가? 어림 반푼어치 없지. 히, 히, 히."

하면서 소리를 고래고래 지르다가 한 시간가량 지내면 제풀에 지쳐서 그대로 쓰러지는 법이었다. 그런데 오늘도 법대로 또한 문을 다 잠그고 한참 발광을 하다가 문득 품속에서 창칼을 쑥 빼어 들더니 W 군에게 달려들어 그 칼을 목에다 겨누며,

"이놈 죽일 놈, 네가 나 잡으러 온 것이지? 이놈 내 칼에 죽어 봐라."

하고 소리소리 지르다가 다행히 그대로 쓰러졌다고 한다.

"자네 오늘 십 년 감수는 했겠네."

하고 L 군이 소리를 떨어뜨린다.

"글세, 원장 노릇도 못 해 먹겠는걸."

하고 W 군은 또 히히 웃어 보이었다.

K 군의 주최로 그날 밤에 우리는 해동관이란 요릿집에 가게 되었다. 일행이 거진 다 외투를 걸쳤건만 W 군 홀로 옥양목 겹두루막 자락을 찬바람에 날리며 가는 다리를 꼬는 듯이 하여 걸어가는 양이 눈물겨웠다.

요리상은 벌어졌다. 셋이나 부른 기생의 기름내와 분내가 신선로 김과 한데 서리었다. 장고 소리와 가야금 가락이 서로 어우러지자 한가한 고로 웅장한 단가며 멋질리고 구슬픈 육자배기가 단 입김과 함께 둥둥 떠돌았다.

술은 여러 차례 돌았건만 나는 조금도 취해지지를 않았다. W

군의 존재가 어쩐지 나의 마음을 어둡게 하였다. 첫째로 그의 주량이 나를 놀래게 하였다. 서울에서 고학하던 시절 학비를 넉넉히 갖다 쓰는 친구가 청요릿집으로 가난한 놀이를 하려면 강권하는 것을 떨치다 못하여 배갈 한 잔에 누른 얼굴이 홍당무로 변하며 그대로 쓰러지던 그였다. 그런데 오늘 저녁엔 비록 정종 일망정 열 잔이 넘었으되 조금도 취하는 기색이 보이지 않았다. 빼빼 마른 팔뚝을 반만 걷어 요리상 위에 세운 채 기생이 따라 주는 대로 그는 꿀꺽꿀꺽 들이켜고 있었다.

"자네 웬 술을 그렇게 먹나?"

마츰내 나는 W 군을 향해서 의아한 듯이 물었다.

"왜 나는 술도 못 먹는 줄 알았나?"

하며 W 군은 또 히히 웃어 보였다.

"여보게 W 군, 술이 어떤 줄 알고 그런 말을 하나? 한 동이를 지고는 못가도 먹고는 간다네. 식전 해장도 세 사발은 먹어야 견디네."

S 군이 도리어 내 말을 의아하게 여기는 듯이 가로채더니만,

"여보게 W 군, 자네는 자네말짝으로 그 눈알만 한 잔 가지고는 턱이 아니 될 터이니 곱부로 하게."

"그것도 좋지, 나만 그럴 것 있나. 우리 모두 곱보로 하세그려."

곱보는 들어 왔다. 처음에는 먹을 듯이 모두들 W 군의 말에 찬동을 하더니만 곱보에 술을 붓고 보니 끔찍하던지 감히 마시려 들지 않았다. W 군 홀로 제 곱보를 기울이고 말았다.

"자네들도 들게 그려."

하고 한 두어 번 권해 보았으나 잘들 듣지 않으매 저 혼자 연거푸 다섯 잔을 들이킨다. 그는 자기의 비색한 신수와 악착한 형편을 도모지 잊은 듯하였다. 그와 반대로 모인 중에도 자기 혼자 유쾌하고 기쁜 듯하였다. 기생 하나이 장고를 메고 일어서자 앞장서서 얼신덜신 춤을 춘 이도 W 군이었다. 꽉 잠긴 목으로 남 먼저 '에라 만수'를 찾은 이도 W 군이었다.

놀이는 끝장날 때가 왔다. 꽹과리 소리가 사람의 귀를 찢었다. 춤추다가 쓰러지는 사람이 하나씩 둘씩 늘게 되었다.

"인제 구만 가세그려."

술이 덜 취한 L 군이 마츰내 이런 제의를 하였다. 우리는 그 말에 찬동을 하며 외투를 떼어 입었다.

그때에도 한 팔로 요리상을 짚고 몸을 가누지 못하면서도 아즉 술병을 기울이고 있던 W 군은 문득 뽀이를 불러서 신문지를 가져오라 하였다. 신문지를 받아들자 그는 약식이며 떡 같은 것을 주섬주섬 싸기 시작하였다.

"여보게 창피하네. 구만두게."

K 군이 눈썹을 찡기며 말리었다.

"어떤가, 내 돈 준 것 내 가져가는데!"

하고 W 군은 역시 웃으며 벌벌 떠는 손으로 쌀 것을 줍기에 바쁘다.

"인제 구만 싸게, 에이 창피스러워."

하며 K 군은 고개를 돌린다. 마츰내 W 군은 쌀 것을 다 싸 가지고 송편과 약식이 삐죽삐죽 나오는 봉지를 들고 비슬비슬 일어선다.

그때 K 군의 나지미(단골)라는 명옥이가 입을 삐죽거리면서 그 광경을 바라보다가,

"원장 영감 댁은 오늘 밤에 큰 잔치를 하겠구먼."

하고 비웃적거리었다. 그 말이 떨어지자말자 W 군은 나는 듯이 명옥에게로 달겨들었다.

"이년, 뭐이 어째!"

라는 고함과 함께 W 군의 손은 철썩하고 명옥의 뺨에 올라붙었다. 명옥은

"애고고."

외마디 소리를 치고 쓰러지매 W 군은 미워서 못 견디겠다는 듯이,

"원장 댁 큰 잔치? 큰 잔치?"

라고 뇌이면서 발길로 엎어진 계집의 허리를 찼다. 이 야단 통에 W 군의 떡 싼 봉지는 방바닥에 떨어져 흩어졌다. 나는 이 싸움의 원인이요 사랑의 뭉치인 봉지를 얼른 주워서 방 한 구석 장고 얹혔던 자리 위에 올려 두었다.

싸움은 벌어졌다. K 군이 명옥의 역성을 들며 W 군에게 덤빈 까닭이다. K 군은 W 군의 목덜미를 잡아 회술레를 돌리다가,

"이 자식이 미친놈하고 같이 있더니 미쳤나 뵈, 왜 사람을 차며 지랄발광을 하노?"

하며 휙 뿌리치매 W 군은 비실비실 몇 걸음 걸어 나오다가 방바닥에 얼굴을 처박고 팍 거꾸러졌다. 그럴 겨를도 없이 엎어진 이는 벌떡 몸을 일으켜서 곧 K 군에게로 달겨들었다. 우리는 황망히 그의 팔을 잡아 만류를 하였는데 그때 그의 얼굴은

지금 생각해 보아도 몸서리가 끼친다. 엎어질 때 다쳤음이리라. 앙다문 이빨엔 피가 흘렀다. 그 경성드뭇한 눈썹이 알알이 일어섰으며 핏발 선 눈엔 그야말로 불이 나는 듯하였고 이마엔 마른 가죽을 뚫고 나올 듯이 푸른 힘줄이 섰다. 그러나 그것보담도 마치 납을 끓여 부은 듯한 그 얼굴빛, 실룩실룩하는 살점 하나 하나이 떠는 듯한 그 꼴이란 더할 수 없이 무서웠다. 입에 거품을 버글버글 흘리고,

"미친놈하고 같이 있으면 어쨌단 말이야? 미쳤으면 어쨌단 말이냐? 으──너는 돈 있다고, 너는 돈 있다고."
하고 이를 빠드득빠드득 갈아 부치며 K 군을 향해 몸부림을 쳤다. 순한 양 같은 이 낙천가가 비록 취중일망정 사나운 짐승같이 날뛰며 악마보담도 더 지독한 표정을 할 줄이야 누가 꿈엔들 생각하였으랴.

간신히 뜯어말려서 먼저 K 군을 보내고 L 군과 S 군과 나는 이 W 군을 진정시켜서 얼마 만에야 그 요릿집 방문을 나오려 하였다. 그때 W 군은 무엇을 찾는 듯이 연해 방안을 살피다가 아까 내가 얹어둔 봉지를 발견하자 그의 눈은 이상하게 번쩍이었다. 그의 뜻을 지레짐작한 나는 얼른 그 봉지를 집으매 그는 내 손에서 그 봉지를 빼앗듯이 받아 가지고 방바닥에 태기를 쳤다. 그러자 그는 헤어진 음식 위에 거꾸러져서 엉엉 울기 시작하였다.

그의 얼굴과 손은 약식 투성이가 되고 말았다.

"복돌아! 약식 안 먹어도 산다. 복돌아! 송편 안 먹어도 산다."
한동안 그는 제 아들 이름을 부르며 목을 놓고 울었다.

문득 울음을 뚝 그친 그는 무엇을 노리는 듯이 제 앞을 바라보더니만 나를 향하며,

"여보게, 칼로 푹 찔러 죽이는 것이 어떻겠나?"

우리는 어리둥절하며 그의 입만 바라보았다.

"아니, 그럴 일이 아니다. 고 어린 것을 칼로 찌를 거야 있나? 차라리 목을 눌러 죽이지. 목을 누르면 내 손아귀 밑에서 파득파득하겠지."

"여보게, 누구를 죽인단 말인가?"

마츰내 나는 물어보았다.

"우리 복돌이를 말일세. 하나씩 하나씩 죽이는 것보담 모두 비끄러 매 놓고 불을 질러 버릴까?"

나는 그 말을 듣고 전신에 소름이 끼치었다.

"흥, 내 자식 죽이면 저희들은 성할 줄 알고? 흥, 그놈들도 내 손에 좀 죽어야 될걸."

하고 별안간 그는 소리쳐 웃었다.

S군이 W군과 바루 한 이웃에 살기 때문에 우리는 그에게 취한 이를 맡기고 돌아왔었다.

그 이튿날 S군의 말을 들은즉 W군의 집에서 악머구리 떼 같은 어른과 아이의 울음이 하도 요란하기에 자다가 말고 가 보니 W군의 부인은 어떻게 맞았던지 마루에 늘어진 채 갱신도 못하고 아이 새끼는 기둥 하나에 하나씩 밧줄로 친친 매어 두었으며 W군은 손에 성냥을 쥔 대로 마당에 쓰러져 쿨쿨 코를 골고 있었다고 한다.

그다음 날 차로 나는 서울로 올라왔다. W 군은 '사립정신병원'의 사무가 바빠 나를 전송도 해 주지 못하였다. 그런 일이 있은 후 다섯 달 가량 지냈으리라. 나는 L 군으로부터 편지를 받았다.

……W 군이 마즘내 미치고 말았다. 그는 오늘 아츰에 P 군을 단도로 찔러 그 자리에 죽이고 말았네. P 군의 미친 칼에 죽을 뻔하던 그는 도리어 P 군을 죽이고 만 것일세…….

나는 이 편지를 보고 물론 놀래었으되 어쩐지 의례히 생길 참극이 마츰내 실연되고 만 것 같았다.

출전:개벽(1926. 1)

신문지와 철창

 나는 어쭙잖은 일로 삼남 지방 T경찰서 유치장에서 며칠을 보낸 일이 있었다.
 사월 그믐께 서울에서는 창경원 밤 꽃구경이 한참 일 무렵이었다. 앞문 목책과 뒤 쇠창살 사이로 햇발은 금강석과 같이 부시다. 조각밖에 아니 보이는 하늘가로 흰 구름의 끄트머리가 어른어른 떠돈다.
 지금까지 문 앞에서 서성서성하고 있던 우리 방에서는 제일 존장인 오십 남짓한 구레나룻이 한숨인지 감탄인지 분간 못 할 소리로 읊조렸다.
 "에에헷! 일기는 참 좋군! 저 홰 나뭇가지를 보시오. 거기는 바람이 있구려. 새파란 잎들이 너울너울 춤을 추며 곧 하늘로 날아오르는 것 같구려."
 나는 그 절묘한 형용사에 놀래었다. 그는 주막집 주인으로 오늘날까지 그럭저럭 꾸려가다가 수상한 청년 한 명을 재운 죄로 벌써 열이틀째 고생을 하고 있는 중늙은이다. 그에게 이런 시흥이 있을 줄이야! 나의 눈에도 그 홰나무가 뜨인 지는 오래였다. 경찰서 마당 소방대 망루가 있는 바로 옆에 그 홰나무는 넓은 마당을 덮은 듯이 푸른 나래를 펼치고 있었다. 때마츰 불어오는 동풍을 안고 길게 늘어진 가지들이 휘영휘영 흔들린다. 갇힌 이에게는 그 자연스러운──자연스럽지 못한 경우에 쪼들리는 우리는 얼마나 자연스러운 데 주렸으랴──푸른 빛이 끝없는 감흥을 일으켰음이리라. 그 바람을 따라 아모 거리낌 없이 흔들리는 대로 흔들리는 모양이 어데까지 자유스럽고 어데까지 즐겁게 보였음이리라. 하늘에 날아오르는 것 같다는 한마디 말에 그 홰나무의 형용과 아울러 그의 처지와 감정과 심회를 여실하게 나타낸 것이다.

'경우가 시인을 낳는구나.'

나는 스스로 생각하고 긴 한숨을 쉬었다.

구레나룻의 탄식과 내 한숨은 단박에 전염이 되었다. 한 칸 소침한 우리 방에 빡빡하게 들어찬 열두 명의 입에서는 마치 군호나 부른 듯이 일제히 한숨이 터졌다. 한숨 말이 났으니 말이지 이곳에는 그것같이 전염 잘 되는 것은 없었다. 한 사람이 쉬면 왼 방이 모조리 따르고 한 방에서 일어나면 삽시간에 각 방으로 퍼져,

"후우!"

"아이구우!"

하는 소리가 마치 회호리바람과 같이 지나간다. 이 아모런 의미 없는 숨길에 얼마나 많은 뜻이 품겼으랴, 얼마나 많은 하소연이 섞였으랴. 그것은 입술에 발린 천 마디 만 마디 말보담도 몇 백 곱절 사람을 움직인다. 그것은 미어지는 제 가슴 한 모퉁이

를 역력하게 보여 주는 것이다. 말라 가는 제 피 방울방울을 무더기로 뿜어내는 것이다!

　식당과 변소와 침실을 한 자리에 모아 놓은 냄새, 딱딱하고 불결한 널바닥, 쌀인지 모래인지 까닭 모를 콩밥, 소금 덩이를 오줌 궁이에 적시어 내온 듯한 까만 무채 반찬, 타는 듯한 갈증, 마음과 몸을 조아 매는 듯한 구속, 인제나 나가나 저제나 나가나 하는 조맛증, 쇠자물통이 덜컥하고 열릴 때마다 울렁거리는 가슴, 제가 아니고 남인 것을 알 때에 기막히는 실망! 이 모든 견디기 어려운 고통보담도 나에게는 이 한숨 소리가 가장 견디기 어려웠다. 더구나 깊은 밤과 새벽녘에 폭풍우같이 유치장을 뒤흔들고 지나가는 이 소리에 나는 몸서리를 쳤다. 머리는 무엇에 부딪친 듯이 횡횡 내어둘리며 가슴은 한 그믐밤 빛같이 캄캄해진다. 깊은 물속에 거꾸로 집어넣고 돌을 매달아 놓을 때의 답답한 느낌이나 이러할 듯. 긴말은 고만두고 내가 거기서 만난 불쌍하고 거룩한 노인 얘기나 적어 보자.

　우리가 막 아츰밥을 치른 뒤였다. 유치장 잎새가 수선수선하며 소위 '담당(擔當)님'들의 뚜벅거리는 구두 소리가 어지러웠다.
"또 누가 잡혀 들어오는군!."
하며 내 옆에 앉은 구레나룻이 웃어 보이었다. 여기서는 울음과 웃음이 일쑤 그 지위를 바꾸었다. 답답한 노릇 기막힌 일을 당할 적마다 서로 눈을 주며 씽긋하는 그 웃음 속에는 여간 울음 따위로 표시 못 할 고민을 알려주었다. 모진 취조를 받고 나와도 씽긋 웃어 보인다. 담배를 몰래 피다가 들키든지 목책에 올라서서 밖을 좀 더 넓게 내다보다가 들키든지 해서 톡톡히 벌을 치르고 돌아와도 씽긋 웃어 보인다.

"이리로 와, 이리로!"

일본 순사의 서투른 조선말이 들린다.

"이 늙은 놈의 자식, 말이 잘이 안 들고!"

잡아끄는 모양이다.

"와 이카노, 와 이캐? 와 나캉 씨름할나카나? 잡고 설치노!"

꺽세고 무딘 노인인 듯한 목쉰 소리가 경상도 사투리를 통으로 내어 놓는다.

"백지 죄 없는 사람을 잡아다가 송아지매로 와 이리 끄시노"

"모오 죄가 없소? 저…… 곤봉이란…… 무기를 드르고 또 저…… 복면을 하고 백주대도에 남의 집에 뛰들어가 사람을 상했었지? 죄가 없소? 강도 모라? 사람을 중상 냈으니 상인강도(傷人强盜)다. 이십 년 징역살이다."

이 소리에 우리는 서로 쳐다보았다. 백주대도에 곤봉을 휘두르며 사람을 상한 강도――그것은 여간 대담하고 무서운 인물이 아니리라. 솜을 씹는 듯한 단조로운 생활에 지친 우리는 놀램과 아울러 호기심이 버쩍 움직였다. 자전거를 훔친 혐의로 들어왔다는 이십 남짓한 하이칼라 머리는 날쌔게 목책의 가로다지인 철봉 위에 벌써 발을 올려놓았다.

"지금 들어온 사람이 보입니까"

나는 여러 사람의 묻고 싶은 말을 대표하다시피 물어보았다. 하이칼라는 머리를 긁적긁적하며,

"글쎄요, 잘 보이지 않는데요. 순사 셋이 둘러섰는데 하나는

두 팔을 잡고 하나는 등채를 밀고 또 하나는 무슨 말을 하는 모양입니다. 머리가 하얀 것이 꽤 나이 많은가 봐요. 몸을 빼치려고 발버둥을 치는 모양입니다."

나는 중대 범인인 만큼 그 취급도 어마어마하구나 싶었다. 백수를 흩날리며 곤봉을 휘두르고 거침없이 뛰어들어 협박하는 무서운 장면——제 명령대로 고분고분히 거행을 않는다고 닥치는 대로 곤봉을 휘갈기매 붉은 피가 주르르 떨어지는 광경이 활동사진처럼 내 머릿속에 나타나며 으쓱하고 찬 소름이 끼쳤다.

"뭣이 우짜고 우째? 허허."

강도의 침통한 웃음소리가 들린다.

"날로 강도라 카나! 이십 년 징역, 참 사람 죽이네."

사나운 범같이 날뛰던 강도 생애를 뒤두고 철창 속에 갇히는 것은 우리보담도 또 다른 고통이 있으리라. 나는 동물원에서 본 사자가 언뜻 생각난다. 그 주홍 같은 아가리를 벌리고 성난 갈기로 쇠창살을 쾅쾅 부딪치며 산이 무너질 듯한 어흥 소리를 지르던 꼴이 눈앞에 선하게 보인다. 그 사자에게 푸른 산과 넓은 발판이 얼마나 그립고 아쉬우랴. 그와 마찬가지로 곤봉 하나를 무기 삼아 남의 생명과 재산을 위협하던 그가 이 쇠창살 속에서 이십 년이나 썩는다면 그야말로,

"사람 죽이네."

하는 비명밖에 나오지 않을 것이다.

문득 밖은 시끌시끌해진다. 발자욱 소리가 잠깐 요란하더니 '아쿠!' 하는 비명이 일어나며 털썩하고 복도에 사람 넘어지는 소리가 난다.

"이놈의 자식이 어데로 달아나!"

순사는 씨근벌떡거리며 호기있게 부르짖는다.

"또 유도 연습이오? 이놈이 오늘 서장 댁에 들어간 놈이요?"

사법계에서 누가 나와서 묻는 모양이다(그들의 문답은 대개 일본말이지만 구태여 그대로 쓰지 않는다).

"아니야요. 이놈이 달아나기에 좀 쥐어질렀지오."

담당은 묻는 말 첫마디에만 변명하며 둘째 마디엔 그렇다고 뜻만 알린듯하다.

"달아나라고 해요. 늙은 것이 굉장한데…… 허허……. 엄살 말고 일어나."

발로 강도를 일으키는 듯,

"그래, 나이 몇 살이냐"

"내 나이 말이오?"

목멘 소리가 대답한다. 그러고 제 나이 많은 것을 한심하다는 드키 또는 자랑치는 드키 탄식조로

"금년에 일흔넷이오."

우리는 이 문답에 더욱 놀래었다. 나이 칠십을 넘어 강도 노릇을 한다는 것부터 끔찍한 일이거든 밤도 아니요 한낮에 보통 도적 같으면 몸서리를 치고 달아날 경찰서장의 집에 침입했다는 것은 정말 엄청난 일이다.

"참 대담한 일인데."

하고 구레나룻은 혀를 빼물었다.

"참 굉장한데, 경찰서장의 집에 막 들어갔다지요."

하고 똥통 옆에 앉았던 소년 절도가 그 토끼 귀를 쫑긋한다. 그

들의 얼골에는 일종의 영웅이나 제 눈앞에 나타난 듯한 경탄하는 빛이 황홀하게 흘렀다. 과연 팔십 다 된 노인의 한 일로 보아 그는 놀라운 위인에는 못 갈 값에 간담이 서늘한 거물에는 틀림이 없었다. 일종 엄숙한 기분이 얼마동안 우리를 사로잡았다.

우리는 별안간에 이 유치장에 나타난 '영웅'의 그림자나마 보아지라고 발버둥을 쳤다. 왼 방안이 거의 총기립이 되어 목책 틈으로 눈을 내놓았지만 우리 방은 십일호란 끄트머리 구석방이요. 그 범인과 경관 사이에 힐난이 일어나기는 유치장 입새이기 때문에 갖은 노력도 필경 물거품에 돌아가고 말았다. 그 '영웅'은 머리털 하나 옷자락 한 폭을 우리에게 아끼었다.

"어느 방에 집어넣을까요?"

담당이 묻는 모양.

"글세…… 아직 작정을 안 한 모양이던데…….."

"검속으로 둘까요, 보외(報外)로 할까요"

"글세…… 아직 어데 한구석에 그대로 두구려."

우리는 유치할 방 문제가 날 때에 행여 우리 방이나 아니었으면! 하는 마음과 그와 정반대로 다행히 우리 방이었으면! 하는 열망이 동시에 일어났다. 그런 무서운 인물을 꺼리는 공포증(恐怖症)과 '영웅'의 목소리를 직접으로 들어보겠다는 숭배열(崇拜熱)이 서로 싸웠다. 그러나 아직 아모 방에 넣지 않는다는 말에 우리는 적이 안심의 숨길을 돌렸다.

"저런 범인은 따로 두는 무서운 방이 있겠지요"

구레나룻은 나를 보고 기발한 질문을 내놓았다. 내가 미처 대답하기 전에 하이칼라가 받아서,

"글쎄요? 그럴 리야 없겠지요? 혹 감옥으로 바로 보낼는지도 몰르지요"

그럴 사이에 우리의 상상과는 딴판으로 그 범인은 처치되었다. 담당 순사의 구두 소리와 함께 저항하는 듯한 그 범인의 어지러운 발소리가 우리 방을 향해 오지 않는가! 분명히 아모 방에도 넣지 않기로 작정 된 것을 알건마는 혹시나 우리 방에 넣지 않는가 하여 우리는 다시금 공포증과 호기심에 사로잡혔다. 그 결과는 한 방에 같이 있는 공포를 덜어 주는 동시에 눈앞에 '영웅'을 보는 호기심을 만족시킬 수 있게 되었다. 담당 순사는 그 범인을 우리 방 앞까지 끌고 와서 쓰러뜨리는 듯이 앉혀 놓고,

"여기 가만히 앉아 있어!"

라고 호령 한 마디를 남긴 후 제 갈 데로 가 버렸다.

우리는 그 범인을 한번 보고 놀래었다.

도야지 꼬리만 한 상투. 설마른 암치쪽처럼 누렇게 뜬 주름 많은 얼골. 불에 타다가 만 듯한 겅성다 못 한 흰 수염. 휘어들고 꼬부라든 좁은 어깨. 졸음이 오는 듯한 눈꼽 밭린 광채 없는 눈. 갈기갈기 찢어진 히피족 밑에서 내다보는 콧물이 케케히 말라붙은 광목적삼 앞자락. 아랫도리엔 역시 때묻은 광목 고의. 발은 벗었고 대님으로는 상점에서 물건 살 때에 쓰는 끄나풀을 매었다. 왼손에는 노란 수건을 들었고 오른손에는 생무 껍질을 벗겨 만든 듯한 꼬부장한 지팽이를 쥐고 있다.

우리가 이때까지 상상하던 무서운 인물 놀라운 영웅이 이 할아범일 줄이야, 어디까지 양순해 보이고 어리석어 보이고 불면 쓰러질 듯한 이 잔약한 늙은이일 줄이야! 우리는 우리 눈을 의

심 안 할 수 없었다.

"저 늙어빠진 친구가 그런 대담한 짓을 저질렀단 말이오?"

구레나룻은 나를 노리며 마치 내가 애매한 그 노인을 몰아넣기나 할 듯이 큼직한 눈을 더 크게 뜨고 분개한다.

"저 노인 어데서 그런 용기가 났을꼬?"

하고 나도 어처구니가 없어 방안을 둘러보았다.

"남을 때리기는 고만두고 제 몸도 가누지 못하겠는걸."

하이칼라는 픽 웃었다. 어린 토끼귀는

"저 꼬부장한 지팡이를 좀 봐요. 저게 곤봉이란 무기야?"

하고 소리를 내어 웃는다.

"그리고 저 노란 수건은 복면하는 데 쓰는 탈인가?"

우리 일동은 어이없어 웃었다. 참활극(慘活劇)의 주인공은 얼굴을 나타낸 찰나에 희소극(喜笑劇)의 배우가 되고 말았다.

담당이 밀쳐 주고 간 대로 반쯤 쓰러져 있던 그 노인은 이윽고 몸을 도사리며,

"이놈의 새끼들이 이게 무슨 지랄고? 백지 죄 없는 사람을 잡아 가두고 마른 날에 벼락이 안 무섭나?"

혼잣말로 중얼중얼한다. 그 무디고 꺽센 목청만은 아까 우리가 듣던 무서운 강도의 목소리와 조금도 틀림이 없었다. 넋두리를 따라 그 눈꼽이 꾀죄한 눈을 깜박거리더니,

"우리 인식이! 인식이!"

하고 별안간 훌쩍훌쩍 코를 들어 마시기 시작한다. 굽어든 어깨가 더욱 둥그레지며 가늘게 떨리는 모양과 빠뜨린 고개 위로 앙상하게 드러난 목덜미의 힘줄과 뼈가 우리에게 사라지는 듯한

느낌을 주었다. 우리 주인공은 세 번째 변해졌다. 참활극의 히어로로 등장한 그는 어느결에 희극의 배우로 바뀌고 이번에는 또다시 비극의 주인공으로 그 본색을 나타내었다.

이윽고 그는 숙였던 고개를 번쩍 들었다. 누렇게 뜬 얼골엔 벌컥 피가 올랐다.

"인식아! 인식아!"

제 처지도 잊은 듯이 고함을 지르자 쥐었던 수건과 지팽이도 집어 던지고 힘줄과 검버섯만 남은 두 손으로 마룻바닥을 치며 엉엉 소리 높여 울기 시작한다.

"시끄럽다 시끄러워!"

담당이 주의를 하였으나 늙은이의 울음소리는 높아질 따름이었다. 할 수 없이 순사는 필경 그 노인에게로 달려왔다. 그 우는 증상이 너무도 가엾고 측은한 데 마음이 움직이었음이리라. 올 때의 발소리 들어서는 매우 사나울듯하던 그 순사는 의외로 친절하였다. 노인의 어깨에 손을 대며,

"왜 이리 울어. 늙은이가 이게 무슨 꼴이야."

하고 달랠 따름이었다. 노인은 응석이나 피는 듯이 울음 반 말 반으로,

"와 나를 가두노, 와 나를 가두노? 우리 인식이는 죽으라카나, 우리 인식이는……."

넋두리를 끈치지 않는다.

"죄를 짓지 말았으면 잡혀 오지 않았을 것 아니냐!"

순사는 귀찮은 듯이 제 친절을 몰라 주는 것이 괘씸한 듯이 한 마디를 쏜다.

"내가 무슨 죄고? 대문간에 내 비린 신문 한 장 존(주은) 것밖에 나는 아모죄가 없지그리."

"신문 한 장?"

아까 노인이 잡혀 들어올 때 없던 그 순사는 우리 주인공의 내력을 잘 모르는 눈치였다.

"그래 신문 한 장을 주셨다가 잡혀 왔단 말이냐?"

하고 어이없다는 듯이 씩 웃는다.

"신문은 존는대 쪼맨은(조그마한) 일본 가시내가 빼뜰라 캐서 작대기로 이마를 좀 밀었다고 붙들려 왔구마."

"그래, 인식이는 누구냐?"

"내 손자지 누구라. 제 애미가 백날 만에 유종을 앓아 죽고 내 등으로 금년에 시 살까지 업어 키웠구마. 내가 오늘 밥을 안 얻어 주면 우리 인식이는 죽누마."

하고 할아버지는 다시금 엉엉 소리를 낸다.

"그러면 밥이나 얻어 가지고 갈 일이지, 남의 집 신문을 왜 훔쳐!"

순사는 그래도 호령기를 잊지 않았다.

"내 비린 게니 좃지. 밥을 싸 가지고 갈라 캤구마."

우리 주인공의 수수께끼는 한 겹 두 겹 풀렸다. 어미 잃은 어린 손자, 제등으로 길러낸 손자의 배고파 우는 양을 보다 못하여 그는 오막살이나 남의 집 추녀 끝을 기어 나왔으리라. 밥은 얻기는 얻었지만 비럭질 길을 처음 나선 터이라 미처 밥 담아 올 그릇을 준비하지 못하였으리라. 쌀 데가 만만치 않으매 그는 공교히 경찰서장 집 문간에 떨어진 신문지 조각을 발견하고 신이야 넣이야 하며 앞뒤 생각 없이 그것을 주웠으리라. 신문 들이치는 소리를 듣고 나왔던 서장의 누이나 딸이 그가 주운 신문지를 빼앗으려 드니까 그는 밥 싸 가질 욕심에 눈이 어두워 지팽이로 그의 계집애를 갈긴 것이 상인강도란 무시무시한 죄목에 걸린 것이다.

 이 비참한 수수께끼를 푸는 사이에 어느결에 괴었는지 내 눈에서는 뜨거운 눈물 한 방울이 소리 없이 떨어졌다.

 그 후 사흘이 지났다. 그 노인은 한결같이 아모 방에도 넣지 않고 유치장에서도 무슨 장애물같이 이리 밀리고 저리 쫓기었다. 그는 모든 것을 단념한 모양으로 인제는 울지도 않고 인식이도 찾지 않았다. 눈물 소동과 사랑의 호소도 아모런 보람이 없음을 깨달았음이리라. 다만 밥때마다 그는 말썽을 부렸다. 그는 소위 보외(報外)로 제정한 유칫간에도 들어가지 못한 관계인지 소위 관식(官食)에도 빠졌다. 성이 몹시 날 때엔 밥 돌리는 차입집 중노미를 보고,
 "이 누묵 자식들, 사람 잡아 놓고 와 밥도 안주노"
라고 그 늙고 마른 몸과는 딴판으로 소리를 벽력같이 지르기도 하고 혹은 지나치는 담당 순사를 보면,
 "나아래(그는 나으리란 말이 서툴던지 이렇게 발음하였다) 이래 있는 사람은 밥도 안 주는기오?"
라고 애원하기도 하였다. 나는 그 '이래 있는 사람'이란 말에 억눌린 분노와 형용 못 할 빈정거리는 뜻을 느끼었다. 서두는 보람이 있어 그는 언제든지 끼니만은 찾아 먹었다.

마지막 날 점심때에 그와 차입집 중노미 사이에는 충돌이 일어났다. 노인은 제 차지를 받지 않았다고 고집을 세우고 중노미 애는 분명히 주었다고 우기었다.

"오늘 아츰에도 주고 돌아서니 안 받았다고 떼를 쓰기에 또 한 그릇을 주었는데 금방 점심을 받고 또 달란 말이 무슨 말이야!"

라고 모개같이 생긴 중노미 애는 툭툭 비어지게 살찐 얼골에 핏대를 올린다.

"뭣이 우째, 받은 밥을 내가 우쨌단 말고?"

노인도 노기등등하다.

우리는 물론 노인편이었다. 순사 뺨치게 사납게 구는 애놈이 밉기도 하였거니와 저 잔약한 노인이 어느결에 준 밥을 게 눈 감추듯 먹었을 리도 만무하였다.

"이놈아, 한 그릇 드리려무나. 혈마 노인이 거짓말하겠니?"

그 애 집에서 사식을 대 놓고 먹는 구레나룻은 대번에 차입집 애를 꾸짖었다. 유치장에서 사식을 먹는 것은 한 특전이다. 턱찌끼 반 접시와 맹물 아닌 차 한 모금도 여기서는 금싸래기같이 귀하기 때문에 관식 먹는 이의 위대도 놀랍거니와 차입집에게도 서슬이 푸르렀다.

본래부터 그 애와는 승강이 많던 하이칼라도 덩달아,

"저놈의 애는 곱게 줄 것도 꼭 말썽을 부리겠다."

하고 혀를 찬다.

중노미는 형세가 제게 불리하게 되자 쭈르르 담당 순사에게로 달려가서 그 사연을 말한 모양이었다. 일본인 순사 한 명이 뛰어왔다.

"이놈아 한 번 먹었으면 존 것이지. 한 끼에 두 번씩 먹어, 나쁜 놈이."

제법 유창한 조선말로 집어 세우고는 다짜고짜로 그 늙은이의 몸을 뒤지기 시작한다. 우리는 그 순사의 행동에 분개하였다. 비록 배가 고파 달라고는 할지언정 그까짓 관식을 몸에 숨길 실업의 자식이 어데 있으랴. 아모런 사리도 분간할 사이도 없이 죄인이라면 덮어놓고 의심을 두는 데 불쾌한 감정을 걷잡을 수 없었다. 그러나 그것은 직업적 손버릇인지도 모르리라. 수색하는 순사 자신도 그 노인의 뱃속 이외에 콩밥 덩이가 튀어나오리라고는 꿈에도 생각지 않았으리라.

"이(虱) 되나 하고 때 사발이나 긁어낼걸."

하고 구레나룻은 비웃었다.

사실은 또 우리의 예상과 틀렸다. 그 노인의 고의춤에서 콩밥 뭉치는 발견되고 말았다.

"이런 데 넣어 두었구면."

그 순사는 어이없다는 듯이 일본말로 부르짖으며 무슨 불결한 물건을 만친 것처럼 상판을 찡그리고 그 콩밥 뭉치를 태기를 쳤다. 우리 방 앞에 떨어진 밥 뭉치를 보니 그 노인이 들고 있던 노란 수건으로 삐죽삐죽 싼 것인데 그 부피로 봐 한두 끼 분량은 훨씬 넘는 듯싶었다.

"참 어쩔 수 없군."

순사는 배앝는 듯이 한 마디 던지고 노인의 등을 한 번 쥐어지르고는 그대로 가 버렸다. 너무도 같잖은 일이기 때문에 특별한 벌도 세우지 않는 것 같다.

멀쑥해 가지고 얼빠진 듯이 쓰러져 있던 콩밥 도적은 한참 만에야 부스스 일어 앉으며 입안말로 중얼거렸다.

"아모나 주는 그 잘난 밥을 다 빼뜨네. 지랄 안 하나. 우리 인식이나 갖다 줄 걸."

노인 편을 들었던 우리 방 사람들도 멀쑥해졌다.

"허 참, 별일이 다 많네. 그까짓 콩밥은 감춰 뭘 한담?"

"제 버릇은 할 수 없어. 유치장 안에서도 도적질을 하는군."

"나는 그 노란 수건이 어데로 갔나 했더니 그 콩밥을 쌌구먼."

"나이 칠십에도 지각이 안 났더람? 그야말짝으로 관 속에서나 철이 들려나? 하느님 맙시사."

동정과 호감을 주었던 반동으로 비난과 비웃음도 컸다.

나는 손바닥을 뒤지는 듯이 돌변한 그들의 태도에 분개하느니보담 차라리 그 노인을 위해 슬펐다. 입때까지 동정을 아끼지 않던 마지막 동무까지 잃어버리고 쓸쓸한 사막에 외로이 제 길을 걸어가는 성자(聖者)를 보는 듯한 슬픔이 나의 가슴에 복받쳤다.

"그 잘난 밥! 우리 인식이나 줄걸!"

이 말 한마디에 나는 애연한 정보담도 빛나는 인생의 햇발을 본 듯싶었다. 그 잘난 밥! 그렇다! 그들에게는 그 잘난 밥이다. 그 잘난 이나마 감추려던 그의 심정! 경우와 처지와 모든 것을 잊어버리고 오직 손자에 향한 뜨거운 이 사랑만은 배부른 이들로는 상상도 못 할 노릇이다. 그가 울음을 그치고 하소연을 그치고 손자를 위해 끼니끼니마다 몇 개 밥알이라도 고의춤에 모으는 즐거움은 왼 세상을 통틀어 준대도 바꾸지 않았으리라. 남

안 보는 깊은 밤 옅은 죄수의 꿈이 깨일 때마다 그는 그 밥 주머니를 어루만지며 인식이를 가만히 불러 보고 자애에 넘치는 웃음을 흘렸으리라. 가난한 이의 사랑은 종교다, 신앙이다. 그것이야말로 이 세상의 위대한 기적이 아니고 무엇이냐.

그날 오후에 나는 사법실로 불려 나가 사법 주임 박 경부에게 취조를 받았다.

아까 그 노인의 밥 주머니를 끄집어낸 일본 순사가 얼골을 나타내며 그 노인의 처지를 물었다. 박 경부는 일본말로,

"그 늙은이는 거지가 아니오? 그런 것을 유치장에 넣으면 되려 좋아하지 않겠소?"

"그래요. 오늘 점심에도 관식을 훔쳤어요."

"저런! 그것 보아. 그따위는 잡아 온 것이 이편의 손해인걸. 허허…… 웬만치하고 고만 내보내지요."

박 경부는 대수롭지 않게 결정을 해 버리고 나의 취조를 진행하였다.

취조를 마치고 나와 보니 그 노인의 그림자는 벌써 유치장에서 사라졌다. 유치장 신세를 지는 것도 좀 더 높은 계급이 가진 특권인 듯하다. 그는 유치장에서까지 쫓겨나고 만 것이다!

(6월 24일)

출전:문예공론(1929.7)

발(簾)

　기억이 좋은 분은 작년 여름 야시에서 순사가 발 장수를 차 죽인 사단을 잊지 않았으리라. 그때 모든 신문은 이 기사로 거의 삼면의 전부를 채웠고 또 사설에까지 격월(激越) 신랄한 논조로 무도한 경관의 폭행을 여지없이 비난하고 공격하였었다. 온 세상도 이 칼자루의 위풍을 빌려 무고한 양민을 살해한 놈을 절치부심하였었다. 더구나 그 무참하게도 목숨을 빼앗긴 이야말로 씻은 듯한 가난뱅이이며 열 살 먹이가 맏이고 일곱 살, 다섯 살, 세 살 먹이의 부친이며, 성한 날 별로 없는 뇌집병쟁이의 남편이며, 왼 집안 식구를 저 한 손으로 벌어먹여 살리던 그가 비명횡사를 하고 보니 그의 가족은 무엇을 먹고살 것이랴. 그 안해 되는 이는 어린 자식 넷을 데불고 병든 몸을 끌며 거리에 구걸하는 수밖에 다른 도리가 없는 형편임을 알 때에 세상의 뜨거운 동정은 피해자에게 모이는 일변으로 이 참극을 일으킨 흉한에게 대한 미움은 한층 더 심해지고 한층 더 깊어졌다. 일 저지른 이가 법에 따라 상해치사죄로 오 년이란 긴 세월의 징역 언도를 받았건만 그래도 공분은 풀리지 않았었다. 경관이라 해서 법률을 굽혔다고 판결에 불만을 품은 이까지 있었었다. 이대도록 가해자에 대한 민중의 감정은 사람으로 가질 수 있는 한끝가는 미움이 있었다.

그러나 그 속살을 자세히 알고 보면 이 극흉 극악한 죄인도 그리 미워하지 못하리라. 센티멘털한 이 같으면 한 방울 눈물조차 아끼지 않으리라. 그 또한 주어서 받지 못한 사랑의 가련한 희생자이기 때문이다.

서울이 객지인 그가 머물고 있던 여관은 금부 뒷골에 있었는데 여관이라 해도 드러내 놓고 손을 치는 게 아니라 아는 이만 알아서 찾는 객주라면 객주요, 염집이라면 염집이었다. 그 집엔 어쩐지 비밀이 있는 듯하고, 어쩐지 사람의 마음을 달뜨게 하고, 어쩐지 야릇한 희망을 품게 하는 일종 기괴한 분위기가 떠돌았다. 이 분위기는 그 집에 한 번 방문만 한 분이면 대개 느낄 수 있으리라. 문간에서,

"이리 오너라."

하고 부르면,

"게 누구세요"

하는 간드러진 목소리가 받는다. 이 소리만 들어도 헙헙한 사내의 마음은 뛴다. 짝짝 하고 신 끄는 소리가 나자 늘 닫혀 있는 중문이 바시시 열리며 평양식으로 얹은머리를 한 여편네가 찰찰 넘을 듯한 애교의 웃음을 띤 얼골만을 나타낸다. 그 얼골은 분명히 사십을 훨씬 지낸 얼골이로되 유달리 붉은 입술과 뺨이 화냥기를 띠고 사람을 끈다. 그는 주인 노파다. 그리고 또 중문

안까지 쑥 들어선 이면 기름으로나 닦았는지 반들반들한 마루, 뒤주, 그 위에 차곡차곡 얹혀 있는 윤나는 항아리들, 그보담도 북창이 터진 곳에 흔히 기생집에서 볼 수 있는 목제 일본 경대가 눈에 뜨이리라. 여러 가지 기름병, 여러 가지 분갑을 실은 그 경대만 보고 못 견디리만큼 그 임자에 대한 호기심을 품는 이는 매우 불행한 사람이다. 대개는 팔뚝까지 올라간 지지미 속적삼 바람으로 그 경대 앞에서 머리를 빗든지 분을 바르든지 하는 그 임자를 어렵지 않게 볼 수 있으니까. 스물이 되었을까 한 그 여자는 시집을 갔다가 못살고 왔다고도 하고 기생 노릇을 하다가 그만두었다고도 하는 주인 노파의 딸이다.

  전제(前提)가 좀 장황한 듯하지만 그 집의 짜임짜임도 설명 안 할 수 없다.

  고양하고 대문간이 있는 채는 따로 떨어졌는데 이 한 채를 떼어 보면 그 집은 하릴없는 고무래 정(丁)자 모양으로 생기었다. 건넌방 다음에 사간 대청이 있고 그다음에 안방이 있는데 머리방과 합해서 삼 간이 되는 안방이 앞으로 쑥 내민 곳에 부엌이 딸려서 몸체는 ㄱ자로 꺾였다. 뒤꼍을 돌아보지 않은 이는 그 집이 통히 그뿐인 줄 알지마는 실상은 그렇지 않아 안방──안방 이라느니보담 머리방 뒤를 옆으로 대어서 또 이 간 마루가 있고, 그 마루가 끝난 곳에 나란히 방 둘이 있다. 이 뒤채와 통래를 하자면 부엌 뒷문과 머리방 옆을 뚫은 쌍바라지가 있을 뿐이다.

  일 일어난 임물엔 건넌방에 학생들이 기숙을 하고 안방은 물론 주인 노파가 있고 딸은 머리방에 거처하고 뒤채의 첫째 방에는 문제의 순사가 들었고, 둘째 방에는 이십칠팔 세 됨직한 청년 신사――그 집에선 김 주사라고 부르는 이가 들어 있었다. 이 김 주사는 귀공자답게 해사한 얼골의 임자인데 오정 때 가까이 일어나 면도질이나 하고 하이칼라 머리를 반지레하게 지코나 바르기에 해를 지우는 걸 보면 하는 노릇은 없는 듯하건만 양복을 벌벌이 걸어두고 사흘돌이로 갈아입으며 돈도 풍성풍성하게 쓰는 걸 보면 아마 시골부자의 자제인 듯하다.

 일 일어나기 전 날밤 새벽 두 시 뒤채의 첫째 방에선 드르렁드르렁 코고는 소리가 난다. 둘째 방 문이 소리 없이 열리자 김 주사의 셔츠만 입은 도깨비 같은 모양이 나타나더니 옆방의 숨소리에 주의를 하며 발끝으로 가만가만히 걸어서 열려 있는 머리방 쌍바라지 안으로 사라진다.
 전등불이 환한 머리방 분홍 모기장에 주인의 딸이 잠이 들었다. 모시 겹이불이 꾸김꾸김해져서 발치에 밀린 것은 잠결에 차던졌음이리라. 정강이까지 올라간 지지미 속곳, 팔뚝까지 올라간 지지미 적삼, 그것도 더웠던지 하부시 단추를 빼어 보얀 젖가슴을 아른아른히 드러내었다. 모기장의 분홍색 반영(反映)으로 말미암아 봄날의 꿈빛같은 발그레한 그림자가 슬쩍 한끝 가는 이 자극을 덮어서 그곳의 정경을 한층 더 농염(濃艶)하게 하고 고혹(蠱惑)되게 하고, 풍정 있게 하고 있다.
 방안에 들어서자 종용하게 또는 황급하게 쌍바라지를 닫고 난 사내는 계집의 자는 양을 물끄러미 바라보더니 제가 얼마나 복된 사람임을 새삼스럽게 느끼는 듯이 싱그레 웃다가 모기장을 들추고 들어온다. 사내의 입술이 계집의 입술에 닿았을 제 자던 이는 깜짝 놀라며 눈을 크게 뜬다. 김 주사인 줄 알아보자 계집은 안심된 듯이 떴던 눈을 다시 스르르 감을락 말락 하고 방그레 웃으며,

"나는 누구라고?"

하였다.

"왜 순산 줄 알았던?"

"그래요, 난 그 원수엣 놈이 또 왔는가 하였지."

계집은 이런 말을 하고 제 어미를 닮아 유달리 붉은 입술을 동글게 벌려 하품을 한 번 하더니 포동포동하게 살찐 손으로 얼굴을 몇 번 비비고 지나치게 숱 많은 눈썹을 몇 번 찡긋찡긋하자 쾌히 잠을 깬다. 쌍꺼풀 진 눈알엔 조금 붉은 기가 도는 듯하다. 년은 말끝을 이어 간드러지게,

"그런데, 왜 인제야 오셨슈? 밤이 꽤 늦었지?"

"벌써 올 마음이 굴뚝 같았지만 그 빌어를 먹을 놈이 세상에 자야지. 인제나 자는가 하고 귀를 기울이면 권연 빠는 소리가 났다가 한숨 쉬는 소리가 났다가 부스럭부스럭 몸 비비대는 소리가 났다가…… 너한테 몹시도 반했나보더라."

"흥, 속없는 사내."

하고 년은 코웃음을 웃는다. 놈도 웃으며,

"그런데, 저녁에 놈팽이가 너더러 무에라구 그렇게 지절대던?"

"살다가 별꼴을 다 보아. 어느 선술집 신세를 졌는지 술이 잔

뜩 취해 가지고 남의 방에 탁 들어오더니만 누가 청이나 한 드키 제 신세타령을 늘어놓겠지. 나이 삼십에 아즉 장가도 못 들었다는 둥, 집에는 아버지도 안 계시고 홀어머니뿐이라는 둥…… 또 그 꼴에 제 칭찬이 장관이지. 경관 노릇 삼 년에 남 못 할 일 한 번 한 법 없이도 근무라든가 뭐라든가를 착실히 했다나. 그래서 웃사람에게 잘 보여서 내월이면 경부가 되겠고, 경부가 되면 한 달에 팔십 원 벌이는 된다든가 만다든가……, 이러고 한참을 씩둑꺽둑하더니 아닌 밤중에 홍두깨 내밀기로 남의 손을 덥석 쥐며 같이 살자고 하겠지……."

"그래서?"

"아주 눈에 눈물을 글썽거리며 내가 무슨 노릇을 한들 너 하나 못 먹여 살리겠나, 경부가 되거든 고향으로(제 고향이 인천이라나) 전근을 시켜 달라고 해서 둘이 재미있게 살자꾸나, 어머니 한 분 계신대야 육십이 넘은 노인이시고 단둘의 살림이라 편할 대로 편히 해 주마고 꿀을 담아 붓는 소리로 수단껏 꾀이겠지."

"그래, 너는 무에라고 대답을 했니?"

"차차, 생각해 보아야 알겠다고 하였지."

"생각해 본다긴, 딱 거절을 해 버리지 않구."

"어이구, 그런 쑥떡이라도 그래도 순사 나으리의 행투가 있다오. 공연히 비위를 거슬렸다가 마음에 꼭 끼면 어쩌게. 슬슬 간장이나 녹여 주는 게 낫지."

"예끼, 요악한 년 같으니, 허허허."

하고 놈은 불시에 년을 껴안는다. 변통 없이 제 것임을 누구에게 자랑이나 하드키 그들의 입술은 몇 번 붙었다 떨어졌다 하였다.

"그런데 놈팽이가 우리 둘이 이러는 줄 알면 여북 속이 상할까"

"그 천치가 한 달을 같이 있어도 눈치를 못 알아채겠지, 하하하…… 인제 고만 놓아요. 남 더워 죽겠구먼……. 이 땀 보아."

년은 벌떡 일어앉아 활활 부채질을 하다가,

"아이, 더워 죽겠네, 저 쌍바라지를 열까?"

"열었다가 그놈이 엿보면 어쩌게?"

"자는데 어떨라구?"

"그래도 깰는지 아나?"

"그럼 어찌해?"

"어쩔까…… 문을 열고 네 치마로 가릴까?"

"이런 바보, 치마로 가리면 바람이 어데로 들어오게"

"발 같은 것을 쳤으면 좋겠군."

"어데 발이 있어야지."

불쌍한 우리 주인공은 이런 사연을 꿈에도 몰랐다. 그 이튿날, 그날이야말로 무서운 운명의 검은 손이 저의 덜미를 짚을 줄은 모르고 '생각해 보마' 한 계집의 말을 반승낙으로나 생각한 그는 복된 희망에 가슴을 두근거리며 근무시간을 보낼 수 있었다. 그 날인 즉 스무 하로 월급날, 밥값을 치르고 남은 돈으로 장례 안해에게 무슨 선사를 할까 하는 것이 큰 궁리였다. 금반지를 사다 줄까, 옷감을 끊어다 줄까, 양산을 사다 줄까……, 이런 생각에 그는 때때로 정신을 잃고 멀거니 먼 산을 바라보고 있었다. 금반지와 옷감엔 돈이 조금 모자라고 양산은 있는 모양. 차라리 저녁에 데불고 나와서 야시로 산보나 하다가 탑동 공원 안에 있는 청목당 지점에 들어가서 어데 종용한 방을 지우고 권커니 잣거니 웃고 즐기다가 반승낙을 완승낙으로 바꾸는 게 나으리라고 생각하였다.

저녁을 먹고 사복을 갈아 입은 그는 작정한 대로 실행하려 하였다.

"몹시 덥고 하니 야시에나 나가 바람이나 쏘이고 들어올까요?"

라고 얼골을 붉으락푸르락하며 무심한 듯이 말을 붙여 보았다. 의외에 저편이 선선히 승낙하였다.

"그래 볼까요? 그런데 청이 하나 있는걸요."

"무슨 청이십니까"

"딴 청이 아니라 발 하나만 사 주어요."

저편은 이편이 깜짝 놀랠 만치 뒷방에까지 들릴 큰 소리로 불쑥 이런 말을 하였다. 그래도 눈치 없는 이편은 그런 무간한 청을 받는 것만 어떻게 기쁜지 몰랐다. 완승낙을 받을 전조(前兆)와도 같았다. 이편의 입이 저절로 벌어지노라고 저편의 얼골을 떨며 지나가는 비소의 경련을 알아볼 길이 없었다.

"사 드리구 말구."

년은 다정한 듯이 놈의 곁으로 바싹 다가들어 눈으로 제 방의 쌍바라지를 가리키며 귀에 대고 속살거렸다.

"나으리 혼자만 계시면 뒷문을 그대로 열어 놓은들 어떠랴마는 딴 손님이 계시니까 어데 만만해요? 닫자니 덥고……."

발 153

"암, 그렇지 그래."

사랑에 취한 이는 지당하온 말씀이라는 드키 고개를 수없이 끄덕거렸다.

사랑하는 이를 데불고 나선 이에겐 와락와락 찌는 듯한 공기도 시원하였다. 짝달막한 키가 급작스럽게 커지고 까무잡잡한 얼골이 희어지며 얽은 구멍조차 막히는 듯하였다. 통히 못생긴 저는 간 곳이 없고 아름답고 훌륭하고 헌출한 사내가 그의 속에 깃들이고 말았다. 앙바틈하고 짤막한 다리를 길고 곧기나 한 듯이 흥청흥청 내어 던질 제 종로가 비잡게 갔다 왔다 하는 어느 사람보담도 제가 복 많고 잘난 듯싶었다. 동글게 뭉친 어깨를 바짝 뒤로 젖혀서 닭의 무리에 섞인 봉이나 무엇같이 도고한 탯가락을 빼었다. 그리 크지 않은 얼골을 어마어마하게 찌푸렸는데 그 표정은 마치,

"너희는 몰라도 나는 경관님이시다. 내게 손가락 하나라도 대었단 봐라. 내 사랑의 보는 앞에서 내 위엄을 알려 줄 테니." 하는 듯하였다.

야시에 벌여 있던 모든 것이 그의 흥미를 끌었다. 철물전 앞에도 걸음을 멈추었다. 허접쓰레기 파는 데에서 책을 뒤적뒤적하기도 하고 과일전에서 과일을 들었다 놓기도 하였다. 경매하는 데서 어름어름도 하고 구경꾼을 둘러 세우고 약을 파는 광고장의 연설에도 귀를 기울였다.…… 장래 안해와 어깨를 겨누고 거니는 시간을 한시라도 오래 끌고 싶었음이다. 예정한 계획대로 한시바삐 아늑한 요릿집에 들어갈 생각이야 간절하였으

되 그것은 너무도 행복된 일이어서 얼른 실행하기가 아까운 듯하였다. 마음이 조마조마도 하였다. 확실무의하게 제 앞에 놓인 행복이니 꼭 부여잡을 시간을 잠깐 늘인들 어떠하리. 그래 가지고 얼마 아니 되어 끔찍한 행복이 닥쳐온다는 짜릿짜릿한 예감을 맛본들 어떠하리.

이럴 즈음에 년의 목적한 바 발전〔簾廛〕이 거기 있었다.

"여기 발전이 있군요."

하고 년은 아까 띤 비소를 또 한 번 띠우며 전 앞으로 들어선다. 놈은 지금 발 살 생각은 조금도 없었다. 홀린 이의 청이니 사 주기는 사 줄지라도 요릿집에서 돌아오는 길에 살 작정이었다. 그러나 년이 들어서는 받자에야 저도 들어서는 수밖에 없었다. 이런 것, 저런 것 허청으로 고르는 체하다 그중의 하나를 집어 들고 값을 물어보았다.

"삼 원만 내십시오."

"오십 전만 주지."

하고 놈은 년을 향해 웃어 보이었다.

"그건 말이 됩니까? 아닙시오."

하고 발 장수는 기막힌 듯이 한 번 웃고는 먼 산을 본다. 그 태도가 조금 비위에 거슬렸으되 어처구니없이 금을 깎은 것을 생각하고 웃고 일어설 수 있었다. 그 전을 한 두어 걸음 떠나가자 그 장수를 한 번 보기 좋게 닦아세우지 못한 것이 후회가 됐다. 계집 앞에서 제 위엄과 세력을 보일 꼭 좋은 기회를 잃은 것이 원통하였다.

남과 시비 한마디도 똑똑히 못 하는 반편으로나 알지 않을까

하매 몹시도 높던 제가 문득 납작해진 듯해서 불쾌하기 짝이 없었다. 어찌하든지 이 분풀이를 하리란 생각이 그의 마음속 어데인지 움직이고 있었다.

얼마 가지 않아서 둘쨋 번 발전이 거기 있었다. 한 사십이 됨직한 성미 괄괄하게 생긴 그 주인은 무슨 화증 나는 일이 있는지(모르면 모르되 흥정없는 까닭이리라) 잔뜩 얼골을 찌푸리고 속 상하는 듯이 곰방대에 담배를 떨고 넣고 한다. 연놈은 또 발을 이것저것 고르다가 아까 모양으로 값을 물었다.

"이원 팔십 전이오."

"오십 전에 파우."

주인은 시커먼 눈알맹이를 한번 희번덕하더니 순사의 손에 든 발을 나꿔채며,

"이런 제길 도적놈, 뒷전에만 물건을 사 보았단 말인가? 이원 팔십 전 내라는 걸 단 오십 전 받으란다."

귀부인을 모신 기사(騎士)에게는 더할 수 없는 모욕이었다. 순사는 바르르 몸을 떨다가 뺵 소리를 질렀다.

"이놈, 무엇이 어쩌고 어째! 장수가 에누리하는 것도 예사고 손님이 깎는 것도 예사지."

앉았던 장수는 벌떡 일어선다.

"이놈이라니? 남의 물건을 사면 사고 말면 말았지 누구더러 이놈 저놈 다리 뼉다구를 분질러 놓을 놈 같으니."

경관의 얼골엔 벌컥 피가 올랐다.

"왜 이러셔요? 고만두어요."

하며 팔목을 잡아당기는 년의 손을 뿌리칠 겨를도 없이 이편의

손은 저편의 뺨을 갈겼다.
"이놈, 날 누군 줄 알구."
"에쿠, 이놈이 사람 친다."
는 고함과 함께 저편의 반항하는 손길도 이편의 뺨에 올라붙었다. 계집 데린 이는 눈에서 불이 번쩍 났다. 그의 분노는 머리 끝까지 사무쳤다. 생채기를 입은 경관의 자존심, 더구나 똥칠한 계집에 대한 체면이 그로 하여금 물인지 불인지 모르게 하고 말았다. 입안에 버글하고 거품이 돌자 퉁겨 나온 눈방울에 쌍심지를 켜며 두 주먹과 두 다리가 허산바산 장수의 몸에 붙었다 떨어졌다 하였다. 장수도 턱없이 맞고만 있을 이 없었다.
"이놈, 내 명색이 뭐냐?"
는 푸념을 섞어가며 그편의 팔과 다리도 놀지 않았다. 한동안 '에쿠', '에쿠' 하는 소리가 그곳의 공기를 무섭게 뒤흔들고 있었다. 이윽고 발 장수가 악하고 외마디 소리를 치자마자 팍 그 자리에 거꾸러진다. 순사의 곧은 발길이 그의 ○○을 들어가 질렀음이다. 그때에 위지삼잡 에워싼 구경꾼을 헤치고 정복 순사가 들어왔다. 그는 걷고 발 장수는 엇들리어 경찰서로 갔다. 그날 밤이 채 새지 않아 발 장수는 구류간에서 죽고 말았다.

그가 수감(收監)되던 날 저녁 김 주사와 주인의 딸은 애저녁부터 한시름 잊은 듯이 부채를 맞부치며 머리방에 누워 있다…….
"내 말이 어때요? 그런 쑥떡이라도 다 제 행투가 있지 않아요?"
"제 행투가 있으면 쓸데 있나? 때여 가는데……."

"어쩌면 사람을 차 죽일꼬? 아이 무서워."

"아주 표독한 놈이야, 사람을 어데 칠 데가 없어서 하필 ○○을 찬담?"

"때여 가기 전 연이틀은 꼭 제 방에 처박혀서 끙끙 앓기만 하더니 오늘 아츰 결엔 샛노란 얼골로 또 내 방에 스르르 들어오겠지, 들어와서 하는 말이 또 장관이야. 이번 일은 꼭 내 잘못이니 같이 나갔다고 행여 미안하게 생각지 말라나 어쩌라나."

"그럼 제 잘못이지 뉘 잘못인고? 미안하긴 왜? 실업의 아들 놈."

"그리고 또 이것 좀 봐요. 제 지은 죄는 모르는지 잘하면 한 육 개월 살 터이고, 오래 살았자 일 년만 살면 나올 테니 그때까지 기다리겠느냐 하겠지. 하하하, 사람이 우스워 죽지."

"쓸개 빠진 놈, 허허허, 그래"

"기다려 보지요, 하였지."

"기다려 보지요가 묘한걸."

이런 수작을 주고받는데 그 방의 쌍바라지는 발 없어도 인제 무방하다는 드키 열려 제켜 있었다…….

출전:시대일보(1924. 4. 2~4. 5)

서투른 도적

창의문 밖 살림을 차린 뒤로 안잠자기 때문에 약간 머리를 앓지 않았다.
'개똥에 굴러도 문안이 좋지 그 두메에 누가……' 하고 그들은 처음부터 오기를 싫어한다. 일갓집들의 연줄 연줄로 간신히 하나 구해다가 놓으면 잘 있어야 한두 달 그렇지 않으면 단 사흘이 못되어 봇짐을 싼다. 속살 까닭은 여러 가지겠지만 드러내 놓는 이유는 한결같이,
'뻐꾹새와 물소리가 구슬퍼서……'
한다. 불행한 인생의 길을 걷는 그들에겐 집을 에두르는 시냇물 노래와 뒷산 속에서 새어 흐르는 뻐꾸기의 울음도 시름을 자아낼 뿐인 모양이다. 어둑어둑한 소나무 그늘 밑에 그들은 하염없는 눈물을 씻게 되고 햇빛에 고요히 깃들인 풀 그림자도 까닭 없이 그들의 맘을 군성거리게 하는 듯.
도회의 번잡과 조음이 도리어 그들의 신경을 무디게 해 주고 심장을 지질러 주는 듯.
아모튼 안잠자기가 붙어 있지 않았다. 병약한 안해의 단손으

로는 도저히 살림을 꾸려나가는 수가 없고 사람은 있어야 될 판이라 나이 늙든 젊든, 일을 잘하든 못하든 안잠만 자 준다면 우리는 감지덕지로 위해 올리는 판이었다.

황해도 할멈이 올 때에도 우리는 사람이 없어서 무진 애를 쓰다가 드나드는 기름 장수의 연줄로 간신히 그를 구해 온 터이라 인품과 일새를 볼 겨를도 없었다.

보통집 같으면 대개는 그 할멈을 싫어하였으리라. 첫째 나이 많아 육십오 세나 되었으니 세찬 일을 바랄 수 없고, 둘째 너무 추해서 불쾌한 감정을 일으킨다. 얼굴은 늙은 일본 호박 모양으로 위아래가 내밀고 눈과 코언저리가 움쑥 들어갔는데 검붉은 버섯으로 덮였고, 가을바람도 일어난 지 오래인 음력 팔월인 이때 땀이 차서 헤어진 광당포 적삼 하나를 걸쳤고, 잠뱅이 비슷하게 짧은 베치마가 갈기갈기 찢어졌는데 그 조각마다 기름때가 켜켜이 앉았다. 요새 명색 안잠자기라도 위아래를 인조견으로 휘감고 버듬적하게 양산 한 개쯤 들고 다니는 데 비하면 그야말로 소양지판이다.

그러나 우리는 와 준 것만 감지덕지다.

"저 나이에 저 꼴을 하고야 설마 오래 붙어 있겠지."

안해도 나를 보고 해죽이 웃으며 도리어 안심하는 눈치를 보였다.

안해의 전하는 말을 들으면 그 할멈은 황해도 안악 사람으로 농토를 빼앗기고 살길이 없어 아들 부부만 제 시골에 처뜨리고 저는 열세 살 먹이 손자 하나를 데불고 벌이 곳을 찾아 걸어서 서울을 올라왔다. 공덕리를 중심으로 한 기름 장사의 틈에 끼어 삼 원이란 전 천량을 들여 장사를 시작해 보았으나 처음 일이라 단골도 없고 모든 일에 서툴어서 밑천조차 깝살려 버리고 필경 남의 집에나 살아보자고 나섰더니 그나마 뜻같이 되지 않아 오늘날까지 동향의 기름 장사꾼의 신세를 입다가 우리 집에 오게 되었다 한다.

 하로 이틀은 무사히 지나갔다. 사흘이 못 되어 피차에 얼굴이 조금 익어지자 그의 호소와 하소연이 육칠월 장마 모양으로 끈칠 줄 몰랐다. 그는 안해를 졸르다가 못하여 인제는 나만 보면 졸르기 시작한다.

 "나으리 마넴, 저 새끼(제 손자를 가리킴)를 어떻게 하면 좋쉬까? 댁으로 데불고 와요? 열세 살이라도 못 할 일이 업쉬다……."

 "저 건네방이 비지 않았쉬이까? 우리 아들 내외께 좀 빌려주시깡요…… 이 거록한 댁에서 살게 해 주소."

 "돈을 십 원만 선월급으로 미리 좀 주시까요? 서울에 올라올 때 동리 사람에게 진 빚냥을 갚어야 되겠쉬다. 나으리 마넴, 사람 좀 살리소……."

 그는 제 일신의 모든 어려운 사정을 한꺼번에 해결해 보려는 듯하였다. 처음에는 허허실수 지나치는 말로만 여겼더니 웬걸 차차 그의 하소연이 물론 진정으로 가슴에서 우러나오는 것을 깨달았다. 물에 빠지는 사람이 한 오래기를 부여잡는 모양으로 그는 죽을힘을 다해서 우리에게 매어 달리는 것을 알았다. 그러나 우리에겐 물론 그런 여유가 없었다. 다달이 몇 푼 월급으로 겨우 꾸려 가는 우리에게 그의 손자를 기르고 그의 아들 부부를 살릴 힘은 어데를 쥐어짜도 나올 턱이 없었다. 식구라야 우리 내외와 다섯 먹이 딸 하나, 집이 멀고, 명색 밭이라고 산기슭에 몇 고랑 있는 탓에 문안 심부름과 집 거두기에 열아홉 살 먹은 대욱이란 아이를 들인 터이라 안잠자기 외에 사람 더 둘 필요는 절대로 없었다.

나의 말은 무거웠다. 그에게 동정을 하면 할수록 나의 고통은 컸다. 험난한 인생의 길의 산 표본을 눈앞에 보는 듯하여 나의 가슴만 어두워질 뿐이다.

낮보담도 밤이 더 견디기 어려웠다. 낮에는 나도 집에 붙어 있지 않거니와 자기도 일이 바쁘니 조를 겨를이 없으되 밤엔 저녁을 먹고 앉으면 그의 애원은 쉴 새 없이 나의 귀를 울리고 머리를 들먹인다. 두 방에 불 때기가 어려워서 장지로 막은 안방에 우리는 아랫간에 자고 그는 윗간에 자니 한방이나 진배가 없었다. 그의 한숨과 호소는 장지 하나를 격해 폭포수같이 쏟아진다. 그는 좀처럼 잠도 자지 않았다. 내가 깨어 있는 듯한 눈치만 보이면 자기의 원정과 설움과 슬픔을 늘어놓는다. '이 거룩한 댁에서 자기를 안 살려 주면 누가 살리겠느냐?' 내가 꼭 그를 구해야만 될 의무가 있는 것처럼 추근추근하게 굳세게 줄기차게 조르고 볶고 호소하고 애원한다. 불면증이 있는 나는 이따금 뜬눈으로 새기까지 되었다.

잠꼬대처럼 호소를 중얼거리다가도 그는 흔히 고단한 꿈을 맺는 모양이나 이 꿈이 도모지 길지 않았다. 높던 숨소리는 이내 깊은 한숨으로 변한다. 그렇다! 그것은 정말 깊은 한숨이다. 바닷속 깊이 파도가 이는 모양으로

'우후우' 하는 처창한 울림을 낸다. 그의 천 마디 만 마디 말보담도 이 한숨이야말로 그의 슬픔과 번민과 고통을 가장 웅변으로 설명해 준다. 나는 잠결에도 이 한숨 소리만 들으면 번쩍하고 눈이 떠진다. 열 손, 스무 손이 나를 흔들어 깨운다 한들 이 인생 최후의 휘파람 같은 무겁고 우렁차고 비통한 이 울림처럼 나의 맘을 뒤흔들고 맘을 움직이지 못하였으리라. 나는 고만 잠을 잊어버린다. 그 산란한 괴로운 숨결! 그 탄력 없는 늙고 무거운 팔다리가 이리로 저리로 뒤척거리는 둔한 음향!

그는 청을 하다 하다 듣지 않으니까 대욱이를 미워하기 시작하였다.

'저놈만 없으면 내 손자가 있게 될 텐데.'

하고 내심으로 생각하는 모양이다. 세 끼의 밥도 잘 찾아주지 않고 더구나 된장찌개 하나 잘 맨들어주지 않았다. 나종에는,

저 애는 다 컸으니 어데를 가도 제 구실을 할 터이니 고만 내어 보내고 자기 손자를 갖다 두자고 노골적으로 안해를 졸랐던 모양이다.

눈 여린 안해는 처음엔 그를 위하여 눈물까지 흘린 일이 있었으나 이 요구에는 어이가 없었다.

"아모리 제 자식을 위한다 한들 어쩌면 있는 사람을 내보내라고까지 한단 말요? 다 같은 처지에…… 심청이 나빠."

하고 눈의 밖에 나게 되었다.

할멈이 온 지 한 열흘쯤 지냈으리라.

그는 내일쯤 제 손자를 찾아보고나 오겠다고 청했다. 우리는 물론 허락하였다. 오늘 낮쯤 갈 터인데 오늘 아츰에 생긴 일이

다.

　나는 어젯밤에도 잠을 잘 못 자고 심지가 좋지 못한 대로 뒷동산을 한 바퀴 휘돌아 나려오니까 안해가 파랗게 질려서 할멈과 무어라 떠드는 소리를 들었다.

　그 사단은 이러하다. 할멈이 일어나 나간 뒤로 안해가 나가보니 마룻바닥에 쌀낟이 흩어져 있었다. 밥쌀을 내다가 떨어뜨린 것인가 하였더니 자세히 살펴보니 마루로부터 뜰로, 뜰로부터 우물가는 길로 쌀이 줄을 그은 것처럼 흘러 있었다. 하도 이상해서 할멈 뒤를 쫓아가 보니까 그의 걷는 대로 쌀이 줄줄 흘러나린 것을 발견하였다. 필경 할멈의 품속에 쌀을 감추어 둔 것이 발견되었다 한다. 그는 헌털뱅이 전에 하나를 주워서 쌀을 불룩하게 집어넣어 가지고 가슴 밑에 찼는데 전대의 구멍이 뚫어져서 그의 걷는 대로 쌀이 흐르게 된 것이었다.

　나는 그대로 출근했다가 저녁때 돌아와서 할멈을 물었더니 그는 품속에서 훔친 쌀을 도로 내어놓고 백배사죄하며 제 손자한테로 갔다 한다. 손버릇이 나쁘니 물론 집에 둘 수가 없어서 날짜를 따서 월급을 주어서 아주 보내고 말았다 한다.

　우리가 한번 이야기를 하고 있노라니까 대욱이가 뒷간에 갔다가 나오더니 씽글씽글 웃으면서 우리 앞에 동전 세 푼을 내어놓는다.

　"그 도적년이 이걸 뒷간에 내어놓고 갔어요. 파출소에 끌고 간다고 했더니 아마 겁이 난 게지요. 어린애가 가지고 놀던 동전까지 다 훔치고……. 망할년 같으니……."

　대욱이는 자못 분개한 중에도 어이없어 웃는다. 이번 사건에 대욱이가 제일 치를 떨었다. 고지식한 그는 그런 짓을 하니까 없는 사람이 대접을 못 받는다고 펄펄 뛰면서 할멈을 맞대해 놓고 욕지거리를 하며 징역을 살린다고 울림장을 놓았다 한다.

나는 그 할멈의 한 일을 서투른 도적의 노릇으로 웃어 버리기엔 너무 맘이 저리었다.

대욱의 말마따나 할멈은 과연 파출소를 겁내었을까? 아모도 몰래 안전하게 제 품속에 든 동전 세 푼이 귀신 아닌 사람에게 발각되리라고 믿었을까? 사랑하는 손자에게 옥춘당으로나 변할 그 귀중한 동전 세 푼을 확실치 않은 겁결에 그리 쉽사리 내어놓았을까?

그는 일부러 동전 세 푼을 내어 던진 것이다. 네 보라는 듯이 내어 던진 것이다!

"섬으로 있는 쌀을 몇 줌 훔친들 어떻단 말이냐? 굶주린 내 손자에게 한 끼 이팝을 해 준들 어떻단 말이냐? 무슨 대사냐? 품속에 넣은 쌀까지 우벼 뺏는 알뜰한 요것들아, 이 동전 서 푼이나마 마저 받아라! 그리고 잘 살아라!"

맘속으로 외치며 이 동전을 던진 것이다. 우리의 얼굴을 향해서, 심장을 향해 이 동전 서 푼을 후려갈긴 것이다!…….

출전:삼천리(1931.10)

희생화

1

 어머님은 우리 남매를 다리고 사직골 막바지에서 쓸쓸한 가정을 이루어 있었다.
 우리 아버지는 내가 세 살 먹던 가을에 돌아가셨다 한다. 어머님께서 시시로 눈물을 머금고 아버지께서 목사로 계시던 것이며, 그 열렬한 웅변이 죄많은 사람을 감동시켜 하느님을 믿게 하던 것이며, 자기 몸은 조금도 돌아보지 아니하고 교회 일에 진심갈력(盡心竭力)하던 것을 이야기하신다. 나보담 사 년 맏이인 누님은 이 말을 들을 적마다 그 맑고 고운 눈에 눈물이 어리었다. 철모르는 나는 그 이야기보담 어머님과 누님이 우는 것이 슬퍼서 눈물을 흘리었다.
 집안은 넉넉지는 아니하나마 많지 않은 식구라 아버지 생전에 장만하여 주신 몇 섬지기나 추수하는 것으로 기한은 면할 수 있었다.
 아버지의 감화인지는 모르나 어머님은 우리 남매를 학교에 다니게 하였다. 벌써 십여 년 전 일이라 누님 공부시키는 데 대하여 별별 비평이 다 많았다. 그러나 어머님은 무슨 까닭에 여자 교육이 필요한 것인 줄은 모르셨겠지마는 아마 여자도 교육시키는 것이 좋은 줄로 아신 것 같다.

2

  누님은 십 팔 세의 꽃 같은 처녀로 ○○학교 여자부 사 년급에 우등 성적으로 진급되고 나도 그 학교 이 년급에 진급되던 봄의 일이다.
  나의 손을 붉게 하고 내 얼골을 푸르게 하던 치위는 없어진 지 오래이다. 햇볕은 따뜻하고 바람 끝은 부드럽다. 잔디밭에는 새싹이 돋아나고 개나리와 진달래는 벌써 산야를 붉고 누르게 수(繡) 놓았다.
  어느덧 버드나무 얽힌 곳에 꾀꼬리는 벗을 찾고 아지랑이 희미한 하늘에 종달새는 높이 떴다.
  우리 집 뜰 앞에 심어둔 두어 나무 월계화도 춘군(春君)의 고운 빛을 나도 받았노라 하는 듯이 난만(爛漫)히 피었었다.
  하룻날 떠오르는 선명한 햇빛이 어렴풋이 조으는 듯한 아츰 안개에 위황(煒煌)한 금색을 흩을 적에 누님은 가늘게 숨 쉬는 춘풍에 머리카락을 날리며 어리인 듯이 월계화를 바라보고 섰다. 쏘아오는 햇발이 그의 눈을 비추니 고개를 갸웃하며 한 손을 이마 위에 얹고 눈을 스르르 감더니 아즉도 어슴푸레하게 조으는 월계화 그늘에 몸을 숨기매 이슬 젖은 꽃송이가 누님의 뺨을 스친다. 손으로 가벼이 화판(花瓣)을 만지며 고개를 숙여 꽃을 들여다 본다…….

나도 한참 누님과 월계화를 바라보다가 학교에 갈 시간이나 아니 되었나 하고 방에 걸린 시계를 보니 아니나 다를까 벌써 시간이 다 되어 간다. 급히 건넌방에 들어가 책보를 싸가지고 나오며,

"누님, 어서 학교에 가요. 벌써 시간이 다 되었어요."

"응, 벌써!"

하고 누님은 내 말에 놀라 돌아서더니 허둥허둥 건넌방에 들어가 책보를 싸더니 또 망연히 앉아 있다.

"어서 가요."

나는 조급히 부르짖었다. 누님은 또 한 번 놀라 몸을 일으켰다.

요사이 누님의 하는 일이 매우 이상하였다. 그 열심히 하던 공부도 책을 보다가 말고 망연히 자실하여 먼 산만 멀거니 바라보고 있을 적이 많았다.

──누님이 잠은 어머님을 뫼시고 큰방에서 자되 공부는 나를 다리고 건넌방에서 하였으므로 누님이 정신 잃고 앉은 것은 여러 번 보았다.

그날 밤 새로 한 시나 되어 잠을 깨니 갑자기 뒤가 보고 싶었다. 나는 급히 일어나 뒷간에 갔었다. 뒤를 보고 나오니 이미 이지러진 으스름 반달이 중천에 걸리어 있다. 나는 달을 치어다보며 한 걸음 두 걸음 마당 가운데로 나왔다. 뜰 앞 월계화는 희미한 달빛에 어슴푸레하게 비치는데 꽃 사이로 하야스름

한 무엇이 보인다. 자세히 보니 누님이 꽃에다 머리를 파묻고 서 있다. 그의 흰 옥양목 겹저구리가 내 눈에 뜨임이라. 왜 누님이 저기 저러고 서 있나? 온 세상이 따뜻한 봄의 탄식에 싸이어 고요히 잠든 이 밤중에 무슨 까닭으로 나와 섰나? 나는 어린 가슴을 두근거리며,

"누님, 거기서 무엇해요?"

내 소리에 깜짝 놀랐는지 몸을 움칫하더니 아모 대답이 없다. 가만가만히 가까이 가서 어깨를 가볍게 흔들었다. 숨을 급히 쉬는지 등이 들먹들먹한다. 나오는 울음을 물어 멈추는지 가늘고 떨리는 오열성(嗚咽聲)이 들린다. 나는 바싹 대들어 누님의 얼골을 보았다.

분결 같은 두 손 사이로 보이는 얼골은 발그레 하였다. 나는 웬일인가 하고 얼골 가린 두 손을 힘써 떼었다. 두 손은 젖어 있었다. 누님의 두 눈으로 눈물이 흘러나린다. 구슬 같은 눈물이 점점이 월계화에 떨어진다. 월계화는 그 눈물을 머금어 엷은 명주로 가린 듯한 달빛에 어렴풋이 우는 것 같다. 누님의 머리는 불덩이같이 더웠다.

"왜 안 자고 나왔니……?"

하며 내 손을 밀치는 그 손은 떠는 듯하였다. 나는 목멘 소리로,

"누님, 왜 우셔요? 네?"

하고 내 눈에도 눈물이 핑 돌았다.

이슬에 젖은 꽃향기는 사랑의 노래와 같이 살근살근 가슴을 여의고 따뜻한 미풍은 연애에 타는 피처럼 부드럽게 뺨을 스쳐 지나간다. 이런 밤에 부드러운 창자에 느낌이 없으랴! 꽃다운

마음에 수심이 없으랴!
　철모르는 나는,
　"누님, 어서 들어가셔요."
하고 누님의 손목을 이끌었다. 맥이 종작없이 뛰는 것을 감각하였다. 누님은 눈물을 씻으며,
　"먼저 들어가거라, 나도 곧 들어갈 것이니……."
하였다.
　"대관절 웬일이야요? 어데가 편찮으셔요?"
　"아니, 공연히 마음이 뒤숭숭하구나."
하더니 한 손으로 월계화 가지를 부여잡고 이마를 팔에다 대며 흑흑 느끼어 운다.
　어스름 달빛은 쓰린 이별에 우는 눈의 시선같이 몽롱하게 월계화 나무 위에 흘러 있다.

3

　이틀 후 공일날 누님과 나는 창경원 구경을 갔었다.
　창경원 사쿠라꽃이 한창이란 기사가 수일 전부터 신문에 게재되고 일기도 화창하므로 구경꾼이 구름같이 모여들어 넓으나 넓은 어원(御苑)이 희도록 덮여 있다. 과연 사쿠라는 필 대로 피어 동물원에서 식물원 가는 길 양편에는 만단홍금(萬段紅錦)을 펼친 듯하다.
　"국주(國柱)야, 우리는 동물원은 그만두고 저 잔디밭에 앉아 꽃구경이나 실컷 하자?"

누님은 찬성을 구하는 듯이 나를 들여다보며 웃는다. 나도 짐승 곁에 가니 야릇한 무슨 냄새가 나던 것을 생각하고,
"그럽시다."
라고 곧 찬성하였다.
　우리는 길옆 잔디밭 은근한 편 소나무 밑에 좌정하였다. 붉은 놀 같은 꽃다리 밑으로 지나가는 흰옷 입은 유객들이 꽃빛에 비치어 불그스름해 보이는 것이 말할 수 없는 춘흥을 자아낸다. 어린 나도 따뜻한 듯한 부드러운 듯한 봄의 기쁨을 깨달아 웃는 낯으로 누님을 돌아보니 누님은 나직이 한숨을 쉬며 고개를 숙이더니, 푸른 풀 사이에 핀 누른꽃을 하나 꺾어 뺨에다 대인다. 무슨 걱정이나 있는 듯이 눈살을 찌푸렸다. 나는 그날 밤에 누님이 월계화 사이에서 울던 광경을 가슴에 그리면서 유심히 누님의 행동을 살피었다.
　누님이 얼굴에 수색을 띤 것이 퍽 애처로워서 무슨 이야기를 하여 누님의 흥미를 끌까 하고 곰곰 생각하며 이리저리 살피었다.
　우연히 식물원 편을 바라보다가 그곳을 가리키고 누님을 흔들며,
"저기를 좀 보셔요."
하였다. 웬일인지 누님은 깜짝 놀란다. 곤한 잠을 깬 사람에게 흔히 있는 표정으로 내가 가리키는 곳을 바라본다. 거기서 우리 학교 교복을 입은 학생 하나가 이리로 나려온다. 그는 우리 학교 사 년급 급장이었다. 누님이 한참 멀거니 바라보다가 두 추파가 마주친 것 같다. 누님은 고개를 숙이었다. 나는 누님의 귀

밑이 발그레진 것을 보았다. 누님이 내 무릎을 꼭 잡으며,

"거기 무엇이 있다고 날다려 보라니?"

간신히 귀에 들리리만큼 말하였다.

"아야! 아이고 아파요. 왜 저이를 모르셔요? 그이가요, 이번에 첫째로 사 년급에 진급한 이야요. 공부를 썩 잘하고 또 재조가 비범하대요. 게다가 얼골이 저렇게 잘 났겠지요."

나는 바로 내나 그런 듯이 기뻐하면서 입에 침이 없이 칭찬하였다. 누님은 부끄럽게 웃으며,

"왜 내가 그를 모른다디? 사 년이나 한 학교에 다녔는데…… 그래 그 사람 보라고 사람을 흔들고 야단을 했니?"

"그러면요…… 그런데요, 어저께 내가 누님보다 좀 일찍이 나왔지요? 집에 오니까 어머님 친구 몇 분이 오셨는데 누님 칭찬이 야단입디다. '어쩌면 인물도 그다지 잘나고 재조도 그렇게 좋을꼬. 참 복 많이 받았습니다'라고요. 나는 그 말을 듣고 춤이라도 출 듯이 기뻐하였어요, 저 사람도 장하지만 누님은 더 장해요."

나는 그 사람을 너무 칭찬하여 행여나 누님이 그에게 질까 보아서 또 한참 누님을 추어올렸다. 누님은 또 얼골을 붉히며,

"너는 별소리를 다 하는구나, 누가 네게 칭찬 듣고 싶다디?"

우리가 이런 수작을 하는 틈에 그가 벌써 우리 앞을 지나가며 슬쩍 누님을 엿보았다. 두 시선은 또 한 번 마주쳤다. 누님의 얼골은 갑자기 다홍빛을 띠었다. 그가 중인총중(衆人叢中)에 섞이어 점점 멀어 가는 양을 누님이 물끄러미 바라본다. 그는 나가 버렸다. 누님의 눈이 이리로 도는 바람에 그 사람의 뒤꼴을 보

는 누님을 도적해 보던 내 눈이 잡히었다.

"너는 남의 얼골을 왜 빤히 들여다보니?"

하고 누님의 얼골은 또다시 붉어졌다.

"보기는 누가 보아요?"

하고 나는 빙그레 웃었다.

4

그 이튿날 아츰에 누님은 좀처럼 바르지 않던 분을 약간 바르며 더럽지도 않은 옷을 벗고 새 옷을 갈아입었다.

"네가 오늘은 웬일이냐?"

하고 어머님이 의아하신다. 누님이 머뭇머뭇하더니 어린애 모양으로 어머님 가슴에 안기며,

"제가 오늘은 퍽 잘나 보이지요?"

하고 웃는다. 그 웃음과 함께 누님의 얼골에 홍조가 퍼진다. 과연 오늘은 누님이 더 어여뻐 보였다. 두 손으로 기운 없이 뒤로 큰 방문을 짚고 비스듬히 문에다 몸을 반만 실려 웃는 양이 말할 수 없이 어여뻤다. 어리인 우유에 분홍 물을 들인 듯한 두 뺨은 부풀어 오른 듯하고, 장미꽃빛 같은 입술이 방실 벌어지며 보일 듯 말 듯이 흰 이빨이 번쩍거린다. 춘산(春山)을 그린 듯한 눈썹은 살짝 위로 치어 오른 듯하며 그 밑에서 추수(秋水)같이 맑은 눈이 웃음의 가는 물결을 친다.

어머님이 누님을 보고 웃으시며,

"언제는 못났디?"

"그런데 오늘은요?"

누님이 되질러 묻는다.

"오냐, 오늘은 더 이뻐 보인다."

"어머님, 정말이야요?"

하고 누님은 또 빵긋 웃는다. 수색(羞色)에 싸인 희색(喜色)이 드러난다.

"오늘은 정말 더 이뻐 보인다. 너의 부친이 보셨던들 작히 기뻐하시겠니?"

하시며 어머님의 눈에는 눈물이 스르르 어리었다. 곱게 빛나던 누님의 얼골에도 구름이 끼인 것 같다. 그러나 얼마 아니 되어 그 구름이 스러지고 또다시 기쁨과 희망의 빛이 번쩍거린다.

우시는 어머님을 민망히 바라보던 누님이 지은 듯한 슬픈 어조로,

"어머님, 마음 상하지 마셔요."

하였다.

"얘, 시간이 다 되었겠다. 내 걱정일랑 말고 어서 학교에나 가거라."

하고 어머님은 눈물을 삼키셨다.

우리는 책보를 끼고 나섰다.

학교 문턱에 들어서니 종소리가 들린다. 우리는 달음박질하여 들어갔다. 전교 생도가 다 모였다. 모두 행렬과 번호를 마치자,

"기착(氣着), 경례, 출석원 도합 ○○명."

이라 하는 카랑카랑한 소리가 들리었다. 그는 사 년급 급장의

소리다. 이 소리가 끝나자 여자부 편에서도 이와 같은 호령과 보고를 하는 소리가 들리었다. 그는 옥을 바수는 듯한 날카로운 소리였다. 그는 우리 누님의 소리다. 오날은 웬 셈인지 이 두 소리가 나의 어린 가슴을 뛰게 하였다.

그다음 토요일 하학한 후에 교우회가 모인다고 사 년급 생도들이 학교 문을 걸고 파수를 보며 철없는 일이 년급들이 나가는 것을 막아섰다. 우리가 늘 모이는 강당에 들어가니 벌써 이편에는 남학생, 저편에는 여학생이 빽빽이 앉아 있었다. 나도 거기 앉았노라니 무엇이니 무엇이니 하고 한참 야단들이더니 얼마 아니 되어 사 년급생이 흰 종이조각을 돌리며,

"지육부(智育部) 간사 투표권이요, 한 장에 한 명씩 쓰시오."
하며 외친다. 내 곁에 앉은 녀석이 똑똑한 체로,
"유기명 투표야요, 무기명 투표야요?"
묻는다.
"물론 무기명 투표지요."
아까 외치던 사 년급생이 대답한다. 저편에서,
"무기명 투표란 무엇이오?"
하는 녀석이 있다.
"그것도 모르면서 회(會)할 적마다 집에만 가려고 하지! 무기명 투표란 것은 선거자의 이름을 쓰지 않는 것이오."
꾸짖는 듯이 그 사 년급생이 말하고 기색이 엄숙하다. 나는 무의식적으로 단박 사 년급 급장의 이름을 썼다. 필경 남자부에는 최다점으로 그가 선거되고 여자부에서는 최다점으로 우리 누님이 선거되었다.

그 후부터 누님이 간사회 한다, 지육부 간사회 한다 하고 저녁 먹고 나가면 밤 아홉 점 열 점이나 되어 돌아오는 일이 빈빈(頻頻)히 있었다. 그 회에 갈 적마다 안 보던 거울도 보고 늘어진 머리카락도 쓰다듬어 올리며 옷고름도 고쳐 매었다.

하룻밤은 누님이 지육부 간사회 한다고 저녁 먹고 나가더니 열 점 반이 되어도 돌아오지 않는다. 어머님은 별별 염려를 다 하시다가,

"너 누이가 여태껏 돌아오지를 않니? 회는 벌써 끝났을 것인데. 너 좀 가 보아라."

나는 두루막을 입고 집을 나와 사직골 막바지로부터 광화문통에 가는 길로 타박타박 걸어간다. 달도 없는 오월 그믐밤이었다. 전등도 별로 없고 행인도 희소한 어둠침침한 길을 걸어가려니 무시무시한 생각이 난다. 나는 무서운 생각을 쫓노라고 발을 쾅쾅 구르며 '하나, 둘' 하고 달음박질하였다. 한참 뛰어가니 숨이 헐떡거리고 진땀이 흐른다. 모자를 벗어 부채질하면서 천천히 걸어간다. 내 앞 멀지 않은 곳에 이리로 향하여 젊은 남녀가 짝을 지어 올라온다. 그는 남학생과 여학생이었다! 그와 누님이었다! 나는 가슴이 설렁하며 일종 호기심이 일어났다. 살짝 남의 집 담 모퉁이에 은신하였다. 둘은 내가 거기 숨어있는 줄은 모르고 영어로 무어라고 소곤소곤거리며 지나간다. 그 중에 이 말이 제일 똑똑히 들리었다(그때는 몰랐지만 지금 생각하니 아마 이 말인 것 같다).

"Love is blind(사랑은 맹목적이라지요)."

라니까 누님은 소리를 죽여 웃으며,

"But, our love has eyes(그런데 우리의 사랑은 보는 사랑이지요)!"

하였다. 그들이 지나가자 나도 가만가만 뒤를 따랐다. 어두운 속이라 누님의 흰 적삼이 퍽 눈에 뜨인다. 전등 컨 뉘 집 대문 앞을 지날 때에 나는 그의 바른손이 누님의 왼손을 꼭 쥔 것을 보았다. 나는 웬일인지 싱긋이 웃었다. 그들이 행여나 나를 돌아볼까 보아서 발자최를 죽이고 남의 담에 몸을 부비대며 꽤 멀리 떨어져 갔었다. 우리 집 가까이 와서 둘이 걸음을 멈추더니 서로 악수를 하고 또 악수를 하는 것 같았다. 연연(戀戀)히 서로 떠나기를 싫어하는 것 같다. 한참이나 그리하다가 그가 손을 놓고 또 무어라고 한참 수군거리더니 그가 돌아서 온다. 누님은 우리 집 문 앞에 서서 한참 그의 가는 양을 바라보고 서 있다. 그는 또 내 곁으로 지나간다. 그의 걸음걸이는 허둥허둥하였다. 그가 지나간 후 나는 달음박질하여 집에 돌아왔다. 대문턱에 들어서니 어머님과 누님의 문답하는 소리가 들린다.

"왜 그처럼 늦었니? 나는 별별 근심을 다 했다."

"오늘은 상의할 일이 좀 많아서……."

누님이 머뭇머뭇한다.

"그 애는 어데로 갔니? 같이 오지를 안 하니? 오는 길에 못 봤어?"

어머님이 묻는다.

"그 애가 어데로 갔을꼬? ……길에서 만났을 것인데."

누님이 걱정한다.

나는 안방 문을 열고 시침을 뚝 따고,

"누님 인제 왔어요?"

하고 빙그레 웃었다. 어머님은 놀라며,

"너 뺨에, 옷에 맨 흙투성이니 웬일이냐?"

하신다.

"담에 붙어 와……. 아니야요. 저 저…….."

하고 누님을 보고 빙글빙글 웃었다. 누님의 얼골은 또 발개졌다.

5

그 후 더운 날 달밤에 누님은 친구하고 어데를 간다, 어데를 간다 하고 자조자조 나갔었다. 누님은 늘 나를 따돌리고 혼자 나갔으므로 푸른 풀 잦아진 곳과 달빛 고요한 데에서 그와 누님이 만나 꿀 같은 사랑의 속살거림을 몇 번이나 하였는지 나는 모른다.

누님의 출입이 자조롭고 기색이 수상하였던지 어머님이,

"인제 네가 어데 나가거든 꼭 네 동생을 다리고 다녀라."

하신 뒤로는 누님이 집에 들면 공연히 짜증을 내며 하염없는 수색(愁色)이 적막한 화용(花容)을 휩쌌었다. 그리고 때때로 머리가 아프다 하며 이불을 쓰고 누웠었다.

하로는 우리가 점심을 마친 후 누님이 날다려,

"너 나하고 남산공원에 산보 가련?"

하였다. 그때는 유월 염천이라 더운 기운이 사람을 찌는 듯하였다. 나도 거기 가서 서늘한 공기도 마시고 무성한 초목으로

부터 뚝뚝 뜯는 취색(翠色)에 땀난 몸을 씻으리라 생각하고 곧,
"네."
하였다.
　우리는 광화문통에서 전차를 타고 진고개를 거쳐 남산공원을 올라갔었다. 저편 언덕 위에 그가 기다리기 지리(支離)하다 하는 듯이 앉았다가 일어섰다가 하는 것이 보였다. 누님이 갑자기 돌아서 나를 보며,
"너 이것 가지고 진고개 가서 과자 좀 사 와! 응?"
하며 돈 이십 전을 주었다. 나는 급히 진고개로 나왔다. 얼른 과자를 사 가지고 가 본즉 그와 누님은 그림자도 보이지 않는다.
"어데로 갔을까?"
　나는 누님이 무슨 위험한 곳에나 간 것같이 가슴이 팔딱거리었다. 이리저리 아모리 살펴도 그들은 없다. 나는 이편으로 기웃기웃, 저편으로 기웃기웃하였다. 한참이나 취색이 어린 남산 정상을 치어다보다가 또다시 걸어 갔었다. 한동안 걸어가도 보이지 않는다.
'아이고, 어데로 또 그만 가 버렸어? 이리로는 아마 아니 갔나 보다.'
하고 돌아서 오던 길로 도로 온다.
　갔던 길로 도로 오려니 퍽 먼 것 같다.
"에이그, 그동안에 내가 퍽도 걸었네."
　속으로 중얼중얼하였다. 골딱지가 나니까 더 더운 것 같다. 대기는 햇불에 와글와글 끓는 것 같다. 나는 이 대기에 잠기어 몸이 삶아지는지? 땀이 줄줄 흘러나리고 숨은 헐떡헐떡 차오

른다. 모자를 벗으니 머리에서 김이 무럭무럭 난다. 나는 부글부글 고여 오르는 심술을 억지로 참으며 아까 그가 있던 곳까지 돌아왔다.

"어데로 갔을까? 저리로 가 보자."

혼잣말로 투덜거리고 아까 갔던 반대 방면으로 걸어갔었다. 한동안 걸어가도 그들은 또 보이지 않는다. 참고 참았던 짜증이 일시에 폭발이 되었다. 잔디밭에 털썩 주저앉아 엉엉 울었다. 풀들을 쥐어뜯으며 한참 울다가 하도 내가 어린애 같은 것이 부끄럽고 우스웠다. 그렁그렁한 눈물을 씻고 희희 한번 웃은 뒤 이리저리 또 살펴보기 시작하였다.

저편, 좀처럼 사람 눈에 뜨이지 않을 소나무 그늘 밑에 그들이 나란히 앉아 있는 것을 보았다. 나는 잃었던 보배를 발견한 듯이 기뻐하였다.

"누님! 거기 계셔요?"

고함을 지르고 뛰어가려다가 에라 무슨 이야기를 하는지 좀 엿들으리라 하고 어느 밤에 그들의 뒤를 따라가던 모양으로 가만가만 걸어 가까이 갔었다. 한낮이므로 유객(遊客) 하나 없고 바람 한 점 불지 않는다. 더운 공기는 기름 언 것 같이 조금도 파동이 없다. 남이 들을까 보아서 가만가만히 하는 이야기도 낱낱이 내 귀에 들리었다.

"물론 그렇게 해야지요. 그런데 요사이는 어째 볼 수가 없어요?"

그가 말하였다.

"어머님께서 어데 나가게 하셔야지요, 나가거든 꼭 네 동생을 다리고 다녀라 하시겠지요. 그래서 오늘도 같이 왔지요."

그리고 누님이 웃으며 말을 이어,

"딴 이야기 하노라고 잊었구려, 기다리신다고 오죽 지리하셨겠어요?"

"한 시간이나 넘어 기다렸어요. 오늘도 아마 못 오시는가 보다 하고 그만 가 버릴까까지 하였어요."

"네? 가 버릴까 하였어요? 제가 언제 약속 어긴 일이 있어요? 저는 어찌 급했던지 점심을 먹는데 밥이 입으로 들어가는지 코로 들어가는지 몰랐어요."

둘이 웃는다. 나도 웃었다. 나는 어린애가 꽃에 앉은 나비를 잡으려 간 때에 가는 걸음걸이로 한 걸음 두 걸음 가까이 갔었다. 사랑하는 이들은 달디단 이야기에 얼이 빠져 사람 오는 줄도 모른다. 그들 앉은 소나무 뒤에 살짝 붙었었다. 두 어깨는 닿아 있고 누님의 풀린 머리카락이 그의 뺨을 스친다. 그와 누님의 눈과 입에는 정이 찬 웃음이 넘친다. 그러다가 두 손길을 마주잡고 실심한 사람 모양으로 멀거니 서로 들여다본다. 누님의 몸으로부터 발산하는 따뜻하고 향기로운 기운에 나도 싸인 것 같았다. 나는 와락 달려들며,

"누님, 여기 계셔요? 나는 어데 가셨다고……. 아이 사람 애도 퍽도 먹이시지!"

둘은 깜짝 놀래었다. 누님의 모시적삼이 달싹달싹하는 것을 보고 누님의 가슴이 팔딱거리는구나 하였다.

그는 시치미를 뚝 따려 하였으나 '부끄럼'이란 원소가 얼굴에 퍼뜨리는 붉은 빛을 감출 길이 없었다.

"에그, 나는 누구라구, 퍽도 놀랐다."

누님은 두근거리는 가슴을 한 손으로 어루만지며 말하였다. 누님이 그를 향하며,

"이 애가 제 동생이야요, 아직 철이 안 나서……. 많이 사랑해 주셔요."

한 뒤 나를 보고 그를 눈으로 가리키며,

"너 이보고 이홀랑은 형님이라 하여라."

"어째서 형님이라 해요?"

내가 애를 먹였다. 누님의 얼골은 새빨개지며 나를 흘겨본다.

"왜 누님 성나셨소? 그러면 형님이라 하지요."

하고 어리광을 부리며,

"형님, 누님! 과자 잡수셔요."

하고 쥐었던 과자를 앞에 내놓았다. 누님이 나를 보고 방그레 웃으며,

"우리는 먹기 싫으니 너 혼자 저쪽에 가서 먹고 있거라. 우리 갈 때 부를 것이니……."

나도 길게 방해 놀기가 싫었다. 과자를 쥐고 나와 풀밭에 앉아 먹으면서 혼잣말로,

"내 뱃속에 영감쟁이가 열둘이나 들어앉았는데 어린애로만 여기지……."

하고 웃었다.

그 긴긴 해가 벌써 서산에 걸리었다. 낙조에 비치는 녹수와 방초는 불이 붙은 것같이 붉어 보인다.

나도 이 동안에 퍽도 심심하였다. 풀을 자리 삼아 눕기도 하

고 기지개도 켜고 몸을 비비틀기도 하며 곡조도 모르는 창가를 함부로 부르기도 하였다. 이제나 올까 저제나 부를까 고대고대 하여도 그 둘의 그림자는 얼른도 아니한다. 무슨 이야기가 그렇게 많은고. 이미 사랑하는 사람끼리의 이야기는 끝이 없는가 보다. 벌써 이야기한 것이 수만 마디가 넘건마는 말 몇 마디 못하여 해는 어이 수이 가나 하는 것이다.

 남산 밑 풀과 나무에 빛나던 붉은 빛은 점점 걷히고 모색(暮色)이 가물가물 쳐들어온다. 햇빛은 쫓기어 남산 정상을 향하여 자꾸 기어 올라가더니 남산 맨 꼭대기에 옴츠리고 앉았을 뿐이다.

 검푸른 저문 빛이 남산 밑을 에워싸자 정상에 비치는 햇빛조차 스러지고 저편 하늘에 붉은 놀이 흰 구름을 붉고 누렇게 물들인다.

 나는 참다 못하여 몸을 일으켜 그곳으로 갔다. 어두운 빛에 놀랐는지 그들도 일어섰다. 나는 걸음을 멈추고 나무로 깎아 세워 놓은 사람 모양으로 주춤 섰다. 누님의 걱정스러운 떨리는 소리가 나의 이막(耳膜)을 울림이라.

 "K 씨! 우리가 목전에 즐거움만 다행히 여겨 그냥 이리 지내다가는 우리의 꿈 같은 행복이 끝에는 소태 같은 고통으로 변할 것 같아요. 우리 각각 꼭 아까 말한 것과 같아야 됩니다."

 "아모럼요! 꼭 그리해야 될 터인데……. 아까도 말했지만 우리 집은 워낙 완고라……."

 그의 말은 떨리었다.

 나는 가슴이 선뜻하였다. 무슨 말을 하였나? 무슨 일을 하려는가? 엿듣지 못한 것이 한이 되었다. 둘은 이리로 걸어온다. 누님의 눈은 약간 발그레하였다. 그 고운 뺨에 눈물 흔적이 보였다. 나는 또 웬일인가 하고 가슴이 선뜻하였다.

6

그날 밤에 나의 어린 소견에도 별별 생각을 다 하고 씩씩이 잠도 잘 자지 못하였다. 내가 어렴풋이 잠을 깰 적마다 큰방에서 어머님과 누님이 무어라고 이야기하는 소리가 간단없이 들리었다.

새로 한 점이나 되어 내가 또 잠을 깨니 큰방에서 훌쩍훌쩍 우는 소리가 들린다. 울음 섞인 어머님의 말소리가 난다.

"그래, 네가 요사이 늘 탈기를 하고 행동이 수상하더라……. 나는 허락한다하더래도 만일 그 집에서 안 된다면 네 신세가 어떻게 되니? …… 네가 다만 하나 있는 어미 몰래 그 사람과 약혼한 것이 괘씸하다. 아비 없이 너를 금옥같이 길러내어 이런 일이 날 줄이야! 남편 없다고 너까지 나를 업수이 여기는 게지…….''

누님은 흑흑 느끼며,

"어머님, 잘못하였습니다, 무어라고 말씀을 여쭈어야 좋을지…… 친키도 전에 말씀 여쭈기도 부끄러운 일이고…… 친한 뒤에는 몇 번이나 말씀 여쭈려하였지만 입이 잘 떨어지지를 않았어요. ……들어 주셔요. 암만 어머님이라도 그때는 부끄러웠어요. 이젠 서로 약혼까지 해 놓으니 몸과 마음이 달아 부끄럼도 돌아볼 수 없게 되었어요. 그래서 뻔뻔스럽게 여쭌 것이야요. 어머님 말씀같이 그가 저를 잊을 리는 없어요, 버릴 리는 없어요. 그다지 다정한 그가 그럴 리가 있다고요? 어제 공원에서 단단히 맹서하였습니다. 각각 부모님께 여쭈어 들으시면 이 위에 더 좋은 일이 없거니와 만일 그렇지 않거든 멀리멀리 달아나겠다구요. 배가 고프고 옷이 차더라도 부모도 못 보고 형제도 못 보더라도 둘이 같이만 있으면 행복이라구요. 온갖 곤란과 갖은 고통을 달게 겪겠다구요. 정말 그래요. 저도 그 없으면 미칠 것 같아요. 어머님이 허락을 아니 하신다 할 것 같으면 저는 이 세상에 살아있을 것 같잖아요."

밀어오는 물을 막았던 방축을 무너버릴 때에 물밀듯이 누님이 말하였다. 흔히 순결한 처녀가 사랑의 불을 가슴속에 깊이깊이 숨겨두고 행여나 남이 알까 보아서 전전긍긍하며 호올로 간장을 태우다가도 한번 자기 친한 이에게 발설하기 시작하면 맹렬히 소회를 베푸는 것이라.

나는 가슴을 울렁거리며 안방에 건너왔다.

누님은 어머님 무릎에 머리를 파묻고 울며 어머님은 누님의 등에다 이마를 대고 운다. 나도 한참 초연히 섰다가 어머님 곁에 앉았다. 어머님을 흔들며 목멘 소리로,

"어머님, 우지 마셔요."

이 말을 마치자 가슴이 찌르르해지며 흐르는 눈물을 금할 길이 없었다. 어머님은 눈물을 삼키고 누님을 흔들며,

"이 애 이 애, 그만 그쳐라."

누님은 더 섧게 운다.

"이 애, 남부끄럽다. 그만두어라. 오냐, 네 원대로 하마. 그도 한번 다리고 오너라."

어머님은 그만 동곳을 빼었다.

'여자가 수약(女子雖弱)이나 위모즉강(爲母則强)'이란 말은 어찌 생각하고 한 소리인고?

이틀 후 누님이 그를 다리고 왔다. 그의 곱상스러운 얼골과 얌전한 거동이 당장 어머님의 사랑을 이끌었다. 참 내 딸의 짝이라 하였다. 애녀(愛女)의 평생이 유탁(有託)하다 하였다. 단꿈이 꾸이리라 하였다. 기쁜 날이 오리라 하였다. 더구나 맑은 눈과 까만 눈썹이 내 딸과 흡사하다 하였다. 누님과 그가 영어로 말하는 양을 보고 뜻도 모르면서 웃으셨다. 자미스러운 딸의 장래 가정을 꿈꾸고 사랑스러운 외손자를 꿈꾸었다.

그 후부터는 남의 이목을 피해 가며 몇 번이나 서로 맞추어서 길게 기다려 가지고 짜르게 만나던 애인들은 자조로이 우리 집에서 만나 웃고 즐기게 되었다

7

어떤 날 저녁에 그가 우리 집에 왔다. 그때 마츰 어머님은 어데 가시고 나와 누님과 단둘이 있었다.

나는 와락 내달으며,

"형님 오셔요?"

라고 반갑게 인사하였다. 누님도 반가이 맞으며,

"요사이는 왜 오시지 안 하셔요?"

"아니, 내가 언제 왔는데."
하고 그는 지어서 웃는다.
 누님은 눈을 스르르 감으며 무엇을 생각하는 듯하더니,
"오날이 칠월 초열흘이고, 초칠 일이 공일이라…… 공일날 오시고 오날 처음이지요?"
"그래요, 한 사흘밖에 더 되었어요?"
"사흘! 저는 한 삼 년이나 된 듯하였어요, 사흘 만에 한 번씩 만나? 멀어요! 퍽 멀구 말구요! 사흘이 그다지 가까운 것 같습니까?"
하고 누님은 무엇을 찾는 듯이 그를 바라본다.
"사흘 만에 한 번씩 와도 장하지요."
하고 그는 또 웃는다.
"장해요! 사흘 동안에 제가 몇 번이나 문밖을 내다보는지 아셔요? 저는 온갖 걱정을 다 했지요. 몸이나 편찮으신가, 꾸중이나 뫼셨는가?"
하고 목소리는 전성(顫聲)을 띠어가며 눈에는 눈물이 괴이어진다.
"저는 우리 일에 대하여 무슨 큰 걱정이나 생겼나 하고 얼마나 애간장을 태웠는지요!"
하고는 눈물이 그렁그렁 넘쳐흐른다.
"아니야요! 여하간 죄 없이 잘못하였습니다."
하고 그는 눈살을 찌푸리다가 선웃음을 치며,
"어린애 모양으로 걸핏하면 울기는 왜 울어요? 저 동생 부끄럽지 않아요? (갑자기 어조를 야릇하게 변하며) 그런데 내가 어지도 올라카고 아레도 올라켔지마는 올라 칼 때마다 동무가 찾아와서 올 수가 있어야지."

울던 누님이 웃음을 띠었다. 나도 웃었다.

그는 대구 사람이다. 그의 부모는 아직도 대구에서 산다. 서울 있는 오촌 당숙 집에 그는 유숙하고 있었다. 그는 서울 온 지가 벌써 오륙 년이 지내었으므로 사투리는 거의 안 쓰게 되었으나 때때로 우리를 웃기려고 야릇한 말을 하였다.

"올라카고, 갈라카고."

흉내를 내며 나는 방바닥에 풀풀 굴러가며 웃었다. 그는 시치미를 뚝 따고,

"남 이야기하는데 웃기는 와 웃소? 갸 참 얄궂다."

하였다. 누님은 어떻게 웃었는지 얼골이 붉어지고 배를 훔켜쥐고 숨찬 소리로,

"그만 두셔요, 그만 웃기셔요."

한참 동안 우리는 이렇게 웃고 즐기다가 나를 누님이 또 무슨 심부름을 시켰다! 무슨 심부름이던가 생각이 아니 난다. 그가 오기만 하면 누님이 무엇 좀 사오너라, 어데 좀 갔다 오너라 하고 늘 나를 따돌렸다.

"에그, 누님도 왜 나를 늘 따돌려."

투덜투덜 하면서 집을 나왔다. 반달은 비스듬히 푸른 하늘에 걸리어 있다. 만경창파에 외로이 떠나가는 일엽편주와 같았다.

나 없는 동안에 그들이 무슨 이야기를 하는지를 듣고 싶어서 급히 오노라고 오는 것이 한 시간이나 넘어 걸리었다. 나는 벌써 엿듣기에 익숙하여 사뿐 중문에 들어서며 가만히 살펴보니

애인들은 달 비치는 월계화 나무 밑에 평상을 내어놓고 나란히 앉아서 무어라고 소근거린다. 나는 숨소리도 크게 아니 쉬고 귀를 기울였다.

"그러면 어째요? 어머님께서는 좀처럼 올라오시지 않을 것이고……. 왜 그러면 상서(上書)로 이 사정을 못 아뢸 것이야 있어요?"

누님의 애타는 소리가 들린다.

"글쎄요 몇 번이나 상서를 썼지만…… 부치지를 못하겠어요."

"만일 차일피일하다가 딴 데 혼인을 정해 놓으시면 어째요?"

"정해 놓아도 안 가면 그만이지요."

"그러면 어렵지 안 해요?"

"그런데 오촌 당숙 내외분은 아마 이 눈치를 아시는 것 같아요…… 네? 아마 그런 것 같아요, 그래서 집에 무슨 통기가 있었는지 할아버지께서 일간 올라오신대요."

"올라오시면 죄다 여쭙겠단 말씀이구려."

"글쎄요. 그런데…… 우리 할아버지는 참 호랑이 같은 어룬이라…… 완고완고 참 완고신대…… 나도 어찌 할 줄을 모르겠어요. 그래서 밤에 잠이 잘 오지 않아요."

하고 머리를 긁적긁적하고 눈살을 찡기더니 또 말을 이어,

"오늘 또 아버지께서 하서(下書)하셨는데 이번 울산 김 승지 집에서 너를 선보러 간다니 행동을 단정히 하여라 하는 뜻입디다. 참 기막힐 일이야."

하고 한숨을 내쉰다.

"부모님께 하로바삐 이 사정을 여쭙지 않으면 큰일 나겠습니

다그려."

누님의 안타까운 소리가 들린다.

"여하한 꾸중을 보시더라도 장가를 못 가겠다 할 터이야요! 조금도 걱정마셔요."

그는 결심한 듯이 고개를 들며 단연히 말하였다.

밝은 달은 애태우는 양인의 가슴을 나는 몰라 하는 듯이 저리로 저리로 미끄러져 가며 더운 공기에 맑은 빛을 흩날린다. 월계화는 더욱 붉고 더욱 곱다. 진세(塵世)의 우수 고뇌를 나는 잊었노라 하는 것 같았다.

8

그 이튿날 일어난 누님의 얼골은 해쓱하였다. 머리카락이 흩어질 대로 흩어진 것을 보아도 작야(昨夜)에 잠을 못 이루어 몇 번이나 벼개를 고쳐 빈 것을 가히 알러라. 누님이 사랑의 맛이 쓰고 떫은 것을 처음으로 맛보았도다! 행복의 해당화를 꺾으려면 가시가 손 찌르는 줄 비로소 알았도다.

하로 가고 이틀 가고 어느덧 일주일이 지내었건만 누님이 오날이나 와서 호음(好音)을 전해 줄까 내일이나 와서 희식(喜息)을 알려 줄까 고대고대하는 그는 코끝도 보이지 않는다(내가 학교에를 가도 그를 볼 수 없었고 누님도 이때부터 심사가 산란하여 학교에 못 갔었다).

이 동안에 누님은 어찌 애를 태웠던지 양협(兩頰)에 고운 빛이 사라져 가고 눈언저리는 푸른 기를 띠고 들어갔다. 입술은

까뭇까뭇 타들어 가고 두 팔은 맥없이 늘어졌다.

　일주일 되던 날 누님은 생각다 못하여 편지 한 장을 주며,

　"너 이 편지 가지고 그 댁에서 그가 있거든 전하고 못 보거든 도루 가지고 오너라."

하였다.

　전일에 그를 따라 한번 그 집에 갔던 일이 있으므로 그 집을 자세히 알아두었다. 그 집 대문에 들어서니 행랑 사람도 없고 그가 있던 사랑문도 닫히어 있다.

　안에서 기운찬 노인의 성난 말소리가 나의 귀를 울린다.

　"이놈, 아즉 학생이니 장가를 못 가겠다. 핑계야 좋지, 이놈 괘씸한 놈, 들으니 네가 어떤 여학생을 얻어 가지고 미쳐 날뛴다는구나! 아니야요란 다 무엇이야, 부모가 들이는 장가는 학생이라 못 가겠고, 학생 신분으로 계집은 해도 관계찮으냐, 이놈 고약한 놈! 네 원대로 그 학교나 마치고 장가들일 것이로되 벌써 어린놈이 못 견뎌서 여학생을 얻느니, 무엇을 얻느니 하니 그냥 두다간 네 신세를 망치고 가문을 더럽힐 터이야! 그래서 하로바삐 정혼하고 혼수까지 보내었는데 지금 와서 가느니 마느니 하면 어찌하잔 말이냐. 암만 어린놈의 소견이기로……. 그 집은 울산 일판에 유명한 집안이라 재산도 있고 양반도 좋고…… 다 된 혼인을 이편에서 퇴혼하면 그 신부는 생과부로 늙으란 말이냐! 일부함원(一婦含怨)에 오월비상(五月飛霜)이란 말도 못 들었어! 죽어도 못 가겠다. 허허, 이놈 박살할 놈! 조부모도 끊고 부모도 끊고 일가친척도 끊으려거든 네 마음대로 좀 해 보아라."

나는 이 말을 들으며 소름이 쭉 끼치었다. 한편으로는 분하기 짝이 없었다. 깨끗한 누님이 이다지 모욕을 당한 것이 절절이 분하였다. 곧 들어가 분풀이나 할 듯이 작은 눈을 홉뜨고 고사리 같은 손을 불끈 쥐었다.
"허허 이놈, 괘씸한 놈! 에이 화나, 거기 내 두루막 내."
하는 그 노인의 우렁찬 소리가 또 들린다. 나는 간담이 서늘하였다. 그 노인이 신을 찍찍 끄을고 이리로 나오는 것 같다. 나는 무서운 증이 나서 급히 달음박질하여 그 집을 나왔다.

9

그 날밤 어머님 잠드신 후 누님이 살짝 내게로 건너와서,
"이 애, 너 본 대로 좀 이야기하여 다고, 응?"
이 말을 하는 누님의 얼골은 고뇌와 수괴(羞愧)의 빛이 보인다. 어린 동생에게 애인의 말을 물어도 부끄러워하였다! 나는 입을 다물고 묵묵히 앉았었다. 차마 그 이야기를 할 수가 없었다.
"왜, 또 심술이 났니? 어서 이야기를 좀 하려무나. 편지를 도루 가지고 온 것을 보니 형님을 못 만났니? 만나도 못 전했니? 혹은 무슨 일이 났더냐? 남의 속 그만 태우고 어서 좀 이야기하여 다고. 가련한 네 누이의 청이 아니냐."
이 말소리는 애완 처량하였다. 나의 어린 가슴이 찌르는 듯하며 눈물이 넘쳐 나온다. 이다지 정다이 구는 누님의 가슴에 그리던 꿀 같은 장래가 물거품에 돌아가고 만 것이 슬펐음이라.

그리고 순결한 우리 누님이 그 노인에게 '어떻다'든가, '계집을 했다'든가 하는 더러운 소리를 들은 것이 이가 떨리었다.

나는 비분한 어조로 그 집에서 들은 것을 이야기하였다. 정신없이 듣고 있던 누님은 내 말이 끝나자 기운 없이 쓰러지며 이 이야기를 들을 적부터 괴였던 눈물이 불덩이 같은 뺨을 쉬일 새 없이 줄줄 흘러나린다.

"누님! 누님!"

하고 나도 누님의 가슴에 안기며 울었다.

이럴 즈음에 누가 대문을 가벼이 흔들며 떨리는 소리로,

"S 씨! S 씨! 주무셔요?"

한다. 누님은 이 소리를 듣고 얼른 일어났다. 애인의 음성은 이럴 때라도 잘 들리는 것이다. 나올 듯, 나올 듯한 울음을 입술로 꼭 다물어 막으며 급히 나갔다.

대문 소리가 나더니,

"K 씨! 오셔요?"

하며 우는 소리가 들린다. 나도 나갔다. 둘은 서로 붙들고 눈물비가 요란히 떨어진다. 누님이 울음 반 말 반으로,

"저는 또다시…… 못…… 뵈올 줄…… 알았지요."

하였다. 그도 흑흑 느끼며,

"다 내 잘못이야요."

하였다.

"저 까닭에 오늘 매우 꾸중을 뫼셨지요?"

"어떻게 알았어요?"

누님이 내가 편지를 가지고 그 집에 갔다가 내가 들은 이야기

를 하였다. 그리고 우는 소리로,

"좀 들어가셔요."

하였다.

"아니야요, 명일은 할아버지께서 꼭 다리고 가실 모양이어요. 지금 곧 멀리멀리 달아나려고 합니다. 그래서 이런 말이나 몇 마디 할 양으로 왔어요."

누님은 자기의 귀를 의심하는 듯이,

"네? 멀리멀리 가셔요? 부모도 버리시고 형제도 버리시고 멀리 가셔요? 제 신세는 벌써 불쌍하게 되었습니다. 불쌍한 저 때문에 전정(前程)이 구만리 같은 당신을 또 불행하게 만들 것이야 무엇 있습니까? 절랑 영영히 잊으시고 부모님 말씀으로 장가 드셔요. 장가 드시는 이 하고나 백 년이 다 진토록 정다운 짝이 되어 주셔요. 아들 낳고 딸 낳고…… 저의 모든 것을 바쳐도 당신이 행복되신다면 그만이 아니야요? 곧 당신의 기쁨이 제 기쁨이 아니야요? 당신의 행복이 제 행복이 아니야요? 한숨 쉬고 눈물 흘리면서도 당신의 행복의 그늘에서 웃어 볼까 합니다."

열정 찬 눈으로부터 하염없이 흘러나리는 눈물에 적막한 화용이 아롱진다.

"아아, S 씨를 내 손으로 불행하게 만들고 나 혼자 행복을…… 사랑을 떠나 행복이 있을까요? 나에게 행복을 줄 S 씨가 눈물바다에 허우적거릴 때 나 혼자 행복의 정상에서 나려다보며 웃을 수가 있을까요? 없어요! S 씨 없고는 나 혼자 행복을 누릴 수가 없어요!"

"제 불행은 제 손으로 맨든 것입니다. 그러나 우리가 오늘날

이렇게 된 것이 당신의 잘못도 아니고 저의 잘못도 아니야요. 그 묵고 썩은 관습이 우리를 이렇게 맨든 것입니다! 그러하지만 저 때문에 당신의 마음을 수란(愁亂)하게 맨든 것 같아서 어떻게 가엾고 애닯은지 몰라요! 그런데 이 위에 더 당신을 영영이 불행하게 하겠어요. 당신이 행복되신다면 저는 오늘 죽어도 아깝잖아요."

"안될 말씀입니다. 그런 말씀을 들을수록…… 기가 막혀요! 해야 늘 그 말이니까 길게 말할 것 없이 나는 가겠어요. S 씨! 부디 안녕히!"

그는 흐르는 눈물을 씻으며 결심한 듯이 돌아서 가려 한다.

"K 씨!"

안타까운 떠는 소리로 부르더니 북받쳐 나오는 울음이 말을 막는다. 그는 또 한 번 돌아다보고,

"S 씨! 부디 안녕히……."

말을 마치자 그는 떨어지지 않는 발길을 돌려 마음은 이리로 몸은 저리로 멀어 간다…….

나는 심장을 누가 칼로 싹싹 에이는 것 같았다.

10

그 후 그는 어데로 갔는지 영영이 소식을 들을 수가 없고 누님은 시름시름 병들기 시작하여 날이 가고 달이 갈수록 병은 점점 깊어 온다.

이슬 젖은 연화같이 불그스름하던 얼골이 청색 창경(窓鏡)에

비치는 이화(梨花)처럼 해쓱하였다. 익어 가는 임금(林檎)같이 혈색 좋던 살이 서리 맞은 황엽(黃葉)처럼 배배 말라 간다. 거슴츠레한 눈은 흰 눈물에 붉어졌다.

그러다가 차마 볼 수 없이 바싹 말라 버렸다. 마치 백골을 엷은 백지로 덮어두고 물을 흠씬 품어 놓은 것같이 되고 말았다. 마츰내 한강 얼음 얼고 남산에 눈 쌓일 제 누님은 그에게 한숨을 주고 눈물을 주던 이 세상을 떠나버렸다.

아아, 사랑, 아 사랑의 불아! 네가 부드럽고 따뜻한 듯하므로 철없는 청춘들은 그의 연하고 부드러운 심장에 너를 보배만 여겨 강징 난다. 잔인한 너는 그만 그 심장에다 불을 붙인다. 돌기둥 같은 불길이 종작없이 오른다. 옥기(玉肌)도 타 버리고, 홍안도 타 버리고, 금심(錦心)도 타 버리고, 수장(繡腸)도 타 버린다! 방안에 켰던 촛불 홀연히 꺼지거늘 웬일인가 살펴보니 초가 벌써 다 탔더라! 양협(兩頰)이 젖던 눈물 갑자기 마르거늘 무슨 연유 묻쟀더니 숨이 벌써 끈쳤더라!

(10월 작)

출전:개벽(1920. 11)

정조와 약가

　최 주부는 조그마한 D촌이 모시고 있기에도 오감 할 만큼 유명한 의원이다. 읍내 김 참판 댁 손부가 산후증으로 가슴이 치밀어서 금일금일 운명할 것을 단 약 세 첩에 돌린 것도 신통한 일이어니와, 더구나 조 보국 댁 젊은 영감님이 속병으로 해포를 고생하여 경향의 명의는 다 불러 보았으되 그래도 효험이 안 나니까 그 숱한 돈을 들여가며 서울에 올라가 병원인가 한 데에서 여러 달포를 몸져누워 치료를 받았으되 필경에는 앙상하게 뼈만 남아 돌아오게 된 것을 이 최 주부의 약 두 제 먹고 근치가 된 것도 신기한 이야깃거리다. 이 촌에서 저 촌으로 그야말로 궁둥이 붙일 겨를도 없이 불려 다니고 심지어 서울 출입까지 항다반 있었다. 애병, 어른병, 속병, 헐미 할 것 없이 그의 손이 닿는 데는 마치 귀신이 붙어 다니는 것처럼 신통한 효력을 내었다. 맥도 잘 짚고 침도 잘 놓고 헐미도 잘 째고 백발백중하는 그 탕약이야 말할 것도 없지마는 무슨 약으로 어떻게 맨들었는지 그의 고약이야말로 세상에 둘도 없는 명약이었다. 나무하다가 낫에 베인 손가락, 모숨기하다가 거마리한테 물리고 그대로 발이 짓물러서 썩어들어가는 데도 그의 고약 한 장이면 씻은 듯이 나았다. 곽란을 만나 금방 수족이 차고 맥이 얼어붙는 것도 그의 침 한 대면은 당장에 돌린다.

그중에도 아낙네 사이에 더더욱 평판이 좋았다. 그의 빼어난 재조는 부인병…… 더욱이 젊은 부인병에 더욱 빛난다. 김 참판 댁 손부에게 발휘한 것과 같이 산후증에 더욱 묘를 얻었지만 대하증 오줌소태도 영락없이 곤쳐 주고 더욱 놀랜 것은 애를 배태도 못하는 여자라도 그의 약을 한두 제만 먹으면 흔히 옥동 같은 아들을 쑥쑥 낳아 내뜨리는 일이다.

그는 금년에 간당 쉰 살이다. 쉰 살이면 우연만 한 늙은이라 하겠으되 머리에 흰 털 하나 없이 검은 윤이 지르르 흐르는 듯하다. 삶아 놓은 게딱지 같은 시뻘건 얼굴빛과 방울빛과 같이 둥글고 큼직한 코는 언제든지 기운 좋고 혈운 좋아 보이었다.

수십 년을 두고 많은 인명을 살려낸 공덕인지 본래 먹을 것 없던 그가 인제 와서는 볏섬이나 추수도 받게 되어 허리띠가 너누룩해져서 여간 환자는 잘 보지도 않는다. 교군을 들이대든지 읍내 인력거가 나오지 않으면 그는 좀처럼 동하지 않는다. 그러나 젊고 반주그레한 여자 환자에게만 옛날 친절이 아직도 쇠하지 않았을 뿐이다.

"망할 자식, 병을 안 보려거든 약국을 집어치우지."
하고 그에게 거절을 당한 환자가 더러는 분개하였다.

"약국을 집어치우면 계집은 뭘로 호리누?"

이렇게 빈정대는 사내도 하나씩 둘씩 늘었다. 그러나 오늘날 와서는 이 괭이 상판만 한 D촌에 있어서는 그는 비단 명의일 뿐만 아니라 어엿한 지주님이요 부자이기 때문에 드러내 놓고 그를 이러니저러니 시비하는 사람은 아직 생겨나지 않았다.

　여름 새벽, 부지런한 그는 일찌거니 논꼬에 물이나 마르지 않았나 하고 머슴들을 더리고 휘 한 바퀴 돌아오니깐 마당 가운데 개처럼 쭈그리고 앉은 여자의 모양을 발견하였다.
　"누구야?"
　그는 무망중에 부르짖었다. 쭈그리고 앉았던 그 그림자는 깜짝 놀랜 듯이 몸을 일으키어,
　"저어 저 샌님, 좀 모시러 왔어요."
　메인 목이 짜내는 듯이 대답하였다.
　'또 왔구나!'
　그는 속으로 생각하고 불쾌한 듯이 성큼성큼 걸어 사랑 겸 약방으로 쓰는 뜰아랫방으로 들어가며,
　"요새 모숨기에 바빠서 못 가겠는걸."
　배앓는 듯이 한마디 던졌다.
　그는 이런 청자꾼에 진절머리가 났다. 명의를 청하러 오면서 탈것도 안 가지고 타박타박 걸어가자는 이따위 예절 모르는 축들과는 정말 말하기도 싫었다. 졸리다가 못해 가서 볼라치면 오막살이 단간방에 병자인지 뭔지 귀신 다 된 것이 끙끙 앓는 소리나 지르고 돼지 새끼처럼 발가숭이 애들이 쉬파리 떼 모양으로 엉덩글하고 좋은 약을 써서 곤쳐 주어도 약값은 으레 떼어먹는 법이다. 쭉해야 닭 마리 계란 꾸러미나 또는 담뱃줄이나 가져올 뿐이다. 이것은 그래도 염치 있는 패지마는 어떤 작자는

십여 리씩 끌고 가서 밥 한 술 대접하는 법 없이 출출 굶겨 보내기가 일쑤다. 한껏 대접이라야 땅이 꺼지는 한숨과 쇠오줌같이 질금거리는 눈물과 귀가 아픈 치사 인사다. 그것들은 사람에겐 한숨과 눈물이 진수성찬인 줄 아는 모양이다. 더구나 오늘날은 나도 당당한 지주님이 아니냐! 제까짓 작인 따위가 이리 오너라, 가거라, 건방지기도 분수가 있지 않느냐!

'저희들 주제에 약이 다 뭐냐? 개 발에 다갈이지!'

그는 이런 청자꾼을 만날 때마다 속으로 이렇게 중얼거리고 제물에 욕지기가 났다.

오늘 식전 꼭두에 들어닥친 이 여자도 그런 따위 환잣집 사람인 것은 얼른 보고도 깨달을 수 있었다.

제 방에 들어온 뒤에도 그는 불쾌한 감정을 걷잡을 수 없었다. 못 가겠다고 거절을 하거든 냉큼 돌아나가 주었으면 피차에 편할 텐데, 마치 진흙땅에서 투그리는 개처럼 추근추근하게 졸라대는 데는 더군다나 사람이 죽을 지경이다. 그 여자도 만일 가지 않거든 머슴을 불러 몰아내는 수밖에 없다고 배짱을 정해 두었다.

"샌님! 샌님! 한시가 바쁩니다. 아모리 일이 바쁘셔도 잠깐 가서 보아 주셔요."

어느 틈에 그 여자는 사랑 밀창 앞까지 온 모양이다. 그는 문도 열어 보지 않았다.

"글쎄 일이 바빠서 못 간다고 해도 그래."

의원은 둘째 마디부터 화증을 낸다.

"못 가시면 어떡합니까? 사람 하나 살리시는 셈 치시고 잠깐

만 가 보아주셔요."

그 여자도 상상한 대로 끈적끈적하게 조르는 패다.

"어떡하다니?"

하고 벌컥 성을 내려다가 그래도 체모가 그렇지 않아서 점잖은 가락으로,

"그야 인명이 재천이니 내가 본다고 살고 안 본다고 죽겠소? 허허."

의원은 딱하다는 듯이 자랑치는 듯이 헛웃음을 지었다.

"그야 그렇지요."

청자꾼은 제 말 고대로 인사성도 없이 시인하는 것이 더욱 제 자존심에 거슬렀다.

"그렇지만 사람 앓는 것을 보고 어찌 약 한 첩도 아니 써 봅니까?"

그 여자는 솔직하게 제 맘먹은 고대로 실토를 하면서 말끝이 어데로 돌아가는지 모르는 모양이다. 명이고 뭐고 별다른 기대도 않고 다만 인정에 약이나 좀 써 보자는 수작이다. 의원은 화증이 나다가 못해,

'본배 없는 것들이란 할 수 없어!'

하고 속으로 어이없어 웃었다.

"약 한 첩! 그러면 병 증세를 말하오. 약을 지어 주게."

의원은 큰맘을 썼다. 식전 꼭두부터 졸리기도 싫고 끄들려서 다니느니보담 거지에게 동전 한 푼 적선하는 셈 치고 약 한 첩으로 쫓아 보내는 것이 상책이라 생각한 것이다.

의원은 그제야 영창을 열었다. 아직 해는 뜨지 않았으되 여름

의 아츰빛은 신선하게 밝았다. 그 떼쟁이는 서슴지 않고 영창 한복판에 뚜렷이 얼골을 나타내었다. 굶주림과 고역에 시달린 탓이 되어 얼골빛은 핏기 하나 없이 백지장 모양으로 핼쑥하다. 그러나 그 반달 모양을 그린 새까만 눈썹, 그 밑에서 문틈으로 엿보는 새벽빛 모양으로 맑고 시원한 눈, 동그스름한 앳된 입모습은 아직도 그 나이 스물을 얼마 넘지 않은 것을 알으킨다. 청자꾼은 의외로 젊고 아름다웠다. 그 여자는 슬쩍 의원을 쳐다보다가 말고 고개를 다소곳하며,

"아녜요, 병자도 샌님 한 번 뵈옵기가 소원이고 동리 사람들도 샌님께만 보이면 고칠 수가 있다고 해서요. 세상없어도 모시고 가야 돼요."

조금도 꾸밀 데 없는 말씨건만 그 목청은 어데까지 곱고 보드라운 것을 새삼스럽게 느끼었다.

최 주부는 어여쁜 청자꾼의 위아래를 훑어보며,

"대관절 집이 어데요?"

"왜 그 동리를 모르셔요? 예서 한 십 리 안팎밖에 안 돼요."

집을 묻는 것이 가겠다는 뜻인 줄 알고는 청자꾼의 얼골에는 기쁜 빛이 살짝 돌았다.

"십 리 안팎! 이 여름에 가찹지 않은 길인데!"

하고도 의원의 눈 가장자리는 스르르 풀리었다.

"그래 밤을 도와 왔어요. 낮에 가시자면 더우실 듯해서요."

하고 어여쁜 여자 눈은 안심한 듯이 해죽이 웃는다.

"너무도 생각하십니다."

하려다가 한 번 짓깔을 빼노라고,

"암만해도 너무 먼걸."

하고 의원은 입맛을 쩝쩝 다시면서도 그의 눈길은 창자꾼의 해어진 광당포 적삼 속으로 군데군데 드러난 흰 살 위를 헤매었다. 그 여자는 그 눈길을 느끼자 두 손으로 부끄러운 듯이 제 가슴을 여미며 의원의 눈치를 지레짐작하고,

"약값은 세상없어도 해 드리겠습니다. 자배기도 한 개 남았고 농짝도 하나 있답니다. 그걸 다 팔아서라도 약값은 만들어 드릴게요."

하고 그 맑은 눈이 스르르 흐려지며 금방에 눈물이 걸신걸신해진다.

"원 천만에, 무슨 약값 때문에…… 그럼 좌우간 가 보지요. 대관절 앓는 이는 누구요!"

"애 아범이야요."

하고 그 여자는 괴었던 눈물을 그예 떨어뜨리고 말았다.

"언제부터 앓았소?"

"흉년 들던 재작년 겨울부터 시름시름 앓았답니다. 금년 봄 들고는 아주 몸져 누웠어요."

"그것 안 되지요."

하고 의원은 눈을 크게 떠 보였다.

"여기서 그 동리를 가려면 고개를 하나 넘지요? 한 오리 장정이나 사람의 그림자도 없지 않소?"

"그래요. 밤에 올 적에도 행여 호랑이나 만날까 보아 가슴이 조마조마했답니다."

하고 그 여자는 어린애처럼 웃는다.

의원은 부산하게 세수를 하고 망건을 쓰고 몇 가지 약을 주섬주섬 집어넣은 후 처음보담은 아주 딴판으로 선선히 길을 떠났다.

훤한 광명에 쫓기고 엷어지면서도 실안개는 새벽녘의 꿈길처럼 아직도 산허리와 논두렁에서 어릿어릿 존다. 파랗게 깔린 모와 뿌유스름한 논꼬 사이에 움직이는 흰 점은 새벽에 일어난 농꾼들이리라. 처음 눈뜬 새들이 갖은 노래를 종알거릴 제 '엄매!' 하고 어미 찾는 송아지 울음이 무겁게 들려온다. 느리고도 바쁘고 종용하고도 시끄러운 농촌의 첫 아츰. 짚신이 푹푹 젖는 논두렁길을 걸어온 지 한참 만에 그들은 M고개의 기슭에 다다랐다. 오른편으로 소나무와 잡목이 겅성드뭇한 석산을 끼고 올라가노라면 왼편으로 그리 까풀막지지 않은 낭떠러지의 여울물이 발아래서 소리치고 삐근하게 덮인 풀 사이에 실낱같은 흰 길이 꼬불꼬불 원을 그리며 뺑뺑이를 돈다.
청자꾼은 앞서고 의원님은 뒤를 따랐다.
고개를 두어 모롱이 돌았을 제 일찍 뜨는 여름 해는 어느 틈에 그 불덩이 같은 얼골을 나타내었다. 뜨거운 볕살은 축축하고 시원한 그림자를 휘몰아 쫓으며 우거진 가지와 잎새의 푸른 바탕에 영롱한 광선을 그린다. 풀 끝에 맺힌 이슬들은 얼마 안 해 스러질 제 운명에 마지막 광채를 발하는 것처럼 은가루같이 번쩍인다. 짧은 밤 사이에 가까스로 몸을 식힌 길바닥은 벌써 훈훈하게 달기 시작한다.
최 주부의 눈은 아까부터 앞서가는 이의 잔등에 땀이 배인 것을 놓치지 않았다. 땀이 여러 번 겨른 그 광당포 적삼은 땀에 대한 아모런 저항력도 없는 것처럼 살에 착 달라붙었다. 처음에 접시만 한 언저리가 주발만해지고 사발만해지고 자꾸 번져 나간다. 그 둥그스름한 어깨에도 돈짝만 한 살구꽃이 피었다.

청자꾼의 등에 살구꽃이 피는 모양으로 의원의 가슴에는 불꽃이 이글이글 타올랐다 숨이 턱에 닿고 발 한 자욱마다 이마에서 땀 한 방울씩 떨어졌다.

그러나 청자꾼은 제 등에 땀 밴 줄도 모르고 제 뒤에 누가 따라오는 것도 잊은 듯하여 뒤도 한 번 돌아보지 않고 두 다리가 잽싸게 놀며 종종걸음을 친다.

"여보 여보 아지먼네, 우리 좀 쉬어 갑시다."

사람의 그림자란 얼씬도 않는 고개를 네 모롱이나 돌았을 제 뒤선 이는 숨을 헐떡거리며 부르짖었다.

앞선 이는 그제야 잠깐 얼골을 돌린다.

구슬 같은 땀방울이 맺힌 발그레한 얼골, 뒷등 모양으로 앞섶도 착 달라붙어서 뚜렷이 드러난 가슴의 윤곽, 한 옴큼에라도 쥐어질 듯한 가는 허리.

최 주부는 핑핑 내어둘리는 듯이 눈을 습벅습벅하다가 그대로 풀밭에 주저앉았다. 환자의 안해는 민망한 듯이, 딱한 듯이 서성서성할 뿐.

"덥지 않아요? 이리 와 좀 쉬시우."

하고 여전히 그 붉은 기도는 눈을 습벅습벅하면서 커다란 쥘부채를 훨훨 부치다가 갑자기 제 앉은 자리가 바루 길가요 햇살이 너무 부신 것을 깨닫자 깔았던 고의 뒤를 툭툭 털고,

"여긴 볕이 드는군."

하면서 그늘을 찾는 핑계로 산기슭 풀밭으로 휘적휘적 기어올랐다. 사람 발자욱이 별로 밟지 않은 풀밭은 아름다웠다. 파란 쿠션을 깔아 놓은 듯한 잔디도 좋거니와 바위 얼골을 덮은 담쟁이에 오불오불한 붉은 줄기 가진 병꽃풀, 좁쌀낟만씩한 한 수효도 없는 흰 꽃을 머리에 이고 기름기름하게 뻗은 대나물에 석죽화 뺨칠 어여쁜 패랭이꽃, 이름은 사나우나마 가련한 파랑꽃의인나, 달기씨깨비, 노란 뿌리를 내어민 백합화들! 제각기 다른 풍정으로 사람의 눈을 이끈다. 다홍에 분홍에 자주에 연두에 희고 누르고 혹은 굵게 가지각색의 이 자연의 비단!

최 주부는 앞으로 담쟁이 얽힌 바위가 가리고 뒤로는 소나무 숲이 삐욱하게 푸른 그늘을 던지는 아늑하고 포근포근한 잔디밭을 필경 발견하였다.

그는 거기 펄썩 주저앉으며 기슭 아래서 망설이는 청자꾼을 불렀다.

"어 여기가 참 시원하군. 이리 와 잠깐만 쉬어 갑시다."

청자꾼은 민망한 듯이 또는 난처한 듯이 얼마쯤 주저주저하다가 필경 올라오고 말았다. 먼저 자리 잡은 이는 얼른 제 옆자리를 손으로 한 번 쓰다듬어보고 뒤에 온 손님에게 앉으란 뜻을 보이었다. 그러나 환자의 안해는 그 옆으로부터 한 간쯤 떨어져서 금방에 날아갈 듯이 쭈그리고 앉았다. 그렇다고 그 여자가 의원을 의심한다거나 못 미더워하는 기색이 털끝만큼이라도 있다는 것은 아니었다. 다만 갈 길이 바쁜데 일 분 일 초를 이러고 보내는 것이 민망한 눈치였다.

"거기가 예보담 나아요?"

하고 의원은 드러내 놓고 부둥부둥 가까이 갔으되 본능적으로 몸을 흠칫할 뿐이요, 환자의 안해는 조금도 경계하는 빛이 없었다.

"웬 땀을 그렇게 흘리오? 너무 기어한 모양이구먼."

하고 의사는 물끄러미 어여쁜 청자꾼을 쳐다보다가 별안간에 이런 소리를 하며 땀이니 씻어 줄듯이 오른손을 번쩍 들다가 말고,

"어데 맥이나 좀 짚어 볼까요?"

하면서 이번에는 왼손으로 그 새 새끼 같은 손목을 잡아당기어 제 무릎 위에 놓았다. 여자는 앞이마 머리칼이 사내의 불덩이 같은 뺨을 스치며 앞으로 잠깐 쓰러진다. 법대로 의사의 식지와 장지가 나란히 환자의 맥 위에 놓이자마자 문득 아귀 센 두 손을 가늘게 떠는 손목을 움켜쥐었다. 그러자 여자는 별안간에 독수리에 채인 새 새끼 모양으로 깜짝 놀라며 손을 빼려 할 겨를도 없이 솥뚜껑 같은 검은 두 손은 또다시 땀에 촉촉하게 젖은 여자의 젖가슴에 구렁이처럼 휘감겼다.

그 여자의 얼골은 어데까지 맑고 깨끗하였다. 한 군데 흐린 점도 없고 흥분된 기색도 없다. 슬퍼도 않거니와 분해도 않는다. 새파란 잎새로 새어 흐르는 햇발처럼 명랑하다. 바람기 없는 공중에 뜬 나비의 나래와 같이 종용하고 풀 끝에 맺힌 이슬 모양으로 영롱하다. 꼭 아까 모양으로 앞장을 서서 다시금 종종 걸음을 칠 뿐이다.

최 주부가 도리어 겸연쩍었다.

'조금 더 앙탈이라도 하였더면!'
하고 혼자 웃었다. 정조 관념이란 약에 쓰려도 없고 아모한테나 몸을 맡기고도 눈꼽만한 부끄러운 맘을 모르는 것이 불쾌하였다.
'이런 것들은 할 수가 없어……'
하고 속으로 제법 개탄까지 하였다. 가다가 심심하면 쫓아가서 손도 쥐어보고 뺨도 만져 보았건만 그 여자는 그의 하는 대로 맡기고 눈썹 끝 하나 움직이지 않았다. 물결치는 대로 떠나가는 부평초와 같이 걸리면 멈추고 놓이면 또 흘러갈 뿐이다. 하늘가에 흐르는 흰 구름 모양으로 모든 것이 무심하고 심상하다.
마츰내 그들은 다 쓰러져 가는 오막살이 삽작문 앞에 섰다.
"예가 우리 집예요."
하고 하염없이 웃어 보인다.
의원은 제 지은 죄 밑천으로 머리끝이 쭈뼛쭈뼛하는 듯하며 발 들여 놓기가 서먹서먹하였다. 문득 여자의 손가락이 사내의 손목에 쇠꼬챙이같이 박혔다.
"어서 들어가셔요. 우리 아범은 꼭 곤쳐 주셔야 말이지 그렇잖으면 큰일 날 줄 아셔요."
하는 나직한 말소리가 의사의 등골에는 찬물을 끼얹는 듯하였다.
의사는 허둥지둥하는 발길로 삽작 안에 끌려 들어섰다. 수숫대로 친 담도 반 넘어 쓰러졌고 집이래야 토막인데 툭 꺼져서 나려앉으려는 지붕은 몇 해를 이지 않은 듯, 명색 부엌 한 칸에 거기 잇달아 ㄱ자로 방 두 칸이 형용만 남았는데 황토로 발라 놓은 벽에 엉거름이 턱턱 갈라져서 더러는 떨어지고 더러는 주 둥이를 쳐들고 떨어질 때를 기다린다. 대꼬챙이로 얼기설기 엮 은 대에 신문지를 되는대로 발라 놓은 명색 방문을 열고 들어서 니 매콤한 냄새가 첫째 코를 엄습한다. 그다음엔 삿자리 깐 방 바닥과 신문지 벽에 진을 치고 있던 파리들이 욍하면서 새로 오 는 사람에게로 달려든다. 또 그다음엔 거미같이 마른 네댓 살 되는 발가숭이 계집애가 양초 자루만 한 다리를 비비꼬는 듯이 쭈적쭈적거리며,

"엄마!"

소리를 내자 대번에 삐죽삐죽 울기 시작한다.

방 아랫목엔 환자가 웃통을 벗고 배 위에만 헌 누더기를 걸쳤 는데 울퉁불퉁하게 드러난 뼈가 가죽 한 겹을 남겨 놓고 가까스 로 얽매어있는 듯, 이맛전만 불쑥 높고 뺨과 턱언저리는 훑은 듯이 쪽 발랐는데 만일 뚜룩뚜룩하는 큼직한 눈이 없었던들 아 모라도 해골로밖에 안 보게 되었다.

안해와 의사가 들어오는 것을 보고 상반신을 일으키려던 그 환자는 안해의 보드라운 손길에 다시 누웠다.

"더치시면 어쩌자구?"

"고 고맙네. 그 먼 델 갔다 와서! 그래, 모시고 왔지? 어이구, 저 저 땀 보아. 개똥아, 어머니 부채 찾아 드려라."

하고 제 어린 딸에게 명령한다.

"괜찮아요, 괜찮아요."

하며 치마꼬리로 땀을 씻고 문득 제 얼골을 그 해골 다된 얼굴 에 문지르며 훌쩍훌쩍 운다.

"왜 울어? 인제 의원님이 오셨는데 약 먹으면 나을 텐데!"

환자 또한 목이 메인다. 뼈만 남은 꼬치꼬치 마른 남편의 손은 안해의 흐트러진 머리칼을 쓰다듬는다.

"세상없어도 나을 테야. 안 죽고 살아날 테야. 울지 말아요. 울지 말아요."

그들은 몇 번이나 이러고 서로 울며 위로하였던고!

"그런데 여보셔요. 내가 죄를……."

하고 안해는 더욱 느껴 운다.

웃목에 서성서성하고 있던 죄인은 그 소리에 가슴이 뜨끔하였다. 그 방울 같은 코끝에 땀이 또 한 방울 맺혔다.

"여보, 죄가 무슨 죄요? 저 샌님을 좀 앉으시게나 하오."

안해는 말대로 선뜻 일어나 웃목으로 오더니만 제 치맛자락으로 삿자리를 훔칫훔칫한 후에,

"이리 좀 앉으셔요."

하여 의원을 앉히고는 다시 남편에게로 왔다.

"저 샌님을 모시고 오다가, 저 샌님의 말씀을 들었어요. 집에 모시고 온대야 약값 드릴 거리도 없고 당신의 병은 세상없어도 곤쳐야 되겠고……"

말끝은 다시금 눈물에 흐렸다.

아까부터 바늘방석에 앉은 것 같은 최 주부는 그 말에 회호리바람이 왼몸과 맘을 휩싸고 뒤흔드는 듯하였다. 금시로 저 해골바가지가 이를 뿌드득 갈고 일어서며 날카로운 칼로 제 목을 푹 찌를 것 같았다. 그러나 환자의 대답은 그야말로 천만뜻밖이었다.

"자 자 잘했소."

한마디 하고 그 새 새끼 같은 팔뚝으로 안해를 제 가슴에 쓸어안고 흑흑 느낀다.

"그것도 내 병 탓이지. 내 죄지 임자가 무슨 죄요? 아뇨, 임자 죄는 아뇨."

한다.

최 주부는 제 눈과 제 귀를 믿을 수 없었다. 세상에 기괴한 일도 있고는 볼 일이다. 이왕지사 정조를 깨뜨렸거든 그 비밀일랑 제 속 깊이 감춰 둘 일이지 그것을 샅샅이 남편에게 꽂아바치는 년도 년이어니와 뻔뻔스럽게 그런 소리를 드러내 놓고 지껄이고 제 정부조차 버젓하게 더리고 온 계집을 잘했다고 위로하는 놈도 놈이 아니냐.

이윽고 두 남녀는 떨어지며 청자꾼은 또 아모 일도 없었던 것처럼 또는 마땅히 할 일을 하였다는 것처럼 환한 얼굴을 의원에게로 돌렸다.

"병을 좀 보아 주세요."

의원은 두근거리는 가슴을 간신히 진정하고 정중하게 맥도 짚어 보고 병날미도 들어보았다. 재작년 한재에 부치던 논 열 마지기가 다 타 버리고 추수 마당에서 빗자루만 털게 된 뒤로 굶기를 밥 먹듯 하였고 작년에는 그 논마저 떨어져서 농사도 못 짓고 품팔이로 그날그날을 지내노라니까 점점 병이 더쳐서 오늘날 이 지경에 이른 것이라 한다. 그것은 갈데없는 부족증이다. 기혈 부족, 원기 부족에서 생긴 병이니 의원의 양심은 초제 몇 첩 가지고는 도저히 돌릴 수 없는 병임을 알으킨다.

의원은 제가 가지고 온 약재를 골라서 보원탕 세 첩을 지어 주고 이 병은 매우 뿌리가 깊으니 여간 낱첩으로는 낫지 않을 터인즉 가미한 십전대보탕 한 제는 먹어야 되겠다고, 그 약을 지으려면 약재를 가져온 것이 없으매 돌아가서 지어 보내겠다고 설명해 드렸다. 이왕 지은 허물이니 손해는 보더래도 약 한 제쯤으로 삭쳐 버리고 한시바삐 이 괴상한 자리를 떠나려는 배짱이었다.

그러나 그렇게 풀기 없이 제 팔뚝에 쓰러졌던 그 계집은 인제 와서는 여간 아귀가 센 것이 아니다. 제 남편의 병을 곤쳐 주기 전에는 한 발자욱도 여기서 움직이지 못한다, 한 달이고 두 달이고 얼마든지 약을 써서 그여이 병 뿌리를 빼야 놓아 보낼 터이다, 약재가 없으면 적어 주면 몇 차례라도 넘나들며 가져오겠다고 악지를 쓴다. 의원은 환잣집 의견에 아니 복종할 수 없었다. 입맛을 쩍쩍 다시면서 쪽지를 적어 주고 환자의 안해는 십 리 안팎 길을 한숨에 뛰어가고 뛰어왔다.

밤이 되었다. 병자와 의사가 자는 방엔 삿자리 한 잎으로 칸을 막았다.

"난 샌님을 모시고 잘까요?"

안해는 서슴지도 않고 예사롭게 남편에게 묻는다.

"참 그래, 그러구려. 개똥이는 내 옆에 갖다가 누이고 임자는 그리고 건너가구려."

남편도 제가 먼저 말할 것을 잊었다는 듯이 대찬성이다. 그 수작이 끝나기가 무섭게 안해는 실행한다. 저녁 먹던 맡에 웃방에 곯아떨어진 개똥이를 환자 방으로 갖다 누이고 자기는 의원의 곁에 와서 눕는다. 이번에는 의원의 몸이 오그라붙는 듯하였다.
 그는 일부러 큰 소리로,
"괴이한 일이로군. 아까는 내가 환장이 되어서 그랬지만 다시야 그럴 수가 있소? 병자를 두고 딴 방에 자다니."
하고 제법 점잔을 빼 보았다.
 "괜찮사와요, 괜찮사와요."
 남편은 마치 손님에게 밥이나 권하는 듯이 안해와 같이 자기를 권한다. 안해도 남편에 지지 않게 손님의 사양은 귓결에도 넣지 않으려 한다. 옷까지 훌훌 벗어 버리고 옆에 착 달라붙어 누우며 머리맡에 놓인 손님의 부채를 찾아 들더니,
 "더우시지 않으셔요?"
하면서 훨훨 부쳐 준다. 아모리 사양을 해도 손님이 잠들기 전에는 부채질을 쉬려고도 하지 않았다.
 열흘 동안이나 최 주부는 정말 땀을 빼었다. 굴속 같은 방안, 밤마다 예사로 벗고 눕는 환자의 안해, 산나물에 좁쌀낟을 눈에 겨우 띄리만큼 띄운 죽물. 눈꼽만치 남은 양심의 가책. 기괴한 광경에서 오는 불안. 감옥살이의 고통도 이대도록 지긋지긋하지는 않을 듯싶었다.
 다행히 환자는 약발을 잘 받았다. 약 한 첩 들어가 보지 못한 장위에는 인삼과 녹용이 그야말로 선약 같은 효험을 드러내었다. 최 주부는 하로바삐 이 고통에서 벗어나려고 이해타산도 모조리 잊어 버렸다. 제 돈을 들여 닭 마리도 사서 고아 먹이게 하고 나중에는 제집 쌀까지 가져오래서 이밥을 지어 먹이도록 하였다. 환자의 회복은 하로가 다르고 한시가 달랐다. 열흘

이 되매 기동도 맘대로 하게 되고 뼈만 남았던 몸에 살까지 부옇게 찌게 되었다.

마지막 날 새벽에 잠을 깨어 보니 제 옆에 누웠던 환자의 안해가 없었다. 삿자리 한 잎 너머로 그들의 속살속살하는 이야기 소리가 들린다.

"참 인젠 가슴도 두두룩하시구려"

안해는 남편의 가슴을 만져 보는 모양.

"가슴뿐야? 자, 이 팔을 만져 봐요, 제법 살이 올랐지. 오늘이라도 농삿일을 하겠는데. 허허."

"안 돼요. 아직 안 돼요, 좀 조리를 더 하셔야지. 또 병환이 더치시면 어떡해?"

안해는 질색을 한다.

"인제 다시는 병이 안 날 테야. 인젠 두 주먹 쥐고 벌지. 그래도 입에 들어가는 것이 없으면 도적질이라도 할 테야. 안 굶으면 병이 안 나겠지. 이번엔 꼭 죽을 줄 알았더니만 임자 덕에 살았지."

하고 잠깐 말이 끈침은 젊은 내외의 으스러지는 듯한 포옹이 있는 모양.

"임자를 안고 나니 두 팔에 기운이 더 붙는 듯한데…… 신기한 걸. 내일부터는 임자를 업고 다니면 기운이 나겠지."

"나종에는 별소리를 다 하시는구려. 그래 조금도 꺼림직하지 않으셔요"

"뭣이 꺼림직하단 말이오?"

"저 남의 아지번네하고 같이 잤는데도."

"백날을 같이 자면 무슨 일이 있나? 내 병 땜에 임자에게 귀찮은 노릇을 겪게 한 게 애연할 뿐이지."

"참, 그래요. 나도 그런 일을 당하면서도 조금도 부끄럽지 않았어요. 처음엔 가슴이 좀 두근거리더니만 무슨 짓을 하든지 당신 병만 낫우었으면 그뿐이라 하고 보니 맘이 고만 가라앉아요."

"그럼 서로 위해서 하는 일이 부끄러울 것이 뭐람?"

그들의 수작은 아츰에 재깔거리는 새 모양으로 흐리고 터분한 점은 도모지 없고 어데까지 명랑하고 어데까지 상연하다.

"그래도 저 방에서 샌님을 뫼시고 자려니까 어쩐지 가슴이 뻐근하고 슬퍼요."

그는,

"나도 그래, 고마운 생각이 지나쳐 눈물이 나려고 하더구먼. 인젠 병이 나았으니까 다 옛말이지."

두 내외는 또 쓸어 안는 모양. 그때에 개똥이가 자다가 무엇에 놀랜 듯이 삐 하고 운다.

"왜 왜!"

하고 애 달래는 소리가 나더니 삿자리를 걷어치우며 조심조심 건너온다.

그날 아츰에 최 주부는 놓이게 되었다. 환자도 개똥이를 안고 문밖까지 전송을 할 수 있게 되었다. 최 주부는 여남은 걸음 걸어가다가 고개를 돌이키니 두 내외는 아직도 나란히 사립문턱에 서서 자기의 가는 양을 바라보고 있었다.

때마츰 그들은 떠오르는 햇발을 담뿍 안고 있었다. 의좋게 나란히 서 있는 그들의 얼골엔 광명과 행복이 영롱하게 번쩍이는 듯하였다.
"저런 것들은 정조도 모르고 질투도 모르는 모양이지!"
최 주부는 눈이 부신 듯이 얼른 고개를 돌리며 혼자 중얼거렸다.

출전:조선의 얼굴(1926)

불

 시집온 지 한 달 남짓한, 금년에 열다섯 살밖에 안 된 순이는 잠이 어릿어릿한 가운데도 숨길이 갑갑해짐을 느꼈다. 큰 바위로 내리누르는 듯이 가슴이 답답하다. 바위나 같으면 싸늘한 맛이나 있으련마는 순이의 비둘기 같은 연약한 가슴에 얹힌 것은 마치 장마지는 여름날과 같이 눅눅하고 축축하고 무더운데다가 천 근의 무게를 더한 것 같다. 그는 복날 개와 같이 헐떡이었다. 그러자 허리와 엉치가 빼개 내는 듯, 쪼개 내는 듯, 갈기갈기 찢는 것같이, 산산히 바수는 것같이 욱신거리고 쓰라리고 쑤시고 아파서 견딜 수 없었다. 쇠막대 같은 것이 오장육부를 한편으로 치우치며 가슴까지 치받쳐올라 콱콱 뻗지를 때엔 순이는 입을 딱딱 벌리며 몸을 위로 추스른다.
 이렇듯 아프니 적이나 하면 잠이 깨련만 온종일 물 이기, 절구질하기, 물방아찧기, 논에 나간 일꾼들에게 밥 나르기에 더할 수 없이 지쳤던 그는 잠을 깨려야 깰 수 없었다. 그렇다고 그가 혼수상태에 떨어진 것은 물론 아니니 (이러다간 내가 죽겠구먼! 죽겠구먼! 어서 잠을 깨야지, 깨야지) 하면서도 풀칠이나 한 듯이 죄어붙는 눈을 뜰 수가 없었다. 연해 입을 딱딱 벌리며 몸을 추스르다가 나중에는 지긋지긋한 고통을 억지로 참는 사람 모양으로 이까지 빠드득빠드득 갈아부치었다.

얼마 만에야 무서운 꿈에 가위눌린 듯한 눈을 어렴풋이 뜰 수 있었다. 제 얼굴을 솥뚜껑 모양으로 덮은 남편의 얼굴을 보았다. 함지박만 한 큰 상판의 검은 부분은 어두운 밤빛과 어우러졌는데 번쩍이는 눈깔의 흰자위, 침이 께 흐르는 입술, 그것이 비뚤어지게 열리며 드러난 누런 이빨만 무시무시하도록 뚜렷이 알아볼 수가 있었다.

그러자 가뜩이나 큰 얼굴이 자꾸자꾸 부어오르더니 주악빛으로 지져 놓은 암갈색의 어깨판도 따라서 확대되어서 깍짓동만하게 되고 집채만 하게 된다. 순이는 배꼽에서 솟아오르는 공포와 창자를 뒤트는 고통에 몸을 떨었다가 버르적거렸다가 하면서 염치없는 잠에 뒷덜미를 잡히기도 하고 무서운 현실에 눈을 뜨기도 하였다. 그 고통으로부터 겨우 벗어난 때에는, 유월의 단열밤(短夜)이 벌써 새었다. 사내의 어마어마한 윤곽이 방이 비좁도록 움직이자 밖으로 나간다. 들에 새벽일 하러 나감이리라. 그제야 순이도 긴 한숨을 쉬며 잠을 깰 수 있었다. 짙은 먹칠이 가물한 가운데 노랏노랏이 삿자리의 눈이 드러난다. 윗목에 놓인 허술한 경대 위에 번들번들하는 석경이라든지 '원수의 방'이 분명하다. 더구나 제 등때기 밑에는 요까지 깔려 있다.

'이것은 어찌된 셈인구?'

순이는 정신을 차리며 생각해 보았다. 어젯밤에 그가 잔 데는 여기가 아닐 테다. 밤이 되면 으레 당하는 이 몹쓸 노릇들을 하루라도 면하려고 저녁 설거지를 마치는 맡에 아무도 몰래 헛간 으로 숨었었다. 단지 둘밖에 아니 남은 볏섬을 의지 삼아 빈 섬 거적을 깔고 두 다리를 쭉 뻗칠 사이도 없이 고만 고달픈 잠에 떨어지고 말았었다. 그런데 어찌 또 방으로 들어왔을까? 그 원 수엣 놈이 육욕에 번쩍이는 눈알을 부라리며 사면팔방으로 찾 다가 마침내 그를 발견하였음이리라. 억센 팔로 어렵지 않게 자 는 그를 안아다가 또 '원수의 방'에 갖다 놓았음이리라. 그리고 는 또 원수의 그 노릇.

이런 생각을 끝도 맺기 전에 흐리터분한 잠이 다시금 그의 사 개 물러난 몸을 엄습하였다.

집안이 떠나갈 듯한 시어미의 소리가 일어났다.

"안 일어났니! 어서 쇠죽을 끓여야지!"

그 소리가 끝나기도 전에 순이는 빨딱 몸을 일으킨다. 한 손 으로 눈을 비비며 또 한 손으로 남편이 벗겨놓은 옷을 주섬주 섬 총망히 주워입는다. 그는 시방껏 자지 않았던가? 그 거동을 보면 자기는 새로 정신을 한껏 모으고 호령일하를 기다리던 군 사에 질 바 없었다. 그러니만큼 자던 잠결에도 시어미의 호령 은 무서웠음이다.

총총히 마루로 나오니 아직 날은 다 밝지 않았다. 자욱한 안 개를 격해서 광채를 잃은 흰 달이 죽은 사람의 눈깔 모양으로 희멀겋게 서쪽으로 기울고 있다.

저녁에 안쳐 놓은 쇠죽솥에 가자 불을 살랐다. 비록 여름일망 정 새벽 공기는 찼다. 더욱이 으슬한 기를 느끼던 순이는 번쩍 하고 불붙는 모양이 매우 좋았다. 새빨간 입술이 날름날름 집어 주는 솔개비를 삼키는 꼴을 그는 흥미있게 구경하고 있었다. 고된 하룻밤으로 말미암아 더욱 고된 순이의 하루는 또 시작되었다.

　쇠죽을 다 끓이자 아침밥 지을 물을 또 아니 이어올 수 없었다. 물동이를 이고 두 팔을 치켜 그 귀를 잡으니 겨드랑이로 안개 실린 공기가 싸늘하게 기어들었다. 시냇가에 나와서 물동이를 놓고 한 번 기지개를 켰다. 안개에 묻힌 올망졸망한 산과 등성이는 아직도 몽롱한 꿈길을 헤매는 듯. 엊그제 농부를 기뻐 뛰게 한 큰비의 덕택으로 논이란 논엔 물이 질번질번한데 흰 안개와 어우러지니 마치 수은이 엉킨 것 같고 벌써 옮겨 놓은 모들은 파릇파릇하게 졸음 오는 눈을 비비고 있다. 이런 가운데 저 혼자 깨었다는 듯이 시내는 쫄쫄 소리를 치며 흘러간다. 과연 가까이 앉아서 들여다보니 새말간 그 얼굴은 잠 하나 없는 눈동자와 같다. 순이는 풍 하며 바가지를 넣었다. 상처가 난 데를 메우려는 듯이 사방에서 모여든 물이 바가지 들어갔던 자리를 둥글게 에워싸며 한동안 야료를 치다가 그리 중상은 아니라고 안심한 것같이 너르게 너르게 둘레를 그리며 물러 나갔다. 순이는 자꾸 물을 퍼내었다.

　한 동이를 여다 놓고 또 한 동이를 이러 왔을 제 그가 벌써부터 잡으려고 애쓰던 송사리 몇 마리가 겁 없이 동실동실 떠다니는 걸 보았다. 욜랑욜랑하는 그 모양이 퍽 얄미웠다. 숨소리를 죽이고 가만히 두 손을 넣어서 움키려 하였건만 고놈들은 용하게 빠져 달아나곤 한다. 몇 번을 헛애만 쓴 순이는 그만 화가 더럭 나서 이번에는 돌멩이를 주워다가 함부로 물속의 고기를 때렸다. 제 얼굴에, 옷에, 물만 튀었지 고놈들은 도무지 맞지를 않았다. 짜증이 나서 울고 싶다. 돌질로 성공을 못 한 줄 안 그는 다시금 손으로 움켜보았다. 그중에 불행한 한 놈이 마침내 순이의 손아귀에 들고 말았다.

 손 새로 물이 빠져가자 제 목숨도 잦아 가는 것에 독살이 난 듯이 파득파득하는 꼴이 순이에게는 재미있었다. 얼마 안 되어 가련한 물짐승이 죽은 듯이 지친 몸을 손바닥에 붙이고 있을 제 잔인하게도 순이는 땅바닥에 태기를 쳤다. 아프다는 듯이 꼼지락하자 그만 작은 목숨은 사라졌지만 그래도 아니 죽었거니 하고 순이는 손가락으로 건드려 보았다. 그래서 일순 송장이 된 것을 깨닫자 생명 하나를 없앴다는 공포심이 그의 뒷덜미를 집었다. 그 자리에서 곧 송사리의 원혼이 날 듯싶었다. 갈팡질팡 물을 긷고 돌아서는 그는 누가 뒤에서 머리카락을 잡아당기는 듯하였다.

 눈코를 못 뜨게 아침을 치르자마자 그는 또 보리를 찧어야 했다. 절구질을 하노라니 허리가 부러지는 것 같다. 무거운 절구에 끌려서 하마터면 대가리를 절구통 속에 찧을 뻔도 하였다. 팔이 떨어지는 것 같다. 그래도 그는 깽깽하며 끝까지 절구질을 아니할 수 없었다.

 또 점심이다. 부랴부랴 밥을 다 지어서는 모심기하는 일꾼(거기는 자기 남편도 끼었다)에게 밥을 날라야 한다. 국이며 밥을 잔뜩 담은 목판이 그의 정수리를 내리누르니 모가지가 자라의 그것같이 움츠러지는 것은 물론이려니와 키까지 졸아든 듯하였다. 이래가지고 떼어 놓기 어려운 발길을 옮기며 삽짝 밖을 나섰다.

　새말갛게 갠 하늘에는 구름 한 점도 없고 중천에 솟은 햇님이 불같은 볕을 내리퍼붓고 있었다. 질펀한 들에는 '흙의 아들'이 하얗게 흩어져 응석 피듯 어머니의 기름진 젖가슴을 철벅거리며 모내기에 한창 바쁘다. 그들이 굽혔다 폈다 하는 서슬에 옷으로 다 여미지 못한 허리는 새까맣게 찢어 놓은 듯하고 염치없이 눈에까지 흘러드는 팥죽 같은 땀을 닦느라고 얼굴은 모두 흙투성이가 되었다. 그래도 한시라도 속히, 한 포기라도 많이 옮기려고 골똘한 그들은 뼈가 휘어도 괴로운 한숨 한 번 쉬지 않는다. 도리어 그들은 노래를 부른다. 가장 자유로운 곡조로 가장 신나게 노래를 부른다.

　땅은 흠씬 젖은 물을 끓는 햇발에 바래이고 논두렁에 엉클어진 잡풀들은 사람의 발이 함부로 밟음에 맡기며 발이 지나가기를 기다려 고개를 쳐들고 부신 햇발에 푸른 웃음을 올리고 있다. 거기는 굳세게, 힘있게 사는 생명의 기쁨이 있고 더욱더욱 삶을 충실히 하려는 든든한 노력이 있었다. 간단히 말하면 건강이 넘치는 천지였다. 불건강한 물건의 존재를 허락치 않는 천지였다.

　이 강렬한 광선의 바다의 싱싱한 공기를 마시기엔 순이의 몸은 너무나 불건강하였다. 눈이 핑핑 내어둘리며 머리가 어찔어찔하다. 온몸을 땀으로 미역감기면서도 으쓱으쓱 한기가 들었다. 빗물이 고인 데를 건너뛰렬 제 물속에 잠긴 태양이 번쩍하자 그의 눈앞은 캄캄해졌다. 문득 아침에 제가 죽인 송사리란 놈이 퍼드득 하고 내달으며 방어만치나 어마어마하게 큰 몸뚱

이로 그의 가는 길을 막았다. 속으로 '악' 외마디 소리를 치며 몸을 빼쳐 달아나려고 할 제 그는 그만 무엇인지 분간을 못 하게 되었다. 누가 저의 머리채를 잡아서 회술레를 돌리는 듯한 느낌이었다. 그럴 사이에 그는 벼락 치는 소리를 들은 채 정신을 잃었다.

 한참 만에야 순이는 깨어났건만 본정신이 다 돌아오지는 않았다. 어리둥절하게 눈만 멀뚱거리고 있는 사이 점심밥을 이고 나가던 일, 넓은 들에서 눈을 부시게 하던 햇발, 길을 막던 송사리 생각이 차례차례로 떠올랐다. 그러면 이고 가던 점심은 어떻게 되었는가? 하면서 휘 사방을 둘러볼 겨를도 없이 그는 외마디 소리를 치며 몸을 소스라쳤다. 또다시 그 원수의 방에 누웠을 줄이야! 미친 듯이 뛰어나왔다. 그의 눈은 마치 귀신에게 홀린 사람 모양으로 두려움과 무서움에 호동그래졌다.

 마당에 널어놓은 밀을 고밀개로 젓고 있는 시어미는 뛰어나오는 며느리에게 날카로운 시선을 던지었다. 국과 밥을 모두 못 먹게 만든 것은 그만두더라도 몇 개 아니 남은 그릇을 깨뜨린 것이 한없이 미웠으되 까무러치기까지 한 며느리를 일어나는 맡에 나무라기는 어려웠음이리라.

 "인제 정신을 차렸느냐. 왜 더 누워서 조리를 하지 방정을 떨고 나오니. 어서 방으로 들어가서 누워 있으려무나."

 부드러운 목소리를 짓느라고 매우 애를 쓰는 모양이다.

 그래도 순이는 비실비실하는 걸음걸이로 부득부득 마당으로 내려온다.

 "방에 들어가서 조리를 하래도 그래."

이번에는 언성이 조금 높아진다.

"싫어요. 싫어요. 괜찮아요."

순이는 방에 다시 들어가기가 죽기보다 싫었다.

"또 고분고분 말을 아니 듣고 억지를 부리는군."

하다가 속에서 치받치는 미움을 걷잡지 못하겠다는 듯이 고밀개 자루를 거꾸로 들 사이도 없이 시어미는 며느리에게로 달려들었다.

"요 방정맞은 년 같으니, 어쩌자고 그릇을 다 부수고 아실랑아실랑 나오는 건 뭐냐. 요 얌치없는 년 같으니, 저번 장에 산 사발을 두 개나 산산조각을 맨들고."

하고 푸념을 섞어가며 고밀개 자루로 머리, 등, 다리 할 것 없이 함부로 두들기기 시작한다. 순이는 맞아도 아픈 줄을 몰랐다. 으스러지는 듯이 찌뿌두두한 몸에 괴상한 쾌감을 일으켰다.

"요런 악지 센 년 좀 보아! 어쩌면 맞아도 울지 않고 요렇게 있담."

하고 또 한참 매질을 하다가 스스로 지친 듯이 고밀개를 집어 던지며,

"요년, 보기 싫다. 어서 부엌에 가서 저녁이나 지어라."

순이는 또 시키는 대로 부엌에 들어가서 밥을 안쳤다.

그럭저럭 하루 해는 저물어 간다. 으슥한 부엌은 벌써 저녁이나 된 듯이 어둑어둑해졌다. 무서운 밤, 지겨운 밤이 다시금 그를 향하여 시커먼 아가리를 벌리려 한다. 해질 때마다 느끼는 공포심이 또다시 그를 엄습하였다. 번번이 해도 번번이 실패하는, 밤 피할 궁리로 하여 그의 좁은 가슴은 쥐어 뜯기었다. 그럴

사이에 그 궁리는 나서지 않고 제 신세가 어떻게 불쌍하고 가엾은지 몰랐다. 수백 리 밖에 부모를 두고 시집을 온 일, 온 뒤로 밤마다 날마다 당하는 지긋지긋한 고생, 더구나 오늘 시어머니한테 두들겨 맞은 일이 한없이 서럽고 슬퍼서 솟아오르는 눈물을 걷잡을 수 없었다. 주먹으로 씻다가 팔까지 젖었건만 눈물은 그치지 않았다.

그때였다. 누가 뒤에서 그의 어깨를 흔들었다. 순이는 무심코 돌아보자마자 간이 오그라붙는 듯하였다. 그의 남편이 몸을 굽혀서 어깨넘어로 그를 들여다보고 있지 않은가. 그 볕에 그을린 험상궂은 얼굴엔 어울리지 않게 보드라운 표정과 불쌍해 하는 빛이 역력히 흘렀다. 그러나 솔개에 치인 병아리 모양으로 숨 한번 옳게 쉬지 못하는 순이는 그런 기색을 알아볼 여유도 없었다.

"왜 울어, 울지 말아, 울지 말아!"
라고 꺽세인 몸을 떨어뜨리며 위로를 하면서 그 솥뚜껑 같은 손으로 우는 순이의 눈을 씻어주고는 나가버린다.

남편을 본 뒤로는 더욱 견딜 수 없었다. 가슴을 지질러서 막는 바위, 온몸을 바스러 내는 쇠몽둥이, 시방껏 흐르던 눈물도 간데없고 다시금 이 지긋지긋한 '밤 피할 궁리'에 어린 머리를 짰다. 아니 밤 탓이 아니다. 온전히 그 '원수의 방' 때문이다. 만일 그 방만 아니면 남편이 또한 그 눈물을 씻어주고 나갈 따름이다. 그 방만 아니면 그런 고통을 줄려야 줄 곳이 없을 것이다. 고 원수의 방을 없애 버릴 도리가 없을까? 입때 방을 피하려다가 뜻을 이루지 못한 순이는 인제 그 방을 없애버릴 궁리를 하게 되었다.

 밥이 보그르르 넘었다. 순이가 솥뚜껑을 열려고 일어섰을 제 부뚜막에 얹힌 성냥이 그의 눈에 띄었다. 이상한 생각이 번개같이 그의 머리를 스쳐 간다.

 그는 성냥을 쥐었다. 성냥 쥔 그의 손은 가늘게 떨렸다. 그러자 사면을 한 번 돌아볼 겨를도 없이 그 성냥을 품속에 감추었다. 이만하면 될 일을 왜 여태껏 몰랐던가 하면서 그는 싱그레 웃었다.

 그날 밤에 그 집에는 난데없는 불이 건넌방 뒤꼍 추녀로부터 일어났다. 풍세를 얻은 불길이 삽시간에 온 지붕에 번지며 훨훨 타오를 제 뒷집 담 모서리에서 순이는 근래에 없이 환한 얼굴로 기뻐 못 견디겠다는 듯이 가슴을 두근거리며 모로 뛰고 세로 뛰었다.

출전:개벽(1925. 1)

그리운 흘긴 눈

그이와 살림을 하기는, 내가 열 아홉 살 먹던 봄이었습니다. 시방은 이래로——삼십도 못 된 년이 이런 소리를 한다고 웃지 말아요. 기생이란 스무살이 환갑이라니, 삼십이면 이를테면 백 세 상수 한 할미쟁이가 아니야요?——그때는 괜찮았답니다. 이 푸르죽죽한 입술도 발그스름하였고 토실한 뺨볼이라든지, 시방은 촉루(髑髏)란 별명조차 듣지마는 오동통한 몸피라든지, 살성도 희고, 옷을 입으면 맵시도 나고, 걸음걸이도 멋이 있었답니다. 소리도 그만저만히 하고 춤도 남의 흉내는 내었답니다. 화류계에서는 그래도 누구하고 이름이 있었는지라 호강도 우연만히 해 보고 귀염도 남불잖이 받았습네. 망할 것, 우스워 죽겠네. 하자는 이야기는 아니 하고 제 칭찬만 하고 앉았구먼.

어쨌든 나도 한 시절이 있은 것은 사실입니다. 해구멍이 막히지도 않아 요릿집에서 인력거가 오고 가고만 보면 새로 두 점 석 점 전에는 집에 돌아온 적이 별로 없었습니다. 그나마 집에 와서 곧 자느냐 하면 그렇지도 않아, 대개 집에 손님이 기다리고 있기도 하고 또는 손님과 같이 올 때가 많았습니다. 그래 가지고 또 고달픈 몸을 밤새도록 고달프게 굴다가 해뜬 뒤에야 인제 내 세상인가 보다 하고 간신히 눈을 붙이면 사정 모르는 손들이 낮부터 달겨들어서 고단한 몸을 끌고 꽃구경을 간다, 들놀이를 간다, 절에를 나간다 합니다그려. 그러니 몸이 피로 않을 수 있습니까? 놀기란 참고된 일입네다. 어느 때는 사지가 늘어지고, 노는 것이 딱 싫고 귀찮아서,

'이년의 노릇을 언제나 마나!'
하고 탄식이 나옵니다.

그럴 때 나의 눈앞에 그이가 나타났습니다. 나보담 네 해 맏이인 그는 귀공자답게 얼굴도 곱상스럽고 돈도 잘 쓰며 노는 품도 재미스럽고 호기스러웠습니다. 나는 고만 그에게로 마음이 솔곳하고 말았지요. 그이도 나에게 적지 않게 빠진 모양이었습니다. 그럭저럭 관계가 깊어 가자 그이는 나와 살자고 졸르지 않겠습니까? 마츰 기생 노릇도 하기 싫던 차이고 밉지도 않은 사내라 내심으론 이게 웬 떡이냐 싶었지만 그래도 기생 행투가 그렇지 않아 이 핑계 저 핑계로 그이를 바싹 달게 해서 돈 천 원이나 착실히 빼앗아서 어머니를 주고 마지 못 해 하는 듯이 살림을 들어가게 되었습니다.

그이는 간이라도 빼어 먹일 듯이 나를 사랑해 주었습니다. 나를 얻기 전에도 오입깨나 해 본 모양이었으나 나이가 나이라 어리고 참다운 곳이 있었습니다. 나의 말이면 콩을 팥이라 해도 곧이들었습니다. 나의 청이라면 무엇이고 낙종치 않는 것이 없었습니다. 이 눈치를 알아본 나는 그이로부터 갖은 것을 졸라 내었습니다. 우리 든 집문서도 내 이름으로 내게 하고 자개농이

랑, 자개 의걸이랑 한 칸 벽에 맞는 큰 체경이라, 물론 온갖 비단과 포목을 필필이 들여오게 하고 철철에 따르는 비녀며 사흘돌이로 진고개에 가서는 순금 반지, 진주 반지, 보석 반지를 사게 하였습니다. 이 외에 어머니의 생신이라는 둥, 일가의 혼례에 쓴다는 둥, 장사에 쓴다는 둥, 빚을 졌다는 둥 갖은 핑계를 만들어서 그의 돈을 긁어내었습니다. 무슨 내 변명이 아니라 이런 짓을 한 게 전수이 나의 욕심 사나운 까닭도 아닙니다. 사라고 하고 달라고 하는 그것이 어쩐지 좋고 재미스럽기도 하였어요. 그리고 또 그것이 그에게 피우는 애교이고 아양이었어요. 그것뿐도 아니지요. 내 말이라면 어느 정도까지 들어주나, 곧 그이가 나한테 얼마나 홀리었는지를 자질도 하고 싶고, 뜻대로 성공을 하면 물건 얻은 것보담 몇 갑절 더 기뻤습니다. 물론 어머니가 뒷구멍으로 부추기기도 하였지만.

그인들 몇만 금을 제 수중에 두고 쓰는 게 아니라 아버지를 팔고 빚을 내는 것이니 하로 이틀 아니고 물 쓰듯 하는 돈을 언제까지 대어갈 수가 있겠습니까? 같이 산 지 석 달이 못 되어 돈 주변 할 길이 막힌 모양이었습니다. 아모리 귀한 자식의 빚봉수라도 한 번 두 번이지 전부 아버지가 갚아줄 리가 있겠어요? 더구나 구두쇠로 유명한 그의 부친이 그때까지 참은 것도 장한 일이지요. 마츰내,

"너 같은 놈은 자식으로 알지 않으니 죽든지 살든지 나는 모르겠다."

하게 되었습니다. 그전에도 여러 번 그러고 얼렀지만 인제는 아주 사실로 나타나게 되었겠지요.

빚쟁이는 벌떼같이 일어났습니다. 요릿집에서 금은방에서 선전(縇廛) 드팀전에서 더구나 고리대금업자한테서 빚쟁이는 문간을 떠날 새가 없었습니다. 부잣집 외동아들로 자라나 도모지 졸리는 것을 모르던 그이는 담박에 입술이 바싹바싹 말라가기 시작하였습니다. 문간에서 찾는 소리만 나면 왼 몸을 옹송그리고 얼골이 파랗게 질리는 꼴이란 곁에서 보아도 가이없었습니다. 내 탓으로 이 곤란을 받건마는 그래도 나를 원망하거나 미워하는 기색은 보이지 않았습니다. 빚에 졸리는 것이 딱하기도 하고 또 자격지심도 나서,

"나 때문에 이런 곤란을 당하시지요? 내가 몹쓸 년이야."
하면은, 그이는,
"그게 무슨 말이야?"
하며 질색을 하고,
"왜 채선(彩仙)이 때문이람? 내가 못생긴 탓이지."
하고는 도리어 면목 없는 듯이 고개를 숙이었습니다.

이런 중에 그에게는 또 기막힌 일이 생기었지요. 그것은 다른 일이 아니라 그이가 돈 쓰기도 급하였고 또 못된 동무의 꾀임에 빠지어 아버지 도장을 위조하여 빚을 낸 일이 발각이 된 것이야요. 돈 뀌어준 놈도 물론 알고 한 일이지만 그의 아버지가 나는 모른다고 딱 거절을 하니까 인제는 그이를 보고 어르딱딱거리며 사기를 했느니 인장 위조를 했느니 만일 일주일 안으로 갚지 않으면 고소를 하느니 하고 야단을 합니다. 간이 작고 마음이 여린 그는 얼골이 샛노랗게 타들어 가겠지요. 몇 번 그의 어머니를 새에 두고 또는 직접으로 자기 아버지께 말을 해 보는 모

양이었으나 도모지 일이 안 된 줄은 그 찡긴 눈썹과 부러진 새 죽지 같은 어깨를 보아도 짐작할 수 있습디다. 그이는 조바심이 되어서 못 견디는 듯이 누웠다 앉았다 일어섰다 금세로 집을 뛰어나가는가 하면 금세로 또 뛰어들어 오겠지요.

그러다가 나종에는 돌부처나 무엇같이 한자리에 우두커니 앉으면 멍하니 바람벽만 바라보고 어느 때까지 손끝 하나 꼼짝도 아니 하였습니다.

내일 같이 그 일주일이란 기한 날이고 오늘 같은 저녁이었습니다. 여름답게 흰 구름이 봉오리 봉오리 솟은 하늘엔 밝은 달이 걸리었습니다. 우리는 저녁을 먹고 나서 마루로 나와 달을 쳐다보고 있었습니다. 그때에 나는 문득,

"작년 이맘때에는 한강에서 선유를 하였는데."
하였습니다. 굼실거리는 시원한 물결은 그림자를 부수는 배가 눈앞에 선하게 떠 보이매 갑자기 덥고 갑갑해서 견딜 수 없겠지요. 그러나 아모리 뻗치 좋은 나인들 사면팔방으로 빚에 졸리어 머리를 못 드는 그이에게 뱃놀이 가잘 염의야 있어요?

"이런 밤에 집에 처박히어 나가지도 못하구."
하매 번화롭던 옛날 기생 생활이 그리웠습니다. 살림 들어온 것이 후회가 났습니다. 이렇게 마음이 달뜨는 판에 곁에서 훌쩍훌쩍 하는 소리가 나지 않겠습니까? 돌아다보니 그이가 울고 있지 않아요!

"왜 우셔요?"
하니까 얼른 대답은 아니 하고 설움이 북받치어 참을 수 없다는 듯이 이윽히 코만 들이마시다가 껄떡대는 목청으로,

"채선이는, 채선이는 내가 내가 감옥엘 들어가면 또 기생으로 나가겠지?"

하고 눈물이 그렁거리는 눈을 나에게로 돌리겠지요. 내 속을 알아채었나 보다하고 가슴이 뜨끔하였으되 놀아먹은 보람이 있어서 담박에,

"흉업게스리 그게 무슨 말씀이야요?"

하고 질색을 하였습니다.

"아니야, 내가 감옥엘 가면 채선이는 또 기생에 나가서 뭇놈의 사랑을 받을 거야."

감옥에 간단 말이 조금 안 되었지만 속으로는 암 그렇지 하면서도 입 밖에 내어서는,

"그럴 리가 있겠어요? 설령 나으리가 감옥에 간다손 치더라도 내야 당신 사람이 아니야요? 왜 또 기생에 나가겠습니까? 댁에 가서 행랑방 구석으로 돌아다닐지라도 나으리의 나오시기만 기다리지요."

라고 꿀을 담아 붓는 듯한 마음에 없는 딴청을 부리었습니다. 이 말에 그이는 매우 감동된 모양이었습니다. 바싹 다가들며,

"그게 참말이야!"

"그럼 참말 아니구."

"그래, 내가 감옥엔 가도 수절을 하고 나를 기다리겠단 말이야?"

"그럼 수절하구말구."

천연덕스럽게 꼭 그리할 듯이 딱 끊어서 대답을 하였으되 속으로는 수절이란 말이 어째 《춘향전》이나 읽는 듯해서 우스웠

습니다.

"만일 내가 감옥엘 아니 가고 죽는다면?"

하고 그이는 나의 얼골을 딱 노리었습니다. 그 시선이 전에 없이 날카로워서 슬쩍 외면을 하면서도,

"따라 죽지."

하고서 청승맞게, 너 죽고 나 살면 열녀 되나 한강수 깊은 물에 빠져나 죽지 하는 노래를 읊었습니다. 나도 죽일 년이지요. 그 소리를 들으며 그이는 또 얼빠진 듯이 우두커니 앉았다가 무슨 단단한 결심을 한 것같이 벌떡 일어서며,

"채선이, 내 할말이 있으니 방으로 들어가자."

하지 않겠어요? 나는 흥 또 안고 끼고 하려나 보다 하였습니다. 그이는 아즉도 숫기가 남아 있어 남 보는 데 아니 남이 볼 만한 데에서는 나의 손목 한번 시원스럽게 못 쥐고 그리하고 싶을 때엔 꼭 방으로 끌고 들어갔습니다. 더구나 요사이 와서 몹시 근심을 한 뒤이라든지 또는 비관한 뒤이라든지 반드시 나를 쓰다듬고 어루만지기를 잊지 않았습니다. 이런 짐작을 한 나는 조금 앙탈도 하고 싶었으나 그의 운 것이 가엾어서 말대로 방에 들어갔습니다. 방에 들어온 그는 방문을 모두 안으로 닫아걸겠지요. 내 짐작이 틀리지 않구나 하면서도,

"이 유월 염천에 방문을 왜 닫아요? 남 더워 죽겠는데."

라고 까짜를 올렸건만 그 말에는 아모 대답이 없고 제 할 일을 다해 버립디다. 전 같으면 부끄러운 듯이 눈을 찡긋하기도 하고 손짓으로 말 말라고도 하였으련만. 나는 벌써 내 입술에 닿는 그의 입술, 나의 젖가슴으로 허리로 도는 그의 팔을 기다렸

건만 그이는 이상스럽게 엄연한 얼굴로 마주 앉아 있을 뿐입니다. 얼마 만에 그이는 가라앉은 목소리로,

"채선이! 네나 내나 이 세상에 더 구차히 산다 한들 또 무슨 낙을 보겠니? 차라리 고만 죽어버리는 게 어떠냐?"

하겠지요. '미쳤나, 죽기는 왜 죽어' 하면서도,

"그래요, 고만 죽어버려요."

라고 쉽사리 찬성을 하였습니다.

"그래 나하구 같이 죽을 테냐?"

"나으리하구 죽는다면 죽는 것도 꿀이지요."

"내야말로 너하구 같이 죽는다면 한이 없겠다."

하는 그이의 소리는 떨리었습니다. 나도 일부러 목이 메이며,

"내야말로 나으리하구 죽으면 한이 없어요."

"말만 들어도 고맙다만 정말 나하구 죽을 테냐?"

"원 다심도 하이. 죽는다면 죽는 게지. 그렇게 내가 못 미덥단 말이야요?"

하고 가장 남의 속을 못도 알아준다는 듯이 새파랗게 성을 내었습니다. 그리하는 것이 어째 신파 연극을 하는 듯싶어 재미스러웠어요. 설마 죽을 리는 만무하고 이왕이면 이대도록 너한테 정이 깊다는 걸 표시함도 좋았어요. 그이는 나의 기색을 살피더니 그만하면 되었다 하는 듯이 벌떡 일어나 자기가 쓰는 가방을 가져오더니 그 안에서 흰 봉지를 하나 끌어내겠지요. 그 봉지 속으로는 밤낱 만한 고약 같은 것 두 개가 나왔습니다.

"저것이 아편이구나."

하매 가슴이 조금 섬뜩거리었으되 그리 놀라지는 않았습니다.

그 약으로 말하면 그이가 돈 안 주는 자기 아버지를 놀라게 하려고 몇 번 자기 어머니에게 보이는 것을 곁에서 구경을 하였으니까요. 그것을 먹고 죽는다고 야단을 해서 돈을 얻어 온 일도 있으니까요. 그러니 시방 와서 새삼스럽게 놀랠 것도 없지마는 같이 죽자는 말끝에 그것이 나온지라 시방껏 달떴던 마음이 조금 긴장은 됩디다. 그이는 자리끼를 당기더니 그 약을 앞에다 놓고 이윽히 나려다 보며 닭의똥 같은 눈물을 뚝뚝 떨어뜨리지 않겠습니까. 그때만은 나의 가슴도 찌르르 하였습니다.

　한참 약을 나려다보고 울고 있던 그이는 무슨 비장한 결심을 한 듯이 몸을 흠칫하더니 그 약 한 개를 얼른 입에 집어넣고 한 개를 집어 나를 주지 않겠습니까. 나도 서슴지 않고 그 약을 받아 입에 넣었습니다. 약을 머금은 그는 손가락으로 자리끼를 가리켜 나한테 물을 마시란 뜻을 보이었습니다. 나는 그의 시키는 대로 물을 마시었으나 물만 넘기었지 약은 혀 밑에 감춰둔 것은 물론입니다. 내야 꿈에도 죽을 마음이 없었습니다. 같이 사는 정의에 그이의 빚에 졸리는 것이 딱하지 않은 바이 아니고 그 때문에 살림살이가 전같이 호화롭지는 못하였을망정 그걸로 비관할 까닭은 조금도 없었습니다. 정 못 살게 되면 도로 기생으로 나갈 뿐입니다. 벌써 살림살이에 물려서 그렇지 않아도 기생 생활이 그립던 나인데 아직 나이 어리고 남에게 귀염받던 일, 호강하던 일이 어제 일같이 역력히 기억에 남아 있는 나인데, 앞길에도 기쁨과 호강이 춤추며 기다리고 있는 줄 믿는 나인데, 왜 죽자는 마음이 추호만친들 생기겠습니까? 내 몸뿐만 아니라 그이가 죽는다는 것도 믿지 않았습니다. 처음엔 실없는 거짓말로 알았고 약을 머금은 뒤에라도 또 무슨 연극을 꾸미는가 보다, 내일이고 모레면 그 댁에서 허덕지덕 돈을 갖다 줄 터이니 또 흥청거릴 수 있구나 하고 도리어 기쁘기도 하였습니다. 독약을 먹고 하는 노릇이라 가슴이 조금 아니 떨린 것도 아니지만.

그러나 어찌해요! 그이는 나의 물 마시는 것을 보더니 매우 안심된 듯이 내 손에서 자리끼를 빼앗아 꿀떡 마셔 버렸습니다. 그이가 정말 약을 삼킨 것은 좁은 목구멍으로 굵은 약덩이가 넘어가노라고 얼골이 새빨개지고 어깨를 추스르며 목줄기가 구불텅거리는 것만 보아도 알 수 있습디다. 그러더니 고만 뒤로 벌떡 자빠지겠지요. 약 힘이 삽시간에 퍼진 것은 아니겠지만 약을 먹었다 하는 생각에 정신을 잃었는가 보아요.

이 뜻밖의 일에——그이로 보면 조금도 뜻밖의 일이 아니겠지만——나는 더 할 수 없이 놀래었습니다. 저이가 정말 죽었구나 하는 생각이 칼날같이 가슴을 찌르자마자 뭐라고 형용할 수 없는 감정이 왼 몸을 뒤흔들었습니다. 무어니무어니 하여도 고작해야 열아홉 살 먹은 계집애가 아니야요? 이 난생처음 당하는 큰일에 어안이 벙벙하여 '악' 소리도 치지 못하고 가위눌린 눈만 휘둥그리다가 나도 죽었네 하는 듯이 뒤로 자빠졌습니다…….

얼마 되지 않아 그이가 벌떡 일어나 미친 듯이 방안을 왔다 갔다 하지 않아요? 아편을 먹으면 자는 듯이 죽는다는 것은 빨간 거짓말인가 보아요. 답답하고 뉘엿거려서 못 견디겠다는 듯이 두 손으로 가슴을 쥐어뜯으며 핫핫 하고 괴로운 숨을 토합디다. 그러더니 다짜고짜로 두 손을 입 안으로 넣어 왝 헛구역질을 하겠지요. 아마 속이 너무도 괴로우매 죽자는 결심도 간 곳

없고 먹은 약을 토해낼 작정이던가 보아요. 그러나 약은 아니 나오는듯하였습니다.

　이 광경을 바라보는 나도 일변 무섭기도 하였지만 못 견디리 만큼 괴롭기도 하였습니다. 그의 받는 고통이 도모지 내 탓이 아니야요? 날로 하여 돈을 쓰고 그 돈에 몰리다 못하여 죽는 죽음이니 내 탓이 아니고 누구의 탓이겠습니까? 그런데 나는 죽을 때까지 그를 속이었습니다. 거짓 죽는 시늉을 해서 그를 속이었습니다. 내가 만일 따라 죽는다 아니 하고 그를 말리었던들 그이는 아니 죽고 말았을지도 모르지요. 그 약을 먹고 저런 욕을 아니 보는지도 모르지요. 그러면 내 손으로 그이를 죽인 것이나 진배가 무엇입니까? 그때에야 물론 이렇게 사리를 쪼개서 생각은 안 했지마는 차마 그이의 괴로워하는 꼴을 볼 수는 없었습니다. 나는 진저리를 치고 눈을 딱 감았습니다. 그때입니다. 무엇이 나의 어깨를 흔들지 않아요? 번쩍 눈을 떠 보니까 그이가 걸어쳐 올라가는 개개풀린 눈으로 내 옆에 앉아서 나를 나려다보고 있겠지요. 나는 소름이 쭉 끼치어 흠칫하고 몸을 소스라쳐 일으켰습니다.

　나의 일어나는 것을 보고 그이도 따라 일어서며 용서해 달라는 표정으로,

　"괴롭지, 괴롭지? 공연히 나 때문에."

라고 더듬거리고는 눈에 눈물이 핑 도는 듯하였습니다. 그 소리는 어쩐지 무서움에 떠는 나의 창자 속까지 스며 들어가는 듯하였습니다. 나의 눈에도 뜨거운 눈물이 쏟아졌습니다. 그러자 그이는 바짝 다가들며 한 손으로 내 목덜미를 안고 또 한 손일랑

나의 입에 들이대입디다. 죽어 가는 그이, 아니 벌써 송장이나 진배없는 그의 손이 나에게 닿았건만 나는 조금도 전같이 두렵고 무서운 중이 들지 않았습니다.

"배앝아라 배앝아, 어서 배앝아."

하고 그이는 손가락을 내 입안으로 꾀역꾀역 들이밀겠지요. 이때에 입안에 든 약을 생각한 나는 흘리던 눈물을 뚝 그치고 에그머니! 싶었습니다. 나는 그이의 지중한 사랑에 감읍하였으되, 그이가 돌려내려고 애를 쓰는 것이로되, 나는 그 약을 내어놓기가 죽어도 싫었습니다. 나는 차라리 삼켜버리려 하였습니다. 몇 번을 침을 모아 그 약을 넘기려 하였으나 원수옛 덩이가 큰 까닭인지 세상 넘어가지를 않습디다. 그러는 판에 내 입에 들어온 그이의 손가락이 벌써 그 약을 집어내겠지요. 그 약을 집어내자 나를 바라보던 그이의 얼골은 시방도 잊히지 않습니다.

어쩌면 그 곰상스럽던 얼골이 그렇게 무섭게 변할까요! 나는 어떻다 형용할 수가 없습니다. 제 계집이 딴 사내를 끼고 자는 것을 보는 본남편의 얼골이나 그러할는지요? 그 얼골의 표정은 분노 그것이었습니다, 원한 그것이었습니다. 입술을 악물고 드러난 이빨 하나만 보고라도 누구든지 질겁을 할 것입니다. 더구나 잊히지 않는 것은 그 눈자위예요. 일상 생글생글 웃는 듯하던 그 눈매가 위로 홉뜨이어서 미친 개눈깔같이 핏발을 세워 나를 흘긴 것이야요. 그 무섭기란 시방 생각하여도 몸서리가 치어요. 그이는 숨이 진 뒤에도 그 홉뜬 눈을 감지 않았습니다.

물론 나는 고약한 년이지요. 그를 죽을 때까지 속인 몹쓸 년이지요. 그러나 그이는 나에게,

"괴롭지?"

하고 묻지 않았어요?

"배앝아."

라고 하지 않았어요? 돌려내려고 내 입에 손까지 넣지 않았어요? 그러다가 약을 삼키지 않고 그저 있음을 보았으면 내 마음은 어떠하든지 그이는――죽어가면서도 나를 생각한 만큼 거룩한 사랑을 가진 그이는 기뻐해야 옳을 일이 아니에요? 좋아해야 옳을 일이 아니에요? 그렇게 성을 내고 나를 흘길 일이 무엇이에요? 내 그른 것은 어찌겠든지 그때에는 그이가 야속한 듯 싶었어요. 야속하다느니보담 의외이었어요. 그런데 시방 와서는 그 흘긴 눈이 떠나올 적마다 몸서리가 치이면서도 어째 정다운 생각이 들어요, 그리운 생각이 들어요!

출전:폐허이후(1924. 1)

새빨간 웃음

1

 여름밤 새벽 삶고 찌는 듯하던 더위도 인제야 잠깐 물러갔다. 질식한 듯싶던 바람이 갑자기 생기를 얻은 것이 슬슬 들자 그 축축하고 눅눅한 입김에 흔들리어 새하얀 달빛이 흩어졌다. 그 흰 가루는 마치 눈보라 모양으로 입때껏 부글부글 괴어 오르던 땀을 싸늘하게 식히는 듯하였다.
 더위에 헐떡이는 것같이 훨씬 열린 경화의 방 미닫이는 아직도 닫히지 않았다. 병일이와 단둘이 자는 꼴을 어둠으로 가리우노라고 전등불은 꺼두었건만 그 대신 속 없는 달빛이 기어 들어 올 줄은 몰랐다. 연옥색 망사모기장으로 걸어 놓으매 밝고 흰 광선은 푸르게 변하여 햇발에 비친 바닷속도 이러할 듯. 그렇다면 젊은 사내와 계집의 손길, 발길에 채이고 밀리어 여기 불룩불룩 저기 꾸김꾸김한 모시 겹이불은 굼실거리는 물결이라 할까.
 베개와 요, 이불을 내버리고 맨방바닥에 굴러와서 자던 병일은 선선한 기운에 잠이 깨었다. 어젯밤 명월관에서 삐루에다가 위스키를 많이 타 먹은 탓으로 눈 뜰 겨를도 없이 타는 듯한 갈증을 느낀 그는 자리끼를 거진 다 말리고 보니 화류 문갑 위에 얹힌 자개박이 체경이 번들번들하며 그 옆에 놓인 유리 항아리에 둥실둥실 떠다니는 금붕어가 역력히 보였다. 이 밝은 빛의 원인을 알아차리자 그는 미닫이 편으로 고개를 돌리었다.

목단화 송이처럼 멍울멍울한 구름 위에 반 남아 이즈러진 달이 마조 들여다본다.

경화도 오른팔과 왼편 다리로 귀찮은 듯이 이불을 걷어 제치고 벼개에서 미끄러진 머리를 벼개에 처박은 채 곤하게 잔다. 그 벌거벗은 가슴, 다리, 팔은 달그림자로 말미암아 은물에 적셔 놓은 듯. 거기 어른어른하게 수놓은 모기장은 마치 인어 몸에 붙은 파래인 듯싶었다.

이 명랑하고도 몽롱한 빛 물결 위로 한껏 정화되고 미화되어 떠오른 제 사랑을 홀린 듯이 바라보면서 병일은 문득 처음 경화를 만나던 광경을 눈앞에 그리어 보았다.

2

작년 이맘때, 또한 달 밝은 저녁이었다. 석왕사 솔밭, 느릿느릿한 걸음으로 석후 산보를 하던 길에 자기를 향해 걸어오는 여자 하나를 보았다. 묵화를 친 듯이 길길이 누운 소나무 그림자 위로 그 여자의 기름한 그림자는 헤엄을 치는 듯이 움직이었다. 유달리 숱 많은 푸수수한 머릿밑으로 갸름하고도 동그스

럼한 흰 윤곽은 대개 짐작하자마자 그는 기막히게 어여쁜 무엇을 본 듯싶었다. 그의 발길은 그 여자의 그림자를 밟았다. 병일의 타는 듯한 시선에 들어온 경화의 인상은 놀랄 만치 아름다웠다. 하느적하느적 자기 옆을 지나칠 제 소르르 코안으로 기어드는 냄새도 이 세상의 향기가 아니었다. 사르락사르락 그윽한 소리와 함께 조금 긴 듯한 치마가 잔잔한 물결을 치던 구김살까지 시방도 선하다…….

3

그 후 서울에 올라와서 얼굴 바탕과 이목구비의 생긴 양을 뽀이에게 그리다시피 일러 듣기어 경화를 불러온 것만 보아도 그때의 인상이 얼마나 분명한 것을 짐작할 수 있으리라. 한 번 열린 사람의 길은 그리 힘하지 않았다. 만석꾼의 외동아들로 물 퍼붓듯…… 끼없는 금전의 힘은 쉽사리 경화를 손아귀에 넣을 수 있었다. 낮이면 낮, 밤이면 밤으로 만나고 싶은 대로 만나고 보니 인제 와서는 그다지 못 견딜 지경은 아니러니 오늘 밤이야말로 그때의 기억이 새로워지며 그자는 얼굴이 열 곱절 백 곱절 더 아름다웠다.

귀까지 휩싸서 너울너울 뒤로 넘긴 독특한 머리 쪽짐, 별로 굴곡 없이 보드랍게 나려온 뺨의 선이 양양히 뼈 언저리에 와서 도두룩하게 불러지며 동그스름하게 굽어들어 타원형으로 미끄러져서 이룩된 귀염성 있는 아래턱, 방싯 웃으려는 연꽃 봉오리 같은 입…… 병일은 제 사랑의 가지가지 미점을 눈으로 맛보기에 거의 넋을 잃었다. 생각하면 경화를 처음 보고 얼마나 애를 태웠던고. 마음을 졸였던고. 달빛이 지은 신기루와 같이 문득 나타났다가 문득 사라진 애닯은 그 그림자를 얼마나 그리었던고. 다시 한번 맞아보자고 갖은 궁리가 머리를 설레었건만 가을 하늘에 높이 달린 별과 같이 부여잡을 모책이 없고 따나릴 도리가 나서지 않았었다. 그런데 오늘날은 어떠하냐. 그 별은 자기에게 몸과 마음을 바친 지가 오래가 아니냐. 도리어 이편의 마음이 뜨아하건만 저편이 더욱더욱 달라붙는 형편이 되었다.

"죽으면 같이 죽고 살면 같이 살자."

는 맹서도 여러 번 들었다.

"기생이란 제발 싫어요. 물동이를 이고 김을 매어도 병일 씨(나으리라고 부르기가 거북한 듯이 또는 정답지 못한 듯이 경화는 병일을 항상 이렇게 불렀다)와 같이 한다면 난 고된 줄도 모르겠어요."

진정 비슷, 농담 비슷, 또는 남의 흉내 비슷, 이런 말을 늘어놓다가 부끄러운 듯이 병일의 가슴에 머리를 파묻기도 하였다. 다시 고개를 들 때에 눈에 눈물이 그렁그렁하면서,

"나는 참말을 해도 어째 거짓말 같아요."

하고 한숨도 여러 번 짓지 않았느냐. 이달 내로 아버지 돈을 얼마쯤 끌어내면 두말없이 때어 들일 수가 있지 않느냐——이런 생각을 하는 병일의 입술에는 쉴 사이 없이 만족의 미소가 떠올랐다.

그 옆으로 다가 누우며 미친 듯한 포옹도 하고 싶었으나 곤한 잠을 깨우는 것도 애처로워서 그만두었다. 그 대신 어슴푸레한

그늘이 어룽진 이 세상 것 아닌 아름다운 살덩어리를 거짓이나 아닌가 의심하는 듯이 손으로 그 뺨을 더듬고 그 턱을 만지고 그 젖가슴을 쓰담았다. 손바닥의 매끄럽고 포근포근한 촉감으로 말미암아 병일의 심신은 실실이 풀리는 듯하였다.

 깬 이의 손길이 자는 이의 팔뚝을 스칠 판이었다. 살 아닌 명주 헌겊 같은 것이 만치었다. 조금 이상하게 생각하고 머리를 번쩍 들어보니, 과연 거기는 길이 네 치 가량이나 되는 명주 헌겊으로 휘휘 감아둔 것을 발견하였다.

 처음에는 헐모나 상처를 매어둔 것이어니 하였으나 명주로 싼 것이 야릇하여서 끌러보려고 하였건만 매인 고를 찾을 길이 없었다. 그는 호기심이 부쩍 나서 몸을 일으켜 전등을 켰다. 지금까지 희미하게 졸 듯하던 방안은 살기를 띤 듯한 명랑한 불빛으로 부시게 밝아졌다. 자세히 본즉 맨 것이 아니요 가는 실로 정성되이 감춰 놓은 것이었다. 만져도 보고 눌러도 보았건만 상처나 헐모는 아닌 듯 병일은 의심이 와락 났다. 무슨 큰 비밀의 봉지를 열려는 것처럼 일단 정성을 다 모아 살살 뜯어 보려다가 잘 뜯겨지지 않으매 손가락을 감친 어름에 넣어서 힘껏 잡아채었다. 실밥은 쉽사리 터졌으되 그 서슬에 경화가 잠을 깨었다.

 경화는 한 손으로 그곳을 훔켜 쥐며 놀랜 듯이 벌떡 일어 앉았다.

 "안 주무시고 무얼 하셔요"
하면서 자던 이의 눈은 둥그래진다.

 "팔뚝에 감아둔 것이 무에야"
 병일이도 마주 일어 앉으며 다짜고짜로 물었다.

"팔뚝에 감아둔 것"

하고 잠깐 생각을 돌리는 듯하더니 경화의 얼굴은 살짝 변해졌다.

"저어…… 헐모가 나서……."

말끝을 흐린다.

병일은 바싹 다가앉으며,

"헐모가 어데 어떻게 났누? 어데 좀 보자꾸나."

하고 움켜쥔 손을 떼려 하였다.

"그것은 봐서 무엇해"

하고 몸을 틀며 매우 난처한 듯이 눈썹을 찡기었다.

 아니 보이려고 드는 것이 더욱 수상하다. 병일은 기어이 보자고 덤비었다. 얼마동안 승강을 하다가 아니 보이고는 못 배길 줄 알아챈 계집의 입술은 가늘게 떨리고 눈썹은 꼿꼿해졌다. 무슨 매서운 결심을 하는 듯이 아랫입술을 꼭 물자 마츰내 손을 떼었다. 그 시원하고 거슴츠레한 눈은 핏발이 서며 반들반들 번쩍인다. 여러 겹 싼 헌겊을 다 펴고 본즉, 그것은 헐모도 아니요 상처도 아니었다. 뽀얀 살 위에 먹실로 '백년랑군 김상렬'이라고 뚜렷이 뜬 것이었다.

4

"기어이 보았으니 속이 시원하겠구려."

 한동안 납덩이 같은 침묵이 계속된 뒤에 경화는 먼저 이런 말을 붙이며 댁대굴 웃었다. 그 웃음소리는 방 밖의 달빛과 어우러지며 옥가루같이 부서진다. 손바닥으로 뺨을 괴고 방 위에 머리를 부딪힌 사람처럼 얼없이 앉아 있던 병일은 머쓱머쓱히 아모 대꾸가 없었다.

"그 잘난 것을 보고 왜 이리 정신이 빠졌슈?"

년은 무슨 기쁜 일이나 생긴 듯이 역시 생글생글 웃으면서 새끼손가락으로 놈의 뺨을 튀기었다.

"에끼 요악한 년!"

배앝는 듯이 한 마디하고 놈은 앳된 이맛살을 억지로 찌푸렸다. 귀공자답게 뭉실뭉실하게 살찐 얼굴에 벌컥 피가 올랐다.

"에그머니, 못 할 소리가 없네. 왜 내가 요악한 년이람?"

"입때껏 나하고 정이니 사랑이니 하던 것은 모두 거짓말이었구나."

놈은 혼잣말같이 읊조리었다.

"거짓말인 줄 어째 알았슈?"

별안간에 년은 농치던 말씨를 고치며 진국으로 대어들다가 문득 또 한 번 깔깔 웃었다.

"흥, 우스꽝스러운 일도 많다. 팔뚝에 새긴 것을 보고야 거짓인 줄 황연대각(晃然大覺)을 했구료. 어릴 때 쑥스러운 작난도 이런 때에는 매우 유용한 걸······. 워낙 사랑이란 팔뚝에 새겨야 쓰지요."

하고 스스로 빈정거린다.

"······열다섯 살 때 이웃에 사는 탓으로 동무 삼아 놀다가 팔에 먹실을 넣은 것이 그대로 백 년 랑군이나 되었으면 이 노릇은 아니할걸. 늙어 죽을 때나 다시 만날는지 육 년 동안에 코빼기나 얼씬해야지. 생시는 구만두고 꿈에라도 보여야지······."

"팔뚝에까지 새긴 남편을 꿈에도 생각지 않는단 말이야"

"든 정이 있어야 나는 정이 있다구, 생각할 건덕지가 있어야 생각이라도 해 보지. 괴망(怪妄)스러운 녀석 같으니 무슨 할 작난이 없어서 남의 팔을 버려 놓고 여태 남을 시달리기만 맨들어. 연전에도 어떤 손님한테 시달려서 죽을 고비를 치렀는데 곁에 있으면 손모가지를 잘라 버리겠구먼……."

"팔뚝에나 새겼기에 저런 악담이나 듣지, 나 같은 놈은 안 보는 날이면 이렁성거릴 거리도 없으렷다. 흥, 한심한 일이다."

눈 가장자리가 조금 풀린 것을 보면 이 비비꼬는 변명으로 놈의 의심은 얼마쯤 풀어진 듯. 년은 어이없다는 듯이 놈의 얼굴을 물끄러미 흘겨보다가,

"암, 그렇다 뿐야. 미쳤던가, 안 보는 사내를 입길에라도 올리게. 여북해야 기생이란 일원 삼십 전짜리 사랑이란 말까지 있을라구. 한 시간 놀음차 주면 한 시간 놀고, 두 시간 놀음차 주면 두 시간 놀고, 헤어지면 잊어버리고……."

하면서 고 연봉오리 같은 입술이 왼편으로 조금 삐뚤어지며 싸늘하게 웃었다.

"사랑이니 안방이니 하는 것부터 미친 개수작이지. 더구나 나 같은 기생년에겐 개밥에 도토리야. 안 보는 날이면 이렁성거리지도 않는다? 암 그렇구 말구, 그렇구 말구, 그야 말할 것도 없지…… 기생! 기생! 이 원수 년의 기생이란 탈! 이 탈만 쓰고 보면 오장육부까지 변해지는 줄 아나 봐. 마음에 없는 아양을 피우고, 마음에 없는 웃음을 웃고, 마음에 없는 사랑 타령을 늘어 놓고……."

이렇게 제 말을 제가 되받는 사이에 경화는 점점 흥분해 간다. 광대뼈 언저리가 돈짝만치 피를 발라 놓은 듯하다.
　"…… 거짓으로 뭉친 이 몸짓, 이 눈짓, 이 입아가리! 이따금 참 소리를 한다 한들 누가 알아먹을까? 뼈와 살로 빚어낸 참된 정도, 뜨거운 사랑도 한번 내 몸을 거쳐 나오기만 하면 단박에 거짓이 되고 말겠다. 나도 언제나 미운 사람을 밉다 하고. 고운 사람을 곱다 하고…… 알뜰한 애인과 단둘이…….”
하자마자 갑자기 목이 메이며 무엇을 노리는 듯이 홉뜬 눈으로부터 한 방울 큼직한 눈물이 뚝 떨어져 꽃잎에 구르는 이슬 모양으로 뺨을 스쳐서 나려진다. 그럴 겨를도 없이 이불에 그대로 엎어져서 몸부림을 치며 울었다. 그러나 그것은 울음다운 울음이 아니었다. 총알을 맞은 꿩이 최후의 비명을 지르는 듯이 찢는 듯한 소리가 이따금 일어나고 어깨와 허리가 사나운 물결을 칠뿐이었다. 그는 목으로 울지 않고 왼몸으로 울었던 것이다. 그의 넋의 마디마디가 울었던 것이었다!
　병일의 어린 마음은 풀릴 대로 풀리었다. 모든 사내에게는 다 거짓이로되 자기에게만——오직 자기에게만 참마음을 준 것을 깨달을 수 있었다. 그렇다면 먹실로 썼든지 새겼든지 상관이 무엇이랴. 쓸데없이 그것을 보자고 졸라서 저렇게 울리는구나 하매 애연한 생각조차 일어났다. 그는 우는 이의 허리를 안아 일으키려고 애를 쓰며,
　"울기는 왜 울어? 네 마음을 내가 안다. 하로바삐 기생 노릇을 그만두고 단둘이 살면 그뿐이 아니냐.”
하고 달래는 판에 무엇이 슬픈지 제 눈에도 눈물이 핑을 느끼

었다.
 한 십분 가량 지나갔으리라. 경화는 울음을 뚝 그치고 벌떡 일어났다. 모기장을 걷어치고 서랍 속에서 채칼을 끄집어내었다.
 "흥, 백년랑군 김상렬!"
 입안말로 한번 뇌이면서 커다란 재떨이를 밖으로 들고 나간다. 비워 가지고 들어온 재떨이를 앞에 놓고 그 위에 신문지를 깔고 또 그 위에 양지 편지지를 깔았다. 뽀얀 팔뚝을 그 위에 세우자 한 손으로 칼을 들어 먹실로 뜬 언저리에 대었다. 눈이 호동그래진 병일은 말리려고 서둘렀으나 때는 늦었다. 삭둑 하는 그윽한 소리와 함께 날카로운 칼은 벌써 살 밑으로 들어갔다. 선지피가 삽시간에 팔뚝을 새빨갛게 물들이고 말았다. 흰 종이 위에 핏줄기가 춤을 추었다.
 홍당무 같은 팔뚝을 병일의 코앞에 쑥 내어밀며,
 "인제야 나를 믿겠지요?"
하고 경화는 또 한 번 싸늘하게 웃었다. 새파랗게 질려서 부들부들 떨고 앉았던 병일은 몸서리를 치며 뒤로 한 걸음 물러앉았다. 〈계속〉

 부기(附記):어찌 보면 강명화(康明花)의 사실을 적은 줄로 아실 것이다. 그 사실에 힌트를 받기도 하였고 골자에 유사한 점도 있지마는 그것은 지엽에 그칠 따름이요 온전히 작자의 상상력으로 빚어낸 창작품인 것을 언명해 둔다.

출전:개벽(1925. 11)

| 연보 |

1900년(1세)
- 9월 2일, 지금의 대구시 중구 계산동에서 아버지 연주 현씨 경운과 어머니 완주 이씨 정효 사이의 오 형제 중 넷째로 출생.

1905년(6세)
- 마을에서 한학(漢學)을 배움.

1908년(9세)
- 양아버지 현보운이 세운 대구노동학교에서 신학문을 배움.

1910년(11세)
- 6월 13일, 어머니 이정효 사망.

1915년(16세)
- 경주 향리 부호 이길우의 딸 두 살 연상 순득과 혼인 후 처가에서 신혼 생활.
- 11월, 보성고등보통학교에 입학.

1916년(17세)
- 7월, 보성고등보통학교 자퇴.
- 11월, 일본 도쿄 세이소쿠 예비학교 입학.

1917년(18세)
- 귀국 후 대구에서 백기만·이상화 등과 동인지 〈거화(炬火)〉 발간.
- 도쿄 세이조 중학교(成城中學校) 3학년 편입.

1918년(19세)
- 세이조 중학교 자퇴 후 귀국.
- 중국 상하이(上海) 호강 대학(扈江大學) 독일어 전문부 입학.

1919년(20세)
- 학업 도중 귀국해 당숙 현보운의 양자로 입양하고 서울 종로구 관훈동에서 생활함.
- 12월 20일, 첫째 딸 경숙 출생.

1920년(21세)
- 양부 현보운의 동생 현희운의 추천으로 〈희생화〉를 개벽 11월호에 발표하고 이어서 번역서 〈행복〉, 〈석죽화〉도 개벽에 발표.
- 조선일보사 입사.

1921년(22세)
- 단편 〈빈처〉, 〈술 권하는 사회〉 개벽에 발표.
- 박종화·홍사용·나도향·이상화 등과 '백조' 동인 가담.
- 둘째 딸 애경 출생.

1922년(23세)
- 중편 〈타락자〉, 단편 〈피아노〉, 〈유린〉, 수필 〈영춘루〉, 번역소설 치리코프의 〈고향〉, 고리키의 〈가을의 하룻밤〉 발표.
- 단편집 《타락자》 조선도서주식회사 출간.
- 육당 최남선이 세운 동명사 편집인으로 입사.

1923년(24세)
- 중편 〈지새는 안개〉, 단편 〈할머니의 죽음〉, 〈우편국에서〉 발표.
- 시대일보사 입사.

1924년(25세)
- 단편 〈까막잡기〉, 〈그리운 흘긴 눈〉, 〈발(簾)〉, 〈운수 좋은 날〉, 수필 〈문단인상호기〉, 〈꿈에 본 신악양루기〉 발표.

1925년(26세)
- 단편 〈불〉, 〈B 사감과 러브레터〉, 〈새빨간 웃음〉, 수필 〈목도리의 복면〉, 〈설 때의 유쾌와 낳을 때의 고통〉, 평론 〈신춘문예 소설평〉 발표.
- 중편소설 《지새는 안개》 박문서관 출간.
- 셋째 딸 화수 출생.
- 시대일보 폐간 후 동아일보로 이직.

1926년(27세)
- 단편 〈사립정신병원장〉, 〈고향〉, 〈동정〉, 평론 〈신춘소설 만평〉, 〈조선혼과 현대 정신의 파악〉, 수필 〈무명 영웅〉, 〈그의 얼굴〉 발표.
- 〈운수 좋은 날〉 등 열 편의 단편을 묶은 창작집 《조선의 얼굴》 글벗집 출간.

1927년(28세)
- 중편 〈해뜨는 지평선〉 조선문단 연재.
- 동아일보 사회부장이 됨.

1928년(29세)

- 수필 〈여름과 맨발〉 발표.
- 동아일보 사회부장이 됨.

1929년(30세)
- 단편 〈신문지와 철창〉, 〈정조와 약가〉, 수필 〈내가 좋아하는 여자〉, 〈뜻깊은 모임〉 〈크리스마스트리〉, 기행문 〈고도 순례 경주〉 발표.

1930년(31세)
- 수필 〈창의문 외에서〉, 〈첫 기고의 회상〉 발표. 장편 〈웃는 포사〉 4회 연재 도중 중단.

1931년(32세)
- 단편 〈서투른 도적〉, 〈연애의 청산〉, 수필 〈태백산하 단군한배님〉, 〈내 소설과 모델〉 발표.

1932년(33세)
- 기행문 〈단군 성적(聖跡) 순례〉 연재.
- 상하이에서 독립운동하던 형 정건 서대문형무소에서 삼 년 복역 후 출소해 사망.

1933년(34세)
- 장편 〈적도〉 동아일보 연재 후 다음 해 완결.
- 셋째 형의 부인 윤덕경 자살.

1935년(36세)
- 수필 〈거리에서 만난 여자〉, 〈금강산 정조〉 발표.

1936년(37세)
- 동아일보 사회부장 재직 중 베를린 올림픽 마라톤 금메달리스트 손기정 선수의 일장기 말소 사건에 연루되어 일 년간 옥

고를 치름.

1938년(39세)
- 역사소설 〈무영탑〉 동아일보 연재.

1939년(40세)
- 수필 〈장주와 프랑스〉, 〈문학종횡담〉, 평론 〈역사소설문제〉 발표.
- 역사소설 〈흑치상지〉 동아일보 연재, 장편 《적도》 박문서관 출간.
- 동아일보 학예부장으로 복직.

1940년(41세)
- 총독부로부터 〈흑치상지〉 강제 연재 중단, 《조선의 얼굴》 판매금지 처분을 받음.
- 양계업과 기미 사업 실패로 부암동 주택 처분 후 신설동 판자촌으로 이주.

1941년(42세)
- 역사소설 〈선화공주〉 연재 도중 중단.
- 단편집 《현진건 단편선》, 역사소설 《무영탑》 박문서관 출간.

1942년(43세)
- 신설동에서 제기동으로 이주.

1943년(44세)
- 셋째 딸 화수 월탄 박종화 장남 돈수와 혼인.
- 4월 25일, 지병인 폐결핵과 장결핵으로 제기동 자택에서 생을 마침.

1944년

• 아버지 현경운과 아내 이순득 사망.

1948년
• 기행문《단군 성적(聖跡) 순례》예문각 출간.

1978년
• 대한민국 은관문화훈장 추서.

1996년
• 대구 문인협회 주관《빙허 현진건 소설선집》출간.
• 빙허 문학 건립위원회, 대구 문인협회 주관으로 대구 달서구 두류공원 예술 동산에 현진건 문학기념비 건립.

2005년
• 독립운동 공적으로 대통령 표창 추서.
• 대한민국 건국 공로 훈장 독립장 추서.

2009년
• 현진건 문학상 제정.

2024년
• 그의 업적을 기리기 위한 제기동 감초 마을 현진건 기념도서관 건립.

국어과선생님이 뽑은
현진건 단편선 운수 좋은날 외

1판 1쇄 발행 | 2025년 11월 15일

지은이 | 현진건
엮은이 | dskimp2000
펴낸이 | 이경자

편집 김대석 | 디자인 인지숙

펴낸곳 | 북앤북
출판등록 | 제 2016-000182호

경기도 고양시 일산동구 산두로 128(정발산동) 909동 202호
TEL 031-902-9948 | FAX 031-903-4315
email : dskimp2000@naver.com

ISBN 979-11-86649-96-1 43810

이 책의 제호 및 출판권은 북앤북의 소유입니다.
잘못 만들어진 책은 구매하신 곳에서 교환해 드리며
편집상 오류나 잘못된 부분을 알려주시면 판을 거듭할 때마다
보완 수정을 하여 더 좋은 책으로 만들겠습니다.